飯桶小醫女 3

風文創 280

蘇芫 著

目錄

第五十六章　禮物送妳

跟著太后來到寶華廳，阿秀就瞧見顧瑾容在和自己使眼色，阿秀有些疑惑地回了她一眼。

太后雖然很想要阿秀坐在自己身邊，只是拘於禮節，便讓她到顧瑾容那邊去了。

「阿秀，妳老實說，那沈東籬和妳是什麼關係啊？」顧瑾容笑得一臉的八卦。

要知道顧瑾容在外面還是很注重自己高冷的形象的，但是現在如此擠眉弄眼的行為，實在是太破壞她塑造的那種高冷氣質了。

「發生了什麼嗎？」如果沒有發生什麼她不知道的事情，阿秀實在是難以想像，顧瑾容怎麼會變成現在這樣的模樣。

「剛剛那沈狀元專門來找我們家小姐問妳的情況哦。」裴胭笑得賊兮兮的。要知道這畢竟不是現代，這樣一個優秀的男子專門過來問一個女子的事情，那已經很直接地表明了他對她有好感。

「想必是關心我的近況，畢竟當初我是被顧靖翎擄走的。」阿秀直接說道，她倒是沒有因為她們的話而面紅耳赤的，又不是真的十三歲的小姑娘。

顧瑾容原本笑容滿面，一下子就耷拉下來了。好像阿秀這麼解釋的話也沒有錯，難怪他剛剛一直在問她是怎麼到鎮國將軍府的，難道他只是來打探阿秀失蹤的消息？

「他還說有機會會來將軍府拜訪，想必是來找妳。」

「這樣太麻煩了，我直接找他去玩多方便。」畢竟不是自己的家，阿秀認為沈東籬專門去將軍府找她，總覺得很是怪異。

「呃……」看阿秀態度如此坦然，顧瑾容反而不覺得他們之間有什麼了。

見顧瑾容放棄了這個話題，阿秀偷偷鬆了一口氣，沈東籬是她的朋友，她不喜歡被這樣隨便配對。

「今兒原本是為了給容安慶生，可惜她不懂事，大庭廣眾之下有失禮儀，我便叫人先送她回去了，讓她先沈沈心再說。」太后心中自然曉得在場的人都對容安很感興趣，特別是這些大家子弟，只是這正品都到了，還要她這個贗品作甚？也不是對她完全沒有感情，但是容安的任性，老早就磨滅了這分感情。

太后想著自己是在七年前發現容安，那個時候她個子小小，笑容甜甜的，看到自己就會叫貴妃娘娘，她的眉眼真的像極了自己心心念念的那個人。她知道這樣移情不好，但還是忍不住，她真的寂寞太久了，即使自己的兒子才剛剛出生。

再後來，就是先帝發現了這個孩子的存在，即使年齡不符，他還是私下去調查了，他對她的占有慾一直都是那麼強。

她原本只是將容安當作比一般重視些的小輩來疼愛，當她發現先帝還是不放棄地尋找著那兩人蹤跡的時候，她便故意肆無忌憚地寵愛容安。

先帝慢慢地將重心又放到了調查容安身上，可惜注定調查不到什麼。

他也漸漸地放棄了。

為了保護他們，不讓先帝再起這樣的心思，太后對容安越發的重視了；而因為她的緣故，容家的人對容安也是極盡寵愛，這才養成了她這樣的脾氣。

出於心中那絲利用過她的愧疚心，即使先帝駕崩，太后還是寵著她，偏偏她太張揚，一個冒牌，卻敢挑釁正牌。太后就算原本心中對她還有一些憐惜，現在也完全沒有了。

而在場的人聽到太后這話，心中都是各有想法。特別是那些貴家公子們，有些原本已經打算去容家求親了，但是如今太后的態度放在這裡，他們決定還是算了。畢竟一個不受寵，脾氣又那麼壞的女子，他們可沒有這樣的心理承受能力去娶她做媳婦兒。

「最近三月，如果有什麼活動，也不必再叫上她了，免得她又犯錯。」太后繼續說道，畢竟寵了那麼多年，她的脾氣自己哪裡會不曉得，要是她明兒能出來，第一件事情，肯定是去鎮國將軍府算帳；所以自己要在這三個月之內先給阿秀造勢，免得她以為阿秀好欺負呢！

「是。」下面的人連忙應下，太后的命令誰敢不聽。

而且這容安本來脾氣就差，大家和她相處都是有些戰戰兢兢的，要不是以前太后寵著她，大家才不願意搭理她呢！如今太后都這麼說了，他們都樂得自在。

「好，那麼不知誰有好的建議，想一個好玩一點的遊戲。」太后話題一轉，問道。

「不如詩詞接龍？」有一個少年郎站了起來。

太后先將他細細打量了一番，覺得長相著實一般，便揮揮手道：「這個都玩厭了。」她這話很是直接，但是誰叫太后是個大美人兒，說這樣的話也絕對不會讓人討厭。

「不如接對子吧，男女分別成一組，一組出題一組答。」另一個男子出聲道。

太后又將人打量了一番，這嘴唇太薄，可能是個薄情的。「不行，你們這些男子都是考取了功名的，勝之不武。」雖說才女也不少，但是男子接受的教育明顯比女子要強得多；而且，她知道阿秀不擅長這些……

「不如擊鼓傳花，花在誰手裡，那人便表演一個節目可好？」這次說話的是沈東籬，因為太后將大家最常玩的兩個遊戲直接否決了，一時間有些冷場，他被旁邊的人推了好幾把，這才站起來說道。只是這個遊戲也是常玩的，而且並不比之前那兩個好玩多少，沈東籬已經做好了被否決的準備。

太后之前並沒有怎麼仔細觀察過沈東籬的長相，只覺得這個男子一眼瞧去很是俊美，如今將他仔仔細細上下打量了一番，不得不說老天在造人的時候心情是有好壞的，再加上他和阿秀之間的淵源，太后越看他越是順眼。

「如此甚好。」太后笑著點點頭，命宮人取來了玲瓏繡球。

這個繡球是心靈手巧的匠人花費大力氣才編織而成的，不光是用的技術比較獨特，用的材料也很是珍貴，所以才配上玲瓏繡球這般美好的名字。

「這個繡球上面還有十六顆小夜明珠，雖然不是很貴重，但勝在精緻，就作為這次遊戲的獎勵吧，誰表演得好，這個就給誰，當然若是男子，自然是可以送給女子。」

這樣的小玩意兒，對於太后的確不算是貴重，但太后親手拿來做禮物，那其中的涵義自然是不一般了，所以一群人都顯得興致勃勃，特別是女子，眼中隱隱還帶了一絲期待。如果自己能贏回來，那自然是極好的，但如果是別人贏了送給妳，那更是相當有臉面的事情。

「太后娘娘，您還需要一個擊鼓的嗎？」阿秀舉起手問道，自己無才無貌的，當擊鼓的正好合適。

太后聞言只覺得哭笑不得，她對自己就這麼沒有自信？

「那妳便坐到哀家這邊來，路嬤嬤，去拿一個小鼓。」雖然不能看阿秀的表演，但是想著她這樣就能坐自己身邊了，太后心中也是一陣歡喜。

準備充分了，阿秀便開始背對著大家敲鼓，原本還是好好的，一個傳一個，但是傳到顧瑾容這邊，她另一邊沒有人了，需要傳給對面的男子；因為顧及男女之別，兩排人坐得有些遠，她便用力一甩，直接打中了對面男子的臉。

本來也不會這樣，偏偏那男子好似在想些什麼，根本就沒有注意，顧瑾容的力氣又是出了名得大，那玲瓏繡球上面又有不少珠子，這麼一砸，直接將人家少年臉上的鼻血砸出來了。還好他人倒是豁達，沒有多說什麼就先告退了，遊戲繼續。

出師不利，顧瑾容之後再丟的時候就知道注意分寸了。

也不知道是不是那些男子膽子太小，故意將顧靖翎換到了正對著顧瑾容的位置。

古代人的才藝無外乎是琴棋書畫、詩詞歌賦之類的，除了王羲遙的畫讓人眼前一亮，別的也沒有什麼了。

太后見阿秀臉上好似有些無趣，便說道：「最後一圈吧。」

「是。」

因為是最後一圈，在場的人都坐直了不少，傳球的手也慢了許多，等到了顧瑾容那邊的時候，阿秀突然停下了手，原本該是顧瑾容的球，偏偏她在最後一刻拋給了對面的顧靖翎。

太后有些期待地說道：「那麼，就有請顧小將軍吧。」要不是他的命不大好，其實也是一個不錯的人選呢。別人她不介意，但是阿秀的事，她一定要考慮周全了。

顧靖翎在拿到那個繡球的時候，面色有些難看，特別是眼睛對上自家無良姊姊那個得瑟的小眼神，讓他很有衝動將繡球再砸回去。

「微臣不懂表演。」他常年在軍營，琴棋書畫只是有所瞭解，但是和這些文臣放一塊，明顯是上不了檯面的，至於吹簫撫琴之類的，他更覺得瞧不上眼。

在顧靖翎的心目中，男人就是要上戰場殺敵的，但是這樣的技能，這個時候也沒法子表演給別人看啊！

「顧小將軍，之前大家都表演了，你要是說不會的話，豈不是掃了太后的興致？」有一個男子站了起來。

「就是就是。」下面的那些人都應和道。

文武之爭自古就有，本朝因為開朝皇帝一直在平衡文武之間的關係，所以兩者的關係在表面上看著還是不錯的，但是暗地裡，各種競爭還是不斷。

特別是作為武將的顧靖翎剛剛立了大功回來，他們自然是恨不得看他出醜。

顧瑾容原本還為自己的眼疾手快慶幸，但是看到現在的情景，她又有些擔憂，顧靖翎的脾氣並沒有他表現出來得好。

「既然大家都這麼說了，阿翎你便不必推辭了。」太后雖然對顧家比較喜愛，但是大家的心情還是要考慮的。

「既然如此，那微臣便獻醜了。」顧靖翎掃了一眼四周，那些被顧靖翎看了一眼的貴公子們都紛紛低下了頭，他的眼神實在是太犀利了，他們根本就不敢和他對視。

顧靖翎心中一陣冷笑，都是些個軟蛋！

「麻煩娘娘讓人準備一個屏風、幾盆墨汁和一把劍。」進宮是不准帶劍的，顧靖翎自然也不例外。

太后一一滿足了他。

阿秀看到這個情景，腦袋裡第一個想起的就是當年有齣劇，一個妹子邊跳舞邊畫畫，這顧靖翎難道是打算邊舞劍邊畫畫？

阿秀怎麼想都覺得有些詭異，一手拿劍，一手拿筆，應該很不方便吧？而且顧靖翎的字她見過，剛勁有餘，但是沒有什麼特別之處。

「麻煩家姊彈個曲子。」顧靖翎最後還不忘將顧瑾容拖下水。

顧瑾容白了顧靖翎一眼，卻也沒有反對。

只是從開始到差不多結束，顧靖翎都只是跟著節奏舞著劍，而那個屏風的作用，阿秀一直都沒看懂。不過不得不說，這顧靖翎的身姿果然俊美，這樣舞著劍，不知道有多少的女子暗許了芳心，不過想到他剋妻的命，卻又紛紛將芳心收了回來。

「顧兄好文采！」當他結束動作，大家象徵性地鼓了一下掌，畢竟一個將軍舞劍根本算不得多麼厲害的表演。

但是偏偏人群中傳來沈東籬有些突兀的聲音，和他應和在一起的是王羲遙的那句——

「顧將軍好文采。」

這沈東籬算是新進的才子，而王羲遙則是一直被推崇的大才女，兩個人一起說話了，在場的人都下意識地將視線放到了顧靖翎身上，偏偏他傲氣得很，表演結束就放下劍直接行禮回去了。

「快看那個屏風。」有人驚呼出聲。

阿秀順著那個聲音看向那個屏風，原本還潔白無物的屏風，現在上面赫然已經多了一幅青山煙雨圖，在場的人根本就沒有人看到他是怎麼將畫畫上去的，而且這其中的意境，也很是難得。

這讓那些自認為文才非凡的文臣們面色都有些難看，這樣的畫，他們未必也畫得出來，但是現在，卻讓一個一直被他們在背後嗤之以鼻的大老粗畫出來了。

「真真是好畫，那就由我作主，今兒的第一名就是顧小將軍了。」太后看著那畫，臉上也是一臉的讚嘆，她剛剛隱約有看到一些。

那顧靖翎故意將幾盆墨汁都放在身邊，舞劍時候帶動起來的微小的氣將一些墨汁帶到了屏風上，他又用劍穗將那些墨汁帶開，只是動作很是順暢，一般人都關注在他的舞劍上，並沒有注意到那個屏風。

不得不說，這顧靖翎的武藝實在是高強，竟然能將氣控制到如此地步，果真是，自古英雄出少年。這麼一想，太后心中只覺得越發的可惜。

「太后娘娘英明。」在場的貴公子們也沒法反駁，畢竟之前的表演和現在顧靖翎的一比，著實沒有什麼可比性。

他們心中雖然有些不大服氣，但是也不願意在太后面前表現得斤斤計較。

「那好，這個玲瓏繡球便歸你了，阿翎可有想要送的女子？」太后笑著問道。

這顧靖翎也算是她比較看重的子侄，一方面是他能力好，將來必定能為小皇帝解難排憂；另一方面，當年顧家出手救了唐大夫，她心中是一直感激著他們的。

如果顧靖翎真的有中意的女子，那她肯定會做個順水人情。顧靖翎雖然從小在家中受寵，但是情路一直不順，兩次的未婚妻都遭遇不測，她內心也是希望他能有一個好的歸宿。

「那便送給妳吧。」顧靖翎將剛從太后手中拿到的玲瓏繡球，稍微轉了一個方向，直接遞到了阿秀面前。

這個動作出乎所有人的意料，包括顧靖翎自己。

其實他當時心裡並沒有特別想送的人，不過抬眼間正好瞧見阿秀站在前面，她算是自己在這裡難得記得名字的人，再加上他現在對阿秀的印象也不錯，就順手送了。

只是等送了以後才意識到，自己這樣的動作似乎顯得有些孟浪了；而且他又有些擔憂，這樣不會讓她有什麼錯覺吧？

阿秀倒是沒覺得什麼，只當他是沒有什麼人可以送，再想到上面還有夜明珠，便高高興興地收了，最後還不忘問一句。「這個繡球，我能隨便處置了嗎？」

「那是自然。」雖然不懂阿秀這麼問的原因，但是顧靖翎還是點點頭，既然是送出去的東西，自然是由別人作主。

阿秀聞言，臉上的笑容更加深了些。

而太后看到一個送得自然，一個收得高興，臉上的笑容都有些僵硬了。

她雖然剛剛說了，希望顧靖翎有一個好的歸宿，但是並不代表這個歸宿是阿秀啊！

如果是別的女子，她會說，那些剋妻的傳言不過是迷信，只能說顧靖翎運氣不大好；但是當那個女子變成阿秀的時候，她的心態又發生了很大的變化。

她還是覺得，阿秀應該找一個溫文爾雅的男子……

顧瑾容的表情也有些怪異，她看向阿秀的眼神又帶上了一絲深意。將她發展成自己的弟妹，好像也是一個不錯的選擇。顧瑾容越發覺得自己今兒來參加這個無聊的梅花宴是來對了，原來高潮是在最後面啊！

「原本哀家還想著要賞阿秀什麼小玩意兒，現在阿翎幫哀家送了，那哀家便再賜一把龍紋劍給你。」太后笑著說道，話語間的意思差不多就是在表明，這個繡球是她送的，也是為了讓別人不要誤會他們之間的關係。

只是，該誤會的還是會誤會，而不會誤會的，自然不會誤會。

顧靖翎聽到太后要賞他龍紋劍，頓時眼睛一亮。

「多謝太后娘娘。」他雖然是將門子弟，自己也有不少收藏，但是那龍紋劍，他也是想了好久的。據說那把劍的材質很是特殊，雖然極重，但很是鋒利；現在用一個繡球換了一把劍，顧靖翎覺得自己絕對是賺了。

不過他不是愛貪小便宜的人，想著是因為阿秀的緣故自己才能拿到心心念念了不少時日的寶劍，心中就琢磨著以後要是遇到什麼好玩的小玩意兒，再送給她，算是回報。

太后哪裡曉得，自己原本是想要用這個撇清他們兩人之間的關係，但是偏偏顧靖翎是個不按常理出牌的人。

「好了好了，現在時辰也不早了，差不多也該散了，阿翎跟著路嬤嬤去取劍吧。」太后說道，眼睛又看了阿秀好幾眼，她好像在研究那繡球是怎麼編織成的，果然是小姑娘，對這些小玩意兒還是很有興趣的，她琢磨著自己宮裡還有不少好東西，正好以後可以多安排幾個名頭送給她玩。

太后哪裡曉得，阿秀這哪裡是在研究繡球是怎麼編織的，她根本是在研究將這個繡球拆了，能賣多少錢。

畢竟是皇宮出來的東西，肯定不能整個賣了，但是拆開了的話，誰還知道它原本是什麼……阿秀心裡想的美好，臉上的表情也越發的柔和。

太后瞧著阿秀看著繡球的溫柔模樣，頓時有了什麼不好的預感。

最近還是多辦一些詩會之類的活動吧……

第五十七章　來收徒弟

之前因為太后在，顧瑾容也不好多問，現在私下裡，她便迫不及待地問道：「太皇太后的病妳有把握嗎？」

看太后對阿秀的態度很是親切，顧瑾容便想著她是不是想到了法子。

只是阿秀卻果斷地搖搖頭，說：「完全沒有，那個病症，不是我能夠醫好的。」

顧瑾容臉上的笑容有那麼一瞬間的凝固，不過馬上又恢復了過來，安慰道：「沒事沒事，太皇太后那個病症，就是御醫都沒有法子。」

「我知道的。」阿秀根本就不覺得這是什麼需要安慰的事情。

學無止境，再加上中醫本身就是博大精深，哪裡是她這麼一個剛入門的人可以全部掌握的。在阿秀看來，她自己並沒有什麼正式的老師，除了之前的唐大夫，她基本上都是靠自學，要真說起來，不過是一個初學者。

其實她的中醫能力，在學醫的人當中完全稱得上是佼佼者了。

顧瑾容看她臉上並不見明顯的沮喪，而且之前在宴會的時候心情也好似不錯，便慢慢放下了心，轉而八卦起別的事情。

「那妳知道，今兒阿翎為何會將那繡球送給妳？」顧瑾容笑得一臉曖昧。

「大約是沒人送吧。」阿秀點點頭，雖然她和那些貴女沒有交流，但是誰叫她的耳朵特別靈，自然也是能聽到她們對顧靖翎的評價，無外乎就是一些「可惜命不好」的話。

想必顧靖翎比別人更加瞭解那些人對他的看法，要是她是顧靖翎，也不可能將繡球送給那些女人，送出去說不定還膈應自己呢！而且就那些女人的八卦能力，嘖嘖……

「這不是還有我這個姊姊嘛！」顧瑾容有些不服氣，就算別的女子不想送，不是還可以送給她嘛！

「妳還不瞭解顧靖翎？」阿秀反問道。

在她看來，顧靖翎送給自己那個繡球，不過是圖個方便，而且他性格絕對爺兒們，怎麼會帶著這麼一個娘兒們的玩意兒回家，所以最後便宜了自己。

但是在顧瑾容看來，顧靖翎性子絕對是記仇的，自己剛剛才陷害了他，讓他不得不在眾人面前表演，如果他送給自己，那她才要思考他心裡是不是在計算些什麼了。

原本一件挺讓人覺得曖昧、浮想聯翩的事情，被阿秀這麼一分析，好似連個遐想的空間都沒有了。

顧瑾容心裡雖然曉得這個好像就是真相，但是怎麼想都讓她覺得不大對勁；而且這阿秀，收到男子送的物事，怎麼就這麼冷靜呢？要是她的話……

顧瑾容開始想像剛剛要是自己被送那個繡球會如何反應，但是因為從來沒有這樣的經歷，她想了半天也沒想清楚。

而裴胭，在一旁看著兩個人，總覺得她們的邏輯有些奇怪，但是具體又說不上來。

在她看來，這顧小將軍會將繡球送給阿秀，雖然可能圖的是方便，但是這說明了他對她至少是有些好感的，而阿秀，應該也是同理；不過她忘記將阿秀有些愛財的性子想進去了。

一路上，顧瑾容主僕一直在糾結中……

回了鎮國將軍府，阿秀自然又是被一陣慰問。

阿秀心頭一暖。這些人原本跟自己並沒有太多的連繫，她也沒有打算和他們有什麼真切的連繫，但是他們對自己的好是真情實意的。

特別是老太君，可能剛開始時是移情作用，但是現在，她是真的關心一個叫阿秀的人。

相對於顧瑾容，顧夫人和老太君在繡球這事上面自然是想的要更加多些，不過她們都只是深藏不露，甚至都沒有多問一句，這讓顧瑾容更加相信了，果然是自己想多了。

這回來的時候就不早了，就簡單地聊了些，老太君便讓他們回去休息了。

只是等第二日，阿秀剛剛和唐大夫打算去遠一點的山上採藥，就聽到有丫鬟急急忙忙地來找她。

「阿秀姑娘。」那丫鬟在看到唐大夫的時候，臉上的表情稍微有些畏懼。

「有什麼事情嗎？」現在這個時辰，一般人都是剛起床，有什麼事情讓她這麼急急忙忙地過來。

「有人來找您。」那丫鬟說這話的時候，神色有些怪異。

「找我？」阿秀歪著腦袋想了一下，唯一能想到的人就是沈東籬，可是沈東籬他一向最是守禮，再怎麼著也不會這麼早就來將軍府找她。

「是誰？」阿秀心中又有了一個別的想法，難道是阿爹來找她了？這麼一想，她臉上頓時多了一絲期待。就算顧家再好，但是對阿秀來講，總是少了一種歸屬感。

「老太君說，您去了就曉得了。」丫鬟說。她也不明白，為什麼要這麼和阿秀講，而不是直接說來者是何人。

因為心裡有了盼頭，阿秀和唐大夫說了等一下再一起去，便跟著丫鬟走了。她心中還隱隱有些期待，這次阿爹會打扮成什麼模樣，自己能不能一下子把他認出來呢？

可惜等阿秀到了會客廳裡，就瞧見了薛家祖孫。

她微微一愣，眼睛還是下意識地將整個廳裡都環視了一遍，除了顧家的人，只有他們了。

原來不是阿爹……

阿秀很是失望，因為落差有些大，她臉上的表情也一下子萎靡了下來。

薛子清原本被太皇太后硬塞了一個女徒弟心裡就有些不爽，但是現在看阿秀看到他那副失望的模樣，他就更加不爽了。她這個表情是什麼意思，瞧不上自己嗎?!要知道這天下，有多少人想要給自己做徒弟，如果不是有太皇太后的口諭壓著，他還不願意收一個女子做徒弟呢！

「阿秀，聽說昨兒太皇太后讓妳拜薛老頭做師父？」老太君的神色很是怪異。

在她看來這阿秀和唐大夫走那麼近，說不定老早就有師徒的情分在裡頭了。

而薛子清和唐大夫從幾十年以前就是對頭，這阿秀還要拜薛子清為師，她怎麼看都覺得有些玄幻。

「我以為昨天太皇太后不過是心血來潮，隨口說了一句。」阿秀沒有想到，這薛家老太爺就這麼大清早地趕過來了，還讓她白白期待了一番。

「既然太皇太后開口了，那妳便是我薛子清的徒弟，妳把東西收拾一下，搬到薛家去吧。」薛子清說這話的時候，並沒有多少的情感在裡面，他不過是將這事當成了一個任務。

只是他不情願，並不代表阿秀就情願了啊！

「雖然太皇太后傳了口諭，但是她只說讓您收我做徒弟，並沒有說我一定要答應給您做徒弟啊！」想著就是因為他，浪費了自己剛剛的感情，再加上他說話和神色並不客氣，阿秀一向是你敬我一尺，我也會敬你一尺的人，既然他對她不客氣，她自然也不用尊老愛幼。他雖然占了一個「老」，可她也占了一個「幼」呢！

薛子清萬萬沒有料到阿秀竟然是這個態度，大約是他一直都是被人扒拉著求收徒弟的，冷不防遇到這麼一個態度的，一時之間還愣住了。

等回過神來，他第一個想法便是甩袖子走人，幸好他還是有幾分理智在。就像阿秀說的，太皇太后的口諭是，讓他收阿秀做徒弟，而不是讓阿秀拜他做師父。不過就是一個主謂上面的問題，就一下子被她鑽了空子，偏偏他還反駁不得，這讓他一陣吹鬍子瞪眼的。

老太君見阿秀如此伶牙俐齒，這薛老太爺拿她一點法子都沒有，頓時就笑得歡快。看到自己的老友如此吃癟，她心中一陣幸災樂禍！

薛老太爺看到老太君毫不顧忌的嘲笑，頓時就有些惱。早知道他就拖幾日再來，免得被人家以為是上趕著來收徒弟，他不過是性子急，不願意拖拉而已。

「既然如此，那我們便告辭了！」薛老太爺冷著一張臉說道，這種待遇，他已經幾十年沒有受到了。

「阿碧，幫我送送薛家老太爺。」老太君笑著說道。

「是。」

薛行衣瞧著自家爺爺氣沖沖離開的模樣，心中淡淡地嘆了一口氣，轉頭看了一眼阿秀，衝她微微點點頭，便跟著薛子清離開了。

阿秀微微一愣，他以前不是每次見到她差不多都當作沒有見到嗎，今天怎麼一下子變了態度？

這邊阿秀前腳剛離開，那邊就有人和唐大夫說了事情的原委，這個自然也是老太君安排下來的。

唐大夫聽完以後，心情很是複雜，他心裡多少有些不高興阿秀去拜薛子清為師，只是認真說起來，這薛家也是有不少的東西可以學習；而且這是太皇太后發話，薛子清多少會顧忌一些。

將事情從各個方面都想了一遍，唐大夫覺得心裡有些堵，但是暫時還是接受了阿秀要給薛家人做徒弟的事實。

這個時候，阿秀人也回來了。

「這麼快就回來了？」唐大夫有些詫異，她不是應該進行拜師禮嗎？

「吃了早飯就回來了啊，我還給您帶了一碗粥呢。」阿秀將食盒拿出來，裡面的粥還冒著熱氣。

本來因為要早點出發去採藥，他們都是隨便吃了一點，現在時辰也不算早了，而且外面又隱隱有了下雪的痕跡，自然那採藥的計劃也直接流產了。

「那……」唐大夫猶豫了一下，卻沒有將話說下去。

「剛剛薛家老太爺過來了，說是要收我做徒弟，不過我拒絕了。」阿秀說道，雖然她不知道當年唐家和薛家之間的矛盾，但是在阿秀心目中，唐大夫就跟自己的師父一般，根本沒有必要拜薛子清為師；而且說實話，剛剛看薛子清吃癟，她心裡還是覺得挺爽的。

大概是阿秀自己心裡很清楚，那薛子清根本就瞧不上自己。她也沒有必要一定要讓別人瞧得上自己，但是既然別人瞧不上自己，她也能瞧不上別人。

唐大夫微微一愣，臉上的表情一下子怪異起來。

他大概是想要微笑，可惜太久沒有做表情，努力將臉上的肌肉都調動起來，偏偏做出來的表情讓阿秀看了都忍不住笑了，他這是打算做鬼臉?!

「其實那薛子清還是有不少值得學習的地方的，當年……」唐大夫想說當年唐家和薛家算是各有所長；但是如今再說起唐家來，他自己心中就是一陣苦澀，現在還有什麼唐家不唐家的，什麼都沒有了……

「那老頭兒性子怪差的，要是我去的話，說不定被罵成什麼樣呢！」阿秀撇撇嘴。

自己是太皇太后硬塞給他的，他對自己會有好臉色那才叫奇怪。

「那便算了。」唐大夫想著那薛老頭兒的模樣，自從唐家沒了以後，這薛家算是一家獨大了，他現在被世人捧得老高，會有什麼樣的態度，他自然也能想像得到。

要是別人的話，他肯定會想條件越是艱苦，那就更加要學好了，讓人刮目相看；但是現在對象換成了阿秀，這可是他平日裡都不捨得說重話的孩子，哪裡能讓外人來罵她。

可惜阿秀這邊想得簡單，薛家那邊卻並不是完全沒有動作。

三日後……

「您說太皇太后要來觀禮？」阿秀有些難以置信地看著老太君。

這太皇太后一把年紀了，身子又不好，不待在皇宮，出來觀什麼禮啊，而且根本就沒有禮讓她可以觀的。

「聽說是薛行衣在一旁說的話，他照顧太皇太后也有一段日子了，他的話太皇太后自然會聽一些，而且妳又是她親自送到薛子清那邊去的，要觀拜師禮，也不算奇怪。」老太君在一旁解釋道。

「可是那薛老太爺根本就瞧不上我嘛！」阿秀有些無語。她以為上次間接地拒絕拜師，算是皆大歡喜了，但如今薛行衣卻故意要湊成這個事情，這是積攢了力氣放大招嗎？她似乎有些能理解之前薛行衣離開時的那個微笑了，他當時其實是在嘲笑自己吧……

「那薛子清就是這臭脾氣。」老太君說道，當年要是他脾氣再好些，說不定晨妹妹就嫁給了他。

當年薛子清在薛家的地位比唐崇文在唐家的地位要高不少，一個只是普通的唐家人，但是另一個卻是族長的兒子。宋家當年更加屬意的是薛家，而宋玥晨心中中意的則是唐崇文。

薛子清雖然喜歡宋玥晨，但是偏偏是紈袴的性子，宋家考察了一番以後，覺得他難成大事，便讓宋玥晨嫁給了唐嵩文。

「唉……」阿秀默默嘆了一口氣，既然這樣，她一個小草民還能怎麼著呢！

「小孩子家家的，嘆什麼氣呢！」老太君笑著戳了一下阿秀的腦袋。

這薛子清雖然脾氣不好，但是阿秀也不是好欺負的，怕他作甚！

「總覺得薛家是龍潭虎穴一般。」阿秀有些憂傷，這大家族裡面，肯定有各種的爾虞我詐，自己這是去當臨時炮灰的嗎？再加上這薛行衣在這件事上，讓阿秀瞭解到他其實不是沒心眼，頓時就更加憂傷了。薛家連這種看著不食煙火般的人都有這樣的心機，那她去的話，真的還能完好無損地回來嗎？

「妳個傻孩子！」老太君笑得止不住。這薛家雖然一直競爭比較激烈，但是第一她是女子，第二她不是薛家人，第三她是宮中貴人送過去的人，不管是哪一點，這阿秀在薛家都吃不了什麼虧。

這邊老太君勸著阿秀，那邊薛子清正對著薛行衣吹鬍子瞪眼的。

「你說你，在太皇太后面前胡亂說些什麼，那小丫頭不來拜師，我還樂得輕鬆呢！」自己一個人自由自在的，何必還要帶一個拖油瓶般的徒弟。他之前雖然氣惱阿秀對他的態度，但是少收一個徒弟他還是很高興的。

「這是太皇太后的口諭。」薛行衣的面色並沒有變化。

「那也不是我一個人不遵守。」薛子清沒有好氣地說道。偏偏這小子，還故意去找太皇太后，不知道他腦子裡在想些什麼。

「她比您想的要厲害得多。」薛子清和薛行衣兩祖孫站在一起，就這淡然的態度和心態，彷彿他才是做爺爺的那一個。

「厲害？一個小姑娘能厲害到哪裡？」

薛行衣看薛子清滿臉的不屑，並沒有解釋什麼。

那日他在人群中，看著阿秀一刀刺進那個鄉下男人的胸口，這樣的診治手段，讓他一下子對這個女子多了一些興趣。只要是和醫術有關的事情，他都很有耐心和心情去做，而他對阿秀所表現出來的醫術，很感興趣。

薛行衣還看了司春身上的傷口，雖然已經恢復了大半，但還是能看出上面線腳的痕跡。那個貌不驚人的女子身上，有好多讓他覺得新奇的東西，所以他才要將她放到自己的身邊，這樣他一定能找到答案。

薛子清又念叨了幾句，見薛行衣一臉淡然，毫無感覺的模樣，頓時就有些挫敗。人人都羨慕他有一個謫仙般的孫子，但是這個謫仙孫子卻常常讓他無言以對。

「就你這張臉，以後怎麼找媳婦兒！」薛子清沒有好氣地說道。這是物極必反嗎，當年自己過於不安分，喜歡惹是生非，如今他的孫子，死板到讓人連氣都生不出來。

薛子清想起了那個讓自己最為討厭的唐嵩文，他當年就是一副發生什麼都紋絲不動的表情，自己最寵愛的孫子，在這方面竟然像極了自己當年最討厭的人。

「就這張臉來說的話，對它有興趣的女子好像不少。」薛行衣用很平常的語氣將這句話說出來，他雖然不關心這些，但是並不代表他的耳朵聽不到這些話。

「唉！」薛子清嘆了一口氣，自己這個孫子就是會讓自己忍不住嘆氣，到時候要是阿秀過來了，自己說不定會減壽十年吧。不管是沈默寡言，還是伶牙俐嘴的，都有法子堵得他說不出話來，自己果然是老了啊！

第五十八章　發現真相

太皇太后坐在正位上，輕笑道：「哀家還是第一次來觀師徒禮呢。」這薛家她在還是姑娘的時候來過幾次，不過當年的人基本上都已經不在了。

「太皇太后能來觀禮，是微臣的榮幸。」

雖然這薛老太爺已經不理世事了，但是薛家常年為皇室服務，如今他身上還有一個正二品的閒職掛著。不過因為他身分比較特殊，就算是一品大員看到薛子清，那態度也恭敬得很，畢竟不是每個人都有能力和皇室走這麼近的，再加上這薛行衣年輕有為，更加沒有人敢輕易得罪薛家了。

「這丫頭啊，哀家瞧著是極好的，就連阿晚都喜歡得緊，宮裡就是少個公主，可惜這丫頭有正經的父母。」太皇太后拉著阿秀的手，態度很是和藹，這話雖然只是客氣話，但也算是極大的恩寵了。

這次不光是太皇太后，就連太后也出來了，眼睛看著阿秀，笑得很是和善。

薛子清一聽這話，腦袋立刻一醒，太皇太后現在說這個話，言外之意就是要讓他盡心地教，只是又扯上了太后，這點他就有些不大明白了。

而阿秀，聽這話，心裡也有些糊塗。幾天前她離開皇宮的時候，這太皇太后對她的態度還沒有這麼親熱，如今怎麼一下子就變了？要說自己天天在她面前晃悠也就算了，偏偏自己根本就沒有再出現過啊！

她哪裡曉得，這太后為了給她在太皇太后面前說好話，打了多少的感情牌。

太后本身便是極有智慧的女子，不然也不會在排斥先帝寵愛的情況下，在後宮屹立不搖。所以，這不光是太皇太后，就連小皇帝，也被直接洗腦了。

現在在太皇太后心裡，這阿秀絕對是勵志勤奮的好姑娘，看在眼裡，那都是分外的歡喜。

太皇太后心裡一直都是欣賞有智慧、懂事的女子，比如當年的太后。她一進宮便是貴妃，別人不知道她的來歷，自己還能不知道？

太皇太后剛開始時雖然有些同情太后，但是心裡並不喜歡她，總覺得自己的兒子平日裡乖巧懂事，現在偏偏為了一個女人，做出如此叛逆之事，作為一個母親，能喜歡這個女人那才叫怪！

但是到後來，她發現這個女人即使生了皇長子，也是寵辱不驚，每日都到自己那邊陪著自己下下棋，抄抄佛經。這日子一久，慢慢也對她多了一絲喜愛。

太皇太后知道這阿晚一開始接近自己肯定也是有目的的，她不想要先帝的寵愛，但是又不願意在宮裡被人陷害利用，便躲到了自己這邊。

反倒是先帝，即使到死的時候，都一直念念不忘阿晚，這讓她心疼之餘也是恨鐵不成鋼；有時候她還想著，這阿晚和先帝的脾氣性子換一下才好呢！

如今先帝走了，這宮裡只留下了她們兩個女人，自己平日裡就將阿晚當女兒疼著，好在她也是個記恩的，自己近年來身子骨兒越來越差，她還常常整日侍奉在身邊。不管是作為一個兒媳還是女兒，她做得已經很不錯了。

她曉得這阿晚喜歡這個小丫頭，加上阿秀本身也算是個勤勉的，她自然也樂意多抬抬她。

「多謝太皇太后和太后的厚愛。」阿秀默默行了一個禮。

今天因為要拜師，顧夫人一大早就安排了好幾個嬤嬤給她梳妝打扮，為了表示慎重，她的頭上插了不少的簪子頭飾，又加上她怕冷，身上的衣服不知道穿了多少層。而且太皇太后要來觀禮，她今兒最外面穿的還是不保暖的絲綢長裙，而不是襖裙。

因為衣服件數太多了，阿秀覺得自己不管做什麼動作都很是艱難，剛剛蹲下去行禮的時候，都覺得自己要被絆倒了。

「這也是因為妳自己本身有這個能力，薛大夫的醫術是出了名的好，妳以後好好和他學，將來可以多為百姓看病，特別是那些女子。」太皇太后說到這裡，心中嘆了一口氣。因為男女有別，這女子得病，特別是那些比較隱晦的，根本就不能讓一般的大夫看，好多女子就是因為這個原因，極早就去世了。

太皇太后想起自己的一個姪女，就是因為這樣的原因，早早就走了，當年不過三七年華，長子才不過三歲。這女子生下來就不如男子矜貴，如果在病痛上面，還要受到這樣不平等的待遇，那就太讓人心痛了。

「民女會努力的。」阿秀很是順從地說道。

「微臣定當全力相授。」薛老太爺好似很滿意阿秀。「能找到一個有慧根的徒弟，是微臣的榮幸！」嘴上雖這麼說，但是心裡卻一直嘀咕著，這有慧根的徒弟哪裡是這麼好找的，他只指望這個小姑娘不是榆木腦袋就謝天謝地了。他自從教過了薛行衣以後，就再也沒有一個弟子能讓他滿意過了。

薛行衣擅長舉一反三，只要他隨便說一個醫案，他就能連想到別的，他在教的時候根本不用費什麼勁。後來薛行衣年紀大些，缺的就只是經驗了，自己也就不多教什麼，由著他四處給人瞧病練手去了。

沒有一個大夫，只是靠聽人講解就能成為一位名醫的，所有的名醫，都是醫過無數的人，走過無數的路。薛家門風極嚴，男子到了十五歲，便需要到外歷練兩年。薛行衣今年正好十五，原本是該出門歷練的，只是因為太皇太后的病耽擱了，等過了年，太皇太后的病情穩定了，他也該自己出去闖一闖了。

想到讓他自豪的孫子，薛子清的眼神柔和了不少。

「那便行禮吧。」太皇太后說道，面色中多了一絲嚴肅。

這薛子清收徒弟，他所有的弟子都該過來觀禮，可惜太皇太后身子不好，這次就來了薛家幾個比較核心的人物，其中還包括了當初被阿秀冒充過是他弟子的薛長容。

薛長容看著就是脾氣很好的中年帥哥，可惜她要跟著一個老頭子學醫，還是一個脾氣不大好的老頭子，頓時一點期待都沒有了。

「阿秀，給薛大夫敬茶吧。」太后提醒道，這阿秀怎麼餘光一直在瞄薛老太爺的長子。

雖然這薛長容醫術也算是不錯，但是就經驗等各方面來講，肯定是薛老太爺更勝一籌。她現在已經能接受阿秀拜薛家的人做師父了，反正偷完師，阿秀還是唐家人，咳咳……

阿秀接過旁邊嬤嬤遞過來的茶水，慢慢蹲到一半，不動了。

這薛子清心裡原本就不大樂意，現在瞧著阿秀連跪都不願意跪他，心裡頓時就怒了，還好他還知道這太皇太后坐在一旁，面上的表情並不明顯。

「阿秀，妳這是……」太后發現阿秀面色無奈，拿著茶杯半蹲著，心中微微一驚，她難道也知道自己是唐家人了，所以才不願意拜薛家人做師父？那她知道自己是……

「裙子太緊了，跪不下去……」阿秀有些尷尬地說道。

她倒不是很介意跪薛子清，畢竟也算是長輩，而且是拜師，跪一下又不會少塊肉；只是這顧夫人給她穿了至少有五、六層的裙子，這麼一疊加，她走路都變成了小碎步。

在場的人都用一種詫異的目光看著阿秀，再看她的裙子，的確是有些艱難。

「那便這樣敬茶吧。」太皇太后也是忍著笑說道。

「是。」阿秀繼續半屈著腿敬完了茶。要知道相比於跪著敬茶，這個半屈著腿敬茶，那可是艱難得多，她很努力讓自己看起來比較穩。

這太皇太后都發話了，薛子清自然不能再雞蛋裡面挑骨頭，按下心頭的不爽，將茶喝了下去，因為喝得太大口，一不小心還喝了兩片茶葉進去，使了勁才嚥下去了。

這太皇太后瞧他這副模樣，頓時樂道：「這薛大夫心裡也是很激動啊，這一杯茶都快喝光了。」

薛子清那是有苦說不出，自己剛剛明明只是為了喝茶降火啊！但是現在被太皇太后這麼一說，只得努力笑著應下。

拜師禮一結束，那些薛家的子姪們紛紛圍上來叫「小師妹、小師姑」的。

阿秀特意將目光放到薛行衣身上，他的面色並沒有任何的變化，語氣平平地喊了一聲「小師姑」。

阿秀原本還期待他變臉，看他喊得這麼順口，頓時就有些失望了，不過也難怪別人都在背後說他是沒有七情六慾的仙人了。

雖然拜師的過程不是很完美，但至少算是順利結束了。

阿秀心裡想著要回鎮國將軍府，但是太皇太后又發話了，讓她先住在薛家適應一下，她自然沒有理由拒絕。

等第二天一早，阿秀就被一個叫芍藥的丫鬟叫醒了，說是該去老太爺那邊請安了。

阿秀按捺住被吵醒的煩躁感，自己迅速穿好衣服，便跑到薛老太爺那邊。

自己在將軍府的時候，也沒有起這麼大早給老太君請過安，如今剛來這邊，就連個安穩覺都沒得睡了，這讓阿秀心中更是後悔。

「這麼快就來了啊。」薛老太爺正慢慢喝著一杯茶，看到阿秀頭髮有些毛糙，臉上的表情也不甚愉快，心中得意。

「這不是您讓芍藥把我叫起來的嗎，我一向尊老愛幼，自然不敢怠慢。」阿秀雖然嘴上這麼說，但是臉上的表情可完全不是這麼一回事。

「那就好。」薛老太爺點點頭。「那妳準備準備，我吃了早飯就開始教學。」

阿秀聞言，頓時覺得整個人就更加不好了。他這是在給自己下馬威嗎？而且他自己去吃早飯了，根本就沒有招呼她，這是讓她自己解決還是怎麼著？

等薛老太爺背著手笑咪咪地走了以後，阿秀便問芍藥，哪裡可以吃早飯。

芍藥面色有些為難。「這個時辰，大廚房還沒有生火呢！」言外之意就是說，這薛老太爺吃的是自己的小廚房準備的，而她，沒有早飯吃！

努力讓自己的心情平復，阿秀在這邊足足等了有一個時辰，等到後來，她真是不怒反笑了。

這薛老頭是吃定了自己不會去告狀？

好吧，她的確不好意思去告狀，但是這並不代表她就要逆來順受。

阿秀站起來，打算回去睡回籠覺，就看到薛老太爺吃得一臉滿足地回來了。

冷笑一聲，阿秀又坐了回去，她倒是想看看，他會教自己什麼。

「今兒是第一天，這學醫呀，要求腳踏實地，我也不清楚妳現在的水準，那就從這本書開始吧。」薛老太爺說完從兜裡掏出一本薄薄的書。

阿秀估摸著也不是什麼特別厲害的玩意兒，接過一看，臉色微微一變。

他給自己的這本書，書名是《薛氏醫史》。

一看這書名就知道不是寫什麼正經藥方的，打開一看，果然裡面寫的都是薛家的發家史，通俗地講，就是各種自誇，各種炫耀。

「您就讓我看這個？」阿秀想著自己比平日裡早起一個時辰，又在這邊傻傻地坐了一個時辰，他就給自己看這些個東西？

「這可是我們薛家的家史，一般人還看不到。」薛老太爺斜著眼看著阿秀說道。他原本就是愛記仇的，近些年來，根本沒有人敢明目張膽地得罪他，這阿秀算是頭一個，他自然是要費盡心機給她各種小鞋穿，完全不在乎這樣的行為是不是過於幼稚了。

「那就多謝師父的慷慨了。」阿秀呵呵笑了一聲。

拿起那本書慢慢看了起來，邊看還邊不忘「嘖嘖」兩聲，寫這本書的人還真是不容易啊，阿秀估摸著那些能歌頌大夫的褒義詞都被用上去了；而且讓她特別介意的是，這本書裡面出現了好幾次唐家，一般都是踩低唐家用來襯托薛家。

這個唐家，阿秀有些疑惑，和唐大夫，和自己的身分有什麼關係嗎？

「妳嘖嘖什麼？」

薛老太爺看阿秀的模樣，覺得她對薛家的家史好像有些不屑，作為一個一直對薛家感到驕傲的薛家人，薛老太爺頓時有些坐不住了。

「你們這是踩低別人，提升自己嗎？」阿秀指著某一處說道。

這裡講的是一百多年前，某處小村莊發生了疫病，唐家和薛家都有派人去支援，但是最後功勞都放在了薛家人身上，還處處提到唐家的人膽小如鼠，臨陣脫逃之類的。

薛老太爺看到這段，臉上也有那麼一瞬間的不自然。

「這唐家，現在是在哪裡啊？」阿秀問道，她覺得這書裡的這個唐家應該和自己是有關係的。唐大夫的姓氏，再加上他的醫術，都印證了這點。

「沒了。」薛老太爺淡淡地說道。

「怎麼沒有的啊？」阿秀難得八卦地問道。

她現在有一種要揭開謎底的感覺，雖然可能答案並不是那麼的美好，好多事情都讓阿秀覺得不解，她覺得自己應該嘗試著去探索一番。

自己的身世，她不可能被蒙在鼓裡一輩子。特別是現在身邊的人越來越多，和自己的身世有關的人也越來越多，老太君、顧家、薛家，甚至還有太后……

最近發生的事情，都讓阿秀聯想到自己的身世。

「一場大火，全燒沒了。」

薛老太爺話語中也帶著一絲惆悵。這幾百年的世仇沒有了，他反而一點都不覺得輕鬆，只覺得人生少了很多的樂趣。

「怎麼可能！」阿秀驚呼一聲。「這唐家應該也是大戶人家吧，哪有這麼隨隨便便被火燒沒了的！」看薛家，這府裡最起碼有好幾百號人，這著火的話，就算屋子救不回來，那人至少可以跑出來，但是看薛老太爺講的，好似都死光了。

阿秀聯想起自己穿越過來的場景，那血紅色的火光，暈倒前看到的那個瞬間……自己真的就是那唐家人嗎？

「怎麼不可能，這天災人禍，不是隨便能擋得住的。」薛老太爺的面目有那麼一瞬間的猙獰。當年的事情，他雖然不是很清楚，但是他比任何人都知道，唐家人的實力。而且還有那個現在坐上太后位置的女人，她以前的身分……想到當年的事情，薛老太爺的脾氣一下子就暴躁了起來。

「就沒有一個人逃出來嗎？」阿秀能感覺到他身上的變化，卻還是繼續問道。

「沒有，全死光了，唐家已經完全不在了！」薛老太爺說完將放在一旁的茶水一口喝完。「妳看妳的書，不要問這些和醫術無關的事情！」

「可是這本書，也沒有什麼是和醫術有關的啊！」阿秀表示很無辜，明明是他自己給她看的書啊，現在反倒是他暴躁了。

不過她至少差不多能瞭解到自己的身世了，當年她和阿爹應該是倖存的人，阿爹的武功應該很不錯，而唐大夫，多半就是自己的爺爺，他被顧家人救下的可能性更加大；這顧家人救下了他，要保護他的人身安全，和他們自己的安全，便將唐大夫一直安置在府裡面最為偏僻的地方。

而唐家人會被一把火全燒沒了，那肯定是因為得罪了不該得罪的人。

阿秀忍不住聯想，看現在薛家的地位，當年唐家和薛家那是旗鼓相當，一般人最怕得罪大夫，而不怕得罪大夫的最有可能的就是宮裡的貴人……

後宮的可能性不大，十年前先帝不過二十歲，正是年輕氣盛的時候，應該容不得後宮伸手過來，所以阿秀猜測，應該是先帝下的手。

如今先帝駕崩，新帝登基，所以之前阿爹才會帶著她搬家，也沒有反對她進京……

可是，當年的唐家到底是犯了什麼錯呢？

如果是真的犯了大錯，能搬得上檯面來的，肯定是會有記錄，但是這薛老頭兒只說是大火，那這個罪名應該是上不得檯面的。

阿秀的腦海中突然出現了一句話——「欲加之罪，何患無辭」……

當年唐家消失的真相，又是什麼呢？

第五十九章 幼稚報復

被阿秀的話噎得渾身不舒服的薛老太爺，看阿秀更加是不順眼。

既然她覺得這本書沒有什麼內容，他就讓人將自己書房的那些書都搬過來，讓她看完再吃飯，自己則慢悠悠地踱步去瞎逛了。

因為阿秀剛剛問的那些問題，讓他又想起了當年的事情，這讓他的心情十分抑鬱。

唐家，唐家……

即使過去了十年有餘了，但是他還是不能忘記當年的那場大火，足足燒了有三天三夜，因為火勢太大，旁邊的幾戶人家也跟著遭殃，等燒完以後，只剩下一片的淒涼。

「祖父。」薛行衣從自家的藥鋪回來，就看到薛老太爺這大冷天的，默默站在雪地裡看桃樹。

這大冬天的，看臘梅也就罷了，他看這只剩下樹幹的桃花樹有什麼意思，如果他沒有記錯的話，這個時辰，他應該在書房教自己那個「小師姑」吧。

「你回來了啊？」薛老太爺轉過身去，面色已經恢復到了平常的模樣。「今年這梅花開得有些晚啊！」

薛行衣餘光掃了一眼桃花樹，也不拆穿，只道：「的確，只是這大冷天，您怎麼出來了？」

「這屋子裡太悶，我出來透透氣。」薛老太爺說道。

「那小師姑呢？」薛行衣難得關心別人一下。

「什麼小師姑？」薛老太爺一開始還沒有反應過來，後來才意識到薛行衣說的是阿秀，想到這個人，薛老太爺就覺得腦仁疼，她總有辦法讓自己變得不爽快。

本來今兒應該是他占上風的，但是現在，偏偏是他胸悶到來外面透氣，她倒是舒坦，可以在溫暖的屋子裡看書。

「她在看醫書呢，讓她先自學一番再說。」薛老太爺說。

「那我去看看。」薛行衣說著就打算往薛老太爺的書房走去。

薛老太爺先是點點頭，馬上又意識到了什麼，微微皺著眉頭說道：「你問她作甚？」

要知道自己這孫子的脾氣，眼裡沒有半分別人，如今竟然主動問起了那個小丫頭的情況，這讓薛老太爺心中一陣驚恐，他該不會是瞧上那個黃毛丫頭了吧……

要知道自己當年喜歡上姑娘的時候，也是恨不得知道她所有的事情。

薛老太爺一直都清楚，這薛行衣是很有主意的人，而且一旦他下定了決心，那是誰都動搖不了的。要是他真的喜歡上阿秀，薛老太爺光是想想，就覺得整個人都不大好了。

薛行衣沒有猶豫，直接說道：「我想向她請教一些問題。」

但是在薛老太爺看來，這事情絕對沒有那麼簡單。那小丫頭才幾歲，自家孫子那麼優秀，有什麼需要向她請教的，這肯定只是一種說辭。

「有什麼問題，問我不行嗎？」薛老太爺問道，薛行衣他只對醫術有興趣，能問的問題肯定也只跟這個有關。

「祖父您不懂。」薛行衣很是直白地說道。

薛老太爺頓時感受到一把利劍直直地插進心臟，這有什麼事情是他不懂，而阿秀那個小丫頭懂的啊！薛老太爺覺得自己的權威受到了挑釁。

「既然是我不懂的，那我也去見識見識好了。」薛老太爺努力讓自己的模樣看起來和平常一樣。

薛行衣只是淡淡地看了薛老太爺一眼，便點點頭。他想著自家祖父的確也是不懂，這醫學是學無止境的，一起去見識見識那也是極好的。

等推開書房的門，他們便看到阿秀埋在一堆書裡面，只見她快速地翻著書，還時不時地拿筆在紙上面寫些什麼。

薛老太爺原本以為，自己不在的時候她會偷懶呢！這麼一想，她倒也不是完全沒有優點的。

「妳看的怎麼樣了？」薛老太爺狀似關心地問道。

「嗯，還可以。」阿秀有些冷淡地應了一聲。不得不說，這薛家在醫學上的藏書的確豐富，不過在阿秀看來，不是每本書都那麼有用；相比而言，自家那麼幾本醫書，反而比這麼多醫書加在一塊更加有用。

薛老太爺原本以為阿秀會羨慕這薛家的藏書，以及書中內容的豐富，沒有想到她的態度如此平淡，這讓薛老太爺失望之餘又覺得她著實是不識貨，要知道這些書，一般人可未必看得到。

「行衣，你不是有什麼問題要問嗎？」薛老太爺提醒道，他不大想和阿秀說話，免得又被噎到。這阿秀說話也算是有特殊技能，總能讓他變得不爽快。

「是。」薛行衣點點頭。「我一直想要問妳，那司春身上的傷口，是怎麼治好的？」

聽司春之前的描述，他聯想了一下自己的能力，他覺得自己也做不到在短時間內處理好這些傷口。他一向是一個誠實的人，不管是對自己，還是對旁人。

「司春是誰？」阿秀反問道，自己醫治過的病人太多了，她雖然隱隱間覺得這個名字滿熟悉的，但是要將臉對上，實在是有些困難。

「就是軍營裡那個身中數箭的男子。」薛行衣說道，在探討醫術上面的問題的時候，他從來都不會覺得麻煩。

「你說的是那個司春啊。」阿秀恍然大悟，雖然她救治的病人不少，但是被箭扎成刺蝟一般的，還真的只有他一個。

「是的。」薛行衣點點頭。

「其實那個傷口處理比較簡單，等我吃了午飯再慢慢和你來說。」阿秀從書堆裡站起來，眼睛看向薛老太爺，正好他也在看她，這薛老太爺記仇，她阿秀也是記仇的。

「那便先去用膳吧。」薛行衣看了一下時辰，雖然還有些早，但是也不是不能用餐，而且他也著實好奇。

原本阿秀不是薛家的弟子，他還不好意思問這個問題，畢竟每個人都有自己的獨門手段，如今她既然成了薛家弟子，那應該就不是什麼大問題了。

薛老太爺要是知道自家孫子就是為了這個原因，才一直把阿秀塞到他這邊，不知道有何感想。

「可是師父說不看完這些書不准去吃飯呢！」阿秀一臉無辜地看著薛老太爺。

薛老太爺面色一僵，他怎麼一點兒都沒有看出來她是這麼聽話的人。

薛行衣將屋子裡的書掃了一遍，這裡面最起碼有百、八十本書，這真要看完，說不定就得好幾個月，這人怎麼可能幾個月不吃飯。

「祖父。」薛行衣看向薛老太爺，雖然目光平平淡淡的。

薛老太爺沒有好氣地說道：「去吃吧、去吃吧，等吃完飯再說。」這算什麼，跟自己的孫子告狀？

「那好吧。」阿秀臉上帶著一絲勉強。「原來師父的話這麼容易變哦。」

薛老太爺頓時覺得胸口一悶，他覺得自己需要繼續去透透氣。

因為沒有吃早飯，阿秀吃起午餐來頗有些狼吞虎嚥，再聯想到她的小身板，就讓人覺得更加同情了。

跟在一旁的芍藥，看到這副情景，聯想起自己今天早上的行為，都覺得自己是在助紂為虐。

吃了足足有半個時辰，阿秀這才停了下來，摸摸吃飽了的肚子，她打了一個哈欠。

「我吃飽了，睡午覺去了。」要不是薛老頭太缺德，讓她早起一個時辰，她現在也不會這麼睏。

「小師姑，那個傷口……」薛行衣提醒道。

「可是我睏了，今兒師父讓我寅時便起了，我往日在將軍府都是卯時才起的，實在睏得緊，我現在正是長身體的時候，要是因為睡眠不足就長不高，那就不得了了，以後出門，那丟的也是薛家的臉啊！」阿秀說道，還不忘用睡眼朦朧的眼睛看了薛行衣一眼，表示自己的確比較艱難。

薛行衣看了薛老太爺一眼，自家祖父還是這麼幼稚，就算是要報復，用的也是這麼直白的方式，讓人一眼就能看出來；要是他的話，他會把事情做得隱蔽一百倍，讓誰也抓不出錯來，只不過，能讓他這麼費心思對付的人，還沒有出現。

「那等小師姑睡醒，我再來叨擾。」薛行衣很是懂禮地說道。

阿秀笑著點點頭，不過這睡完午覺，就該吃晚飯了吧……

而薛老太爺因為阿秀的話，氣得吹鬍子瞪眼的，他還沒有見過這樣的人，敢當著他的面和別人說他的壞話，態度還這麼理直氣壯，特別是還搬出了將軍府當理由。

之前太后走的時候說了，要是住不習慣的話，是可以搬回將軍府的。

但是這太皇太后既然讓她住在薛家，她若是又要搬回將軍府，不就是在表明她在這薛家過得不好了。

這做徒弟的，難道不該是師父說什麼，就是什麼嗎?!果然唯小人與女子難養也！

而阿秀，則是衝著薛老太爺得意一笑，開開心心地回了自己的屋子。

她已經打定主意了，要是明天他再故意這麼對自己，她才不吃他這套，她就賴床了怎麼著，反正她估摸著那些小丫鬟也不敢對她動粗！

至於薛行衣的那個問題，這薛老頭兒這麼對自己，她才不會傻傻回答他的問題呢！反正大夫藏私是再正常不過的事情了。

第二天的時候，那芍藥姑娘還是老時辰來叫她，只不過聲音小了不少。

阿秀掏掏耳朵，翻了個身又睡著了，誰管她呢！

不過讓她比較意外的是，那芍藥今天就喊了她一次，等她睡到自然醒，這太陽都曬日頭了。

阿秀慢吞吞地穿好衣服，吃完了早飯，這才到薛老太爺那邊去。

那薛老太爺看到阿秀的時候，神色很是不豫。「不是說好了上課嗎，妳看看現在是什麼時辰了！」

薛老太爺以為阿秀最起碼會憋屈幾天，沒有想到她第二天就完全不把自己放在眼裡了。

他今天為了見到她的不痛快，起了一個大早，結果他在這裡等了半天，她連個人影都沒有出現，偏偏他又不想放下身段，讓人專門去叫她。

這一等，就等到了現在，足足兩個時辰，他連早飯都還沒有吃！

就這麼餓著肚子，瞧著阿秀一臉吃飽喝足的滿足模樣，薛老太爺覺得自己的腦袋都嗡嗡作響。

「師父，我昨兒把醫史全看了，啟發特別大。」阿秀很是誠懇地看著薛老太爺，機智地選擇轉移了話題。

他今天的火氣比自己昨天要大得多呢！果然是年紀越大，脾氣也越發大了。

「什麼啟發？」薛老太爺見阿秀這麼說，原本皺起的眉頭微微撫平了些。就當她是昨晚看書看遲了，這起床才遲了，畢竟那個醫史也不薄。這麼一想，他心裡倒是稍微舒坦了些，但是也就稍微一點。

「我覺得吧，當一個大夫，最主要的就是要堅持！」阿秀一邊說道，一邊點頭。其實這薛家的醫史她根本沒有翻幾頁，而且還是專門挑有涉及到唐家的那些，雖然有些失真，但是她也能夠看出來，當年的唐家實力的確非同一般。

「還有呢？」薛老太爺點點頭，相比較說什麼要「懸壺濟世」之類的，這個倒是靠譜得多，不管做什麼事情，都需要堅持。

「要謙虛。」阿秀繼續瞎掰，反正這種話，當年寫作文的時候用得多了，這薛老太爺再問下去的話，她還有好多後備的詞語。

「嗯，這點很好，不管學醫做人，都需要謙虛。」薛老太爺說得意有所指。「那麼今天，妳就開始看這本書吧。」

薛老太爺昨兒已經叫人將那些書都搬走了，現在拿出來的是一本很薄的書，上面寫著《湯頭歌》。

阿秀根本不用翻，心中就知曉了。一般初學者都會看這本書，當然她也看過，在她五歲的時候，現在雖然不能說倒背如流，但是順背如流還是可以的。

本來她看這個老頭兒態度好似平和了不少，以為他是真的打算教自己什麼了，沒有想到還是老樣子，用這些小孩子的玩意兒打發自己，也虧得她還沒有真的把他當師父。

見阿秀面色不悅，薛老太爺摸摸鬍子道：「這學醫，就像妳說的，要謙虛，每一本醫書都有可以學習的地方，不是說背熟了，就是真的會運用了。」

他就拿剛剛阿秀說的話來堵她，還特意在「謙虛」兩個字上面加了重音，不過三句話，他就兩次提到了這點。別看他現在面色好像和平常一樣了，但是這做的事，一看就知道還是很介意。

阿秀從來沒有見過一個老頭兒心眼兒這麼小，但是手段又如此幼稚。

「既然師父都這麼說，阿秀自當聽得。」阿秀笑咪咪地看著薛老太爺，既然他想看自己吃癟，她就不讓他如意。

「那妳就慢慢看吧。」薛老太爺打算去吃個早飯，這年紀大了，一頓不吃，身子就吃不消了。

那些個下人也真真不識相，難道不曉得送點糕點過來嗎？他自己哪裡還記得，這書房不得用食的規矩還是他自己訂的。

這麼過了幾日，太后娘娘冷不防上門來了。

因為沒有提前告知，她這麼突然上門，把薛家弄得一陣雞飛狗跳。

「母后身子不好，就由哀家來考察一下阿秀的學習情況。」太后笑著和薛老太爺說道，畢竟他還算是自己的長輩，所以太后對他的態度很是溫和。

頭。

薛老太爺萬萬沒有料到，還會有這麼一齣。

其實這太后也不過是心血來潮，她好不容易找到了阿秀，自然是恨不得時時刻刻將人放在視線內，所以忍了五天，今天就這麼上門了；至於考察學習情況，不過是隨便找的一個由頭。

「阿秀，來，到哀家這邊來。」因為有外人在，太后在阿秀面前還是自稱「哀家」，只是望著阿秀的眼神中隱隱帶著一絲熱切，還好她最擅長偽裝，一般人還真瞧不出來。

「見過太后娘娘。」阿秀乖乖行禮。她有些掌握不清，太后來這邊只是隨便來看看，還是來聽她講真話的？太后對她的態度，一直讓她有些好奇和疑惑。

「好孩子。」太后一把拉住阿秀的手。「在薛家可待得慣？」見阿秀氣色不錯，想必應該沒有受什麼苦。

不過畢竟是太皇太后送過來的人，薛家也不敢真的怠慢她。

「薛家自然是極好的，只是我想老太君了。」阿秀低著頭說道。

她實在是不大喜歡待在薛家浪費時間，其一是有薛老太爺的各種幼稚報復，還有一點，是薛行衣的難纏。

她一直沒有將外科縫合的手法教給他，他就時不時地出現在自己面前，一開口，肯定就是這件事情，他難道都不知道委婉一下？

「那今兒便隨哀家回將軍府去看看老太君吧，聽說老太君最近有些咳嗽，妳去瞧瞧也是好的。」太后見不得她傷心難過。

「可是……」阿秀有些可憐兮兮地看著薛老太爺。「師父還要我看《湯頭歌》呢。」

從第二天把那本書給了阿秀，薛老太爺就再也沒有教過她別的，阿秀一開始還覺得有些不爽快，後來反而笑了。她是太皇太后送過來的人，到時候她學不好，丟的還不是他的人？一榮俱榮的道理，他這麼大年紀難道還不懂?!

他自然是曉得的，只是這些年被捧得太厲害了，有些忘其所以了。

太后一聽阿秀這麼說，眉頭立馬就皺了起來，這《湯頭歌》是初學者才會看的書，這點她這個外行都知道，她的阿秀現在都這麼厲害了，哪裡還需要看這些。

而且當初她不反對阿秀到薛家來學醫，也是想著薛家有可以學習的地方，但是看現在的情形，這薛家老太爺，也未免太不把她們的話當回事了！

「薛大人，這母后讓阿秀來和你學醫，那是佩服你的醫術，你如今就拿這個來回報母后對你的信任？」太后帶著一絲淺笑，只是話語中並不見任何的暖意。

「是老臣的失誤。」薛老太爺連忙跪下，這件事情，他知道是自己考慮的不夠，他太以自己的情緒為重了。

「你起來吧，今天阿秀先跟著我回鎮國將軍府，等之後再回來，你趁著這段時間也最好先想一下，應該教些什麼，以後我每三日便會來檢查一番。」欺負誰也不能欺負阿秀！太后一向都是以溫柔的態度示人，現在她說這話，已經是相當嚴重了。

而在場的薛家人，都忍不住一陣惶恐。

「微臣知道了。」薛老太爺低著頭說道。

太后微微嘆了一口氣。「既然如此，那我也不再追究什麼，不過這阿秀，是哀家和母后都極為看重的人。」這話明顯是在給阿秀造勢，讓薛家的人不能小瞧了她，不光是不能小瞧，還得供起來。

第六十章　太后和他

連午飯都沒有吃，太后就帶著阿秀走了，只留下一群薛家人面面相覷。

這太后娘娘今日的脾氣也太大了些吧……

等上了去鎮國將軍府的馬車，太后這才柔聲說道：「這件事是我考慮不周全，妳在薛家有受委屈嗎？」

如果阿秀點頭的話，太后說不定回去以後會再想些什麼法子對付他們。

「沒有，其實師父還算和善。」雖然他並沒有教自己什麼，但是他也沒有虐待自己，而且她吃穿都在薛家，這方面他們可一點兒都沒有虧待自己。

倒是這太后對她的態度，好得過分，這讓阿秀總覺得有些不安，可是她身上又偏偏有一種讓她很想親近的感覺。

「聽說妳以前跟著唐大夫學過醫？」太后問道。

這件事情她是近幾日才探查知曉的，要是早知道的話，她就更加不支持阿秀去薛家了。這唐大夫的本事，她自然清楚，阿秀跟著他學，就能學到很多了，根本不用再跑到薛家去受人欺負。只是，太后心中疑惑的是，這唐大夫他猜到了多少。

阿秀和那人長得那麼像，而且還有耳垂上的那紅點，他不可能不知道，也不可能猜不到。當年的事情，阿秀她……太后突然有些不敢想了，要是阿秀知道了當年的事情，還會願意坐在她身邊和她說話嗎？

還有他，阿秀出現了，為什麼他還是沒有出現？

種種問題，讓一向最是冷靜淡定的太后，都無法做到面不改色。

「唐大夫的醫術很是高明。」阿秀毫不吝嗇地讚揚道。

這個的確是實話，而且相比較別的大夫，他更加擅長用比較簡單的方子來治病。特別是在軍營的時候，別人一個方子要用的藥，他起碼可以用在兩個方子上。到後期藥材缺乏的時候，他們都讓他一個人來開方子了。

「他對妳……」太后眼神微微暗了暗。「怎樣？」

「唐大夫為人雖然比較嚴肅，不過心是極好的。」阿秀說道，這唐大夫雖然永遠板著一張臉，說話又少，但是只要忽略這些，就會發現，他和一般的老人是一樣的，他也會關心小輩，只是不善於表達。

「是嘛。」太后的頭微微低下去，那個時候，他對自己也是極好的，雖然話不多，但是卻不是嚴厲的人，對下人也很是和善。

她也曾經想召他入宮，只是事到臨頭卻膽怯了。今天，她也是想借著阿秀的名頭，去瞧瞧他。雖然她一直都知道他身子骨兒不錯，但是具體的，卻不甚瞭解。

連見都不敢見，自己果然還是太懦弱了。

「太后娘娘也認識唐大夫嗎？」阿秀問道。

「嗯。」太后點點頭，怎麼會不認識呢，畢竟他對於自己，就跟父親一般。

阿秀歪著腦袋看了太后一眼，難道因為她和唐大夫是熟人，所以才這麼照顧自己？可是，她和唐大夫現在還沒有捅破那層關係啊，太后應該也不至於知道這個啊！

阿秀覺得，真相好像離她越來越遠了。

「那唐大夫啊，是個很好的老師，妳跟著他多學一點，沒有壞處的。」太后輕輕摸摸阿秀的腦袋，如果他知道了阿秀的身分，想必只會教得更加盡心了。

只是她已經拜了薛子清為師……太后再次後悔當時沒有及時阻攔。

「是。」相比較那個幼稚的薛老太爺，唐大夫自然是成熟而又穩重，而且還溫文爾雅，氣度不凡。

薛家和鎮國將軍府離得並不是很遠，閒聊了幾句，便到了鎮國將軍府。

因為顧家提前收到了消息，這個時候已經站在了門口迎接太后，除了老太君因為身子不適，其他人都到場了。

「聽說老太君近日來有些咳嗽，哀家特意將阿秀帶了來。」太后笑著說道，臉上已經沒有了絲毫的不快。

「多謝太后娘娘。」

「午膳已經備好，太后娘娘這邊請。」顧夫人迎了上來。這個時辰太后專門從薛家到了顧家，以顧夫人的聰明，自然能猜出一些深意來。

「好。」

「我想先去瞧瞧老太君。」阿秀聽說老太君咳嗽，心中自然也是擔心的。

「這孩子倒是個孝順的，那妳去瞧瞧便趕緊過來用膳。」太后說道，讓阿秀跟著丫鬟過去了。

「阿秀是個重情的孩子。」顧夫人也說道，相比較一般大家小姐們的惺惺作態，阿秀顯得自然得多。

「聽說那容家最近不大太平？」太后點點頭，並沒有繼續深入這個話題，而是主動轉移了話題。

自從她讓人將容安送回了家，容家就被她鬧得天翻地覆的。

容安自小因為受太后的寵，在自己家中，就是長輩也沒有人敢招惹她。但是如今，太后不願意再寵她了，這家裡原本受了她欺負和打壓的，自然是都冒出來了，所以她現在在容家的日子，肯定不是很好過。

再加上她性子的緣故，那容家老爺上朝的時候，臉上都還有兩條抓痕呢！

「聽說是幾房之間有了些矛盾。」這容安的性子，也著實是太無法無天，只是她畢竟是太后寵過的人，顧夫人說話間也還是要注意。

雖說是家事，但是在京城，這樣的事情，怎麼可能瞞得住。而且因為這件事情，那些人對容安的性子又有了一種新的認知，原本的那些媒婆，現在一下子都沒了蹤影。

「那孩子，就是性子太鬧。」太后淡淡地說道，雖說是她寵過的孩子，但是現在，她的面上卻只有一絲淺淺的惋惜。

「您說的是。」看到太后的態度，顧夫人心中只感慨這宮中貴人的多變。

阿秀跟著嬤嬤到了老太君那邊，雖說有些咳嗽，但是老太君並沒有躺在床上，穿戴整齊地坐在榻上，靜靜地拿著一本佛經在看。

她不去迎接太后，想必是怕將病氣過給了太后。

「小姐，您看，是阿秀回來了。」碧嬤嬤在一旁先瞧見了阿秀，衝她一笑。

老太君原本還低著頭，聞言往門口瞧去，果然看到阿秀正衝著她在笑。

「妳個小沒良心的，這些時日也不知道帶個口信過來。」老太君怪罪道，只是這語氣，更多的卻是關心。

「這是我的不是。」阿秀笑著走過去，坐到老太君的身邊，問道：「您這身子怎麼樣了？」

「咳嗽有三日了，大約是之前受了風寒，之前大夫給開了藥，要不妳來瞧瞧？」碧嬤嬤在一旁說道。這老太君啊，在小輩面前，最不愛說實話。

「就妳話多！」老太君掃了碧嬤嬤一眼，但是卻沒有真的怪罪於她。

「那就麻煩嬤嬤了。」

接過藥方，阿秀便疑惑。「怎麼不找唐大夫瞧瞧？」這字跡並不是她熟悉的。

「不過是小病，麻煩他作甚！」這唐大夫雖然住在顧家，但是一般除非是大病，不然不大會有人去找他，畢竟他不是顧家的下人。

「那我再給您開一個方子，到時候叫人煎上。」阿秀說著快速寫了一個方子。「等一下我再去廚房，叫廚娘給您做一個冰糖燉梨，止咳最是好，而且味道很是甘甜。」

「就妳花樣最多。」老太君笑呵呵地說道，明顯對阿秀的態度很是受用。

這自家的三個孩子，一個年紀太小，兩個性子太硬，她都覺得自己那三個孫子，哪有阿秀這樣軟軟的可愛，又貼心又乖巧的。

「阿碧，阿翎人呢？」老太君問道。

「少爺跟著夫人招待太后呢。」

「他哪裡懂這些，妳把他找來，陪著阿秀去廚房，瞧瞧那個冰糖燉梨是怎麼做的，我這生病，也沒見他這麼上心過！」老太君沒有好氣地說道。

碧嬷嬷在心中默默失笑，這老太君一咳嗽，顧靖翎就馬上去請了大夫，還專門讓人買了她最喜愛的蜜餞，現在可不就是睜著眼睛說瞎話?!

「是是是，奴婢馬上就去請少爺過來，只是這個時辰了，要不讓阿秀先去吃飯，等吃了飯再讓少爺學去，您也該吃飯了，等一下還得喝藥呢！」碧嬷嬷笑著說道。

這老太君當年一直都說君子遠庖廚，如今卻偏偏讓顧靖翎去做這個，這其中的深意，她一眼就瞧出來了。

在她看來，這阿秀，比那些嬌滴滴的大家小姐要好得多了，倒也算是一個不錯的人選，只是……她瞧了阿秀一眼，就怕她和那些俗人一般，忌憚著那個傳言。

因為有太后在，這頓飯吃得頗為拘束，好不容易太后說要去隨便走走，顧瑾容連忙帶著裴胭跑了。

「瑾容也快十八了吧？」太后問道，話語間倒是沒有什麼別的意味。

「是。」雖然太后沒有別的意思，但是被人當面這麼問，顧夫人心中還是有些複雜的，她並不介意女兒在將軍府待一輩子，但是那些俗人的閒言碎語也的確是不少。

「妳心中可有什麼中意的人選？」太后含笑著看著顧夫人。

「容兒是個有主意的。」顧夫人輕輕嘆了一口氣，女子有自己的主意，是好事，但也是壞事。

太后輕輕拍拍顧夫人的手，寬慰道：「這兒孫也自有兒孫的福。」

「多謝娘娘吉言。」顧夫人的臉上多了一絲笑意。

再說廚房裡，阿秀正指揮著廚娘準備食材。

她知道自己的手藝，自然不敢親自動手，要是以後老太君對這道冰糖燉梨有了心理陰影，那她的罪過可就大了。

「這個真的對奶奶的咳嗽有好處？」顧靖翎有些不大相信，在他看來，這更加像是一道小甜點，而且隨著蒸的時間變長，那甜香味也越發的濃郁。

「那是自然。」

「奶奶的牙齒不大好，吃不得這麼甜的。」顧靖翎不忘在一旁提醒道。

「這冰糖燉梨中沒有放多少的冰糖，甜度適中，不會影響到老太君的牙齒的。」阿秀睨了顧靖翎一眼，沒有想到，他倒是有些心細呢！

「那就好。」顧靖翎看了一眼爐子，又看了一眼阿秀，發現她的注意力都放在那個爐子上面了。他輕咳一聲，打算說話。

「你也咳嗽了嗎，要不要也燉上一個？」阿秀被他的咳嗽聲吸引，難得關心了他一回，畢竟在一個地方住著，被傳染也是再正常不過了；而且現在材料是現成的，又不用她動手，再多做一個也不是什麼麻煩的事情。

「我沒事。」顧靖翎難得的耳朵泛起了一絲紅色。

「哦。」阿秀說，眼睛繼續移回爐子上。

「妳在薛家學醫術，和薛家人相處得可好？」顧靖翎問道。阿秀畢竟是從他們府裡出去的人，他自然要關心兩句。要是真被欺負了，那他肯定得去找回面子來，他們顧家可不是好欺負的。

「還好。」阿秀有些不明所以，不過還是老實回答了。又不是在意的人，說實話阿秀根本就沒有多注意他們對自己的態度，在她看來，吃好睡好，已經很不錯了啊！

「那便好。」顧靖翎微微點點頭，看樣子，她還不算太笨。

阿秀茫然地看了顧靖翎一眼，這是什麼意思？

這顧靖翎的性子最近好似越發多變了，以前看他好似特別瞧不上自己，但是現在，他好像又是在關心自己？

她哪裡曉得，她既然是他帶到顧家的，顧靖翎自然是覺得自己對她是有一分責任在其中的，自然也比之前要關心她些。這相處得久了，說不定也是有了一些感情在裡面。

將做好的冰糖燉梨放好，阿秀便和顧靖翎親自給老太君送去。

老太君遠遠地就瞧見他們兩個一起走過來，就和站在一旁的碧嬤嬤說道：「阿碧，妳瞧著兩人是不是挺般配的？」

「這是自然。」碧嬤嬤說道，以往那些大家閨秀看到少爺就怕，好似看上一眼就會要了她們半條命似的。

這顧靖翎雖然因為常年待在軍營，身上多了一絲殺伐之氣，但是也沒有那麼嚇人啊！那些大家閨秀啊，就是矯情！

「我瞧著阿翎倒是有些小心思了，反倒是阿秀，好似還沒有開竅，想必還是年紀太小了。」老太君說著，有些可惜。

顧靖翎如今都快十八了，也該訂親了。特別是她近年來身子骨越發的不行了，人年紀大了，就想看著小輩娶妻生子……偏偏兩個都是不讓人省心的。

「您的眼睛自然是雪亮的。」碧嬤嬤捂著嘴笑。她們都這把年紀了，有些事情，自然是一眼就能瞧出來。

「老太君，冰糖燉梨給您送來了。」阿秀將盅放到桌子上。

「妳有心了。」老太君笑著說道，眼睛輕輕掃了顧靖翎一眼。

相比較阿秀，他請大夫、找人買蜜餞的行為好像是弱了些。

和老太君說了幾句，因為太后找人來叫她，阿秀就先離開了。

這太后來找阿秀，主要是要和她一塊兒去見唐大夫，她一個人的話，還是沒有勇氣。

唐大夫還是住在最偏遠的西苑，阿秀和太后進去的時候，他正在曬藥材。

因為沒有人提前去通知他，他在看到她們倆一起過來的時候，臉上帶著明顯的詫異。

他其實之前就有這樣的猜想，當他得知阿秀進了宮，既然他能發現阿秀的身分，她沒有理由發現不了，只是他一直不願意相信這一點。

如今，瞧著她們一起走過來，唐大夫的心中有些複雜。

「唐……大夫。」太后的聲音帶著一絲酸澀，整整十年有餘了，他們才再次說到話。

「太后娘娘。」相比較太后的情緒波動，唐大夫的聲音倒是波瀾不驚的。

阿秀瞧瞧這個，看看那個，心中有了一種很詭異的猜測，難道當年這太后和唐大夫有什麼？

不過再看他們的長相，唐大夫雖然一看就知道年輕的時候是個帥哥，但是太后站在他面前，做他女兒都是綽綽有餘的；而在地位上，太后比唐大夫高得太多了，可是太后看他的眼神又是愧疚，又是忐忑，各種的複雜。

阿秀的腦袋本來就不大擅長想這些彎彎曲曲的東西，想不出來，索性就不想了。

「您，過得可好……」太后的手藏在袖內，在外人瞧不見的地方，手指甲深深地嵌入了手心中，相比較他現在的平靜，其實她更加想看到的是他的憤怒。

「平平靜靜的，沒有什麼不好。」唐大夫並沒有多去看她一眼。

當年的事情，雖說錯不全在她，但是要他原諒她，卻也不是這麼簡單的事情。他並不想見到她，要不是因為阿秀在一旁，他可能連現在這樣的態度都沒有。

「我……」太后輕輕捂住嘴，不讓人瞧出她的嘴唇在顫抖，幸好她沒有讓那些宮人跟過來。

他當年是唐家最有能力的大夫，只不過他並不喜歡名利，所以把家主的位置直接就傳給了他的兒子，但是唐家沒有一個人敢輕視他；相比於現在蝸居在一個小院子裡，更是一個天上，一個地下。

太后心中一陣陣刺痛。她知道顧家不會虧待他，但是卻也不能太厚待他，免得將別人的注意力都吸引過來，反而讓他有危險。

「阿秀，妳最近幾日，學得怎樣？」唐大夫並不願去關注太后的喜怒哀樂，而是將注意力都放到了阿秀身上。幾日不見，她好似又長高了些，看樣子，那薛家應該是沒有虧待她。

「我覺得根本就比不上您。」薛老太爺的醫術，阿秀是不清楚，但是他的人品，肯定是不及唐大夫的。

「薛家那小子，也算是有幾把刷子，妳好好和他學。」唐大夫說道。相比較薛家一直處處踩低唐家，唐大夫在說到薛家的時候，態度顯得平和很多。這生死都經歷過了，還有什麼看不開的呢！

「哦。」阿秀以為自己能從唐大夫這邊聽到什麼別的內幕呢，可惜他根本就沒有就那件事多說什麼。

「這薛家最是擅長婦人的疾病，妳多學一點，對妳以後有好處。」唐大夫語重心長地說道。

這太皇太后既然想要培養阿秀，自然是想著讓她多給女子看病，而薛家，有專門學這部分的書籍。

唐家在這部分，當年都是女子學的，自從唐家沒了，那些書籍也已經毀在了大火中。

「嗯，阿秀明白。」阿秀現在才知道，這其中還有這樣的緣由。

「那薛老頭心眼兒最是小，不過他最禁不起別人的激將，妳要是想要學什麼，稍微激他一下便好。」唐大夫說道。

「嗯嗯。」阿秀聞言，眼睛一亮，自己好像有了不錯的法子呢！

第六十一章　婦人之症

在鎮國將軍府待了半個下午，太后不能出宮太久，便帶著阿秀離開了。

阿秀自然還是回薛家。

不過因為有了太后之前的警告，薛家人瞧見阿秀那叫一個殷勤；就是薛老太爺，對她的態度也好了不少。

之後她便跟著薛老太爺開始學醫術，她也謹記唐大夫之前說的話，多向薛老太爺學習那些婦人病症的醫治手段。

現在的婦人，在面對這些病症的時候，一方面是難以啟齒，另一方面，也是無人可醫。民間的大夫多半不擅長這些，那些御醫，卻也不會輕易替百姓看病，而且這中間還夾雜著一個男女大防。

女人在這個時候，絕對是屬於弱勢群體。

薛老太爺原本只是為了應付太后，但是後來靜下心來，發現這阿秀竟也是個可造之材；再加上阿秀善於利用之前唐大夫教她的那一招，不過三個月的工夫，竟也將那些病症學得七七八八了。

而太后，也和之前說的一樣，三天便來薛府瞧一番，有時候會留下來用膳，但是更多的時候，不過是坐下閒話幾句就走了。

因為太皇太后的毛病，這次的年過得並不是很熱鬧，阿秀在薛家和顧家分別吃了一頓豐盛的飯，拿到了不少的壓歲錢，這一年就這樣過去了。

阿秀因為出生的月分大，滿打滿算也不過十三歲出頭。

不過因為最近吃得好了，身子抽長了不少，就是原本擠在一塊的五官，也有些長開了，這明眸皓齒的，倒也有自己的一番靚麗。

三月初的京城，還透著一絲寒意，不過相較年前的氣候，已經好了不少。

阿秀也脫掉了厚重的襖裙，換上了稍微輕便的棉裙。

這日，正好有人專門到了薛家，請薛行衣去瞧病，自從薛老太爺閉門謝客以後，那些病人多數選擇來找薛行衣。

雖然他面部僵硬，話語極少，但是醫術卻是極好的，再加上他外表俊秀，很受那些夫人、小姐的歡迎。

阿秀最近一直是跟著薛老太爺在內宅裡面學習，這次就讓她跟著薛行衣一塊兒去瞧瞧。

這些日子，薛行衣一直在研究太皇太后的病症，也就少了時間去糾纏阿秀，問她縫合技術。

坐在馬車上，阿秀正無聊地開始剝手指甲，薛行衣卻突然開口問道：「妳怎麼會想到將人肉像布一樣縫起來？」他從來沒有想過，還能用這樣的手法，而且聽說縫的時候還挺有講究的，不是簡單地在外面縫上就好。

這讓薛行衣就更加奇怪了，她是哪裡來的自信，知曉要這麼縫合。

「突發奇想而已。」阿秀稍微遲疑了一下說道。要是說是在醫書上看的，他肯定又會追問是什麼醫書，她根本就拿不出來。

「那妳說，太后娘娘的病，能不能試著打開一下？」他指了指頭部。

阿秀一聽，心中大驚，要知道在現在這種情況下，薛行衣說這樣的話是相當大逆不道的。

「你怎麼會有這樣的想法？」她不懂，這薛行衣怎麼會有這樣的想法，就因為她曾經用了縫合手段嗎？

「不過是突發奇想罷了。」相比較阿秀的情緒浮動，薛行衣顯得很是淡然，好似剛剛說那話的不是他，而是別人一般。

「這種突發奇想還是少有比較好。」阿秀有些深意地說道，自己怎麼說也算是他的小師姑，有些事情還是要提醒一下的。

「怎麼妳的突發奇想就可以，而我的就不成呢？」薛行衣眼睛定定地看著阿秀。

阿秀這才注意到，他眼珠子的顏色相比較一般人要淺得多，甚至還有些透明。

「突發奇想得結合實際，我的突發奇想是能做到的，你的是做不到的。」既然他要和自己較真，阿秀也端正了坐姿，和他說道。

「那妳在突發奇想時，又怎麼知道能不能做到呢？」薛行衣看著阿秀，一眨不眨。

阿秀頓時被問得語塞。如果不是在現代的時候學過，她的確也不知道能不能做到；也正是因為來源於現代的那些記憶，她知道薛行衣的突發奇想注定會失敗……

「妳也回答不上來吧。」薛行衣的面上多了一絲笑意，喊了一句。「小師姑。」

阿秀的確回答不上來。

「如果你不相信，可以找兔子做做試驗。」阿秀說道。

「妳以前就是用這個法子的嗎？」薛行衣問道，他們製作出一種新的藥也會讓動物先試驗一番，但是從來沒有想過，還能先在動物身上動刀子。

「我可沒有那麼多的錢。」阿秀故意很誇張地說道。不然要是點頭的話，她以前的經歷，隨便一查就能查到了。

「是嗎。」薛行衣微微低頭，不再說話了。

馬車外傳來一個男人的聲音——

「請問，這個可是薛家的馬車？」

阿秀仔細一聽，好像是那小菊花。

趕車的車伕應道：「是，這位官爺有何貴幹？」

要不是看對方長得一表人才，這趕馬車的人才不屑於搭理他呢，看這打扮，不過是六品的小官罷了，這天子腳下，隨便拉一個人出來，家世就比他好了。

沈東籬很是有禮地問道：「請問，阿秀姑娘可是在裡面？」

他聽說阿秀到薛家學醫去了，今日巧遇薛家的馬車，所以才會上前來詢問。也不得不說，他的運氣著實不錯，這一攔，還真的被他攔到了。

「您是？」那車伕一聽是找阿秀的，態度立馬就嚴肅了起來。

「我是她的故交，我姓沈。」

那車伕將沈東籬打量了一番，然後才恍然道：「您是沈狀元吧。」

誰人不知，因為這沈狀元在之前的比賽中得了倒數第一，就被太后娘娘打發來做巡檢了。這巡檢是個九品小官，但是他之前的職位也沒有被剝奪，所以才有穿著六品的官服，幹著九品小官工作的事情。偏偏這沈狀元長得異常俊美，不少人家的小娘子都特意繞路到這裡來看他。

被車伕這麼一說，沈東籬的臉一下子就燒了起來。

正好這個時候，阿秀也出來了，瞧見沈東籬一臉的面紅耳赤，笑著說道：「你怎麼一下子變黑了？」

「大約是曬久了。」

他做巡檢也快三個月了，每日在外面跑來跑去，雖然現在這天氣冷得很，但是時間久了，皮膚多少也會曬黑些。

「這樣倒是英俊了不少。」阿秀笑著說道。

沈東籬的臉上又多了一絲不自然。

「陳老聽說妳也來了京城，想要請妳去府裡聚一聚。」之前他就說要來找阿秀，可是中間發生的事情太多了，兩人一直都沒有時間聚一聚。

「那索性就今日吧。」阿秀想要跳下馬車，反正今日出診，主角也是薛行衣，自己不過是去旁觀一番，不去也不是什麼大不了的事情，而且陳老的醫術也很是高明，還能討教一番。

「小師姑。」薛行衣有些清冷的聲音從裡面傳來。「祖父讓妳和我一起行動。」言外之意就是讓她安分點，不要看到一個模樣好看些的男人就往下跳。

「我現在可是你的長輩。」阿秀輕哼一聲，哪裡輪得到他來管自己。

「如此，那便隨妳。」薛行衣話雖說得雲淡風輕的，但是阿秀卻能聽出其中蘊含的一絲威脅——

妳現在要是有本事直接走，那到時候就得有本事不要跟著他出門。

阿秀想了一下，就薛老太爺那麼宅的性子，靠他出門是沒有指望了，自己在學成以前，也不好老是不出門。

猶豫過後，阿秀便衝著沈東籬微微一笑。「那等我回來的時候再去找你吧，你記得叫陳老準備好那些菜啊，我到時候來吃！」

雖然薛家的伙食很是不錯，但是阿秀對當初在陳老家中吃到的那些菜很是念念不忘。她現在雖然還是一樣喜歡吃肉，但是選擇多了，條件寬裕了，反而沒有了最早的時候，那種對美食的追求了。

阿秀現在時常會懷念，當初在小鎮上的生活。

這麼一想，就不得不再想到自己那個坑人的爹。

「好的。」沈東籬笑著應下。他張口想要說什麼，但是目光在觸及到馬車的布簾的時候，卻將話再嚥了下去，衝著阿秀笑笑，便目送他們離開了。

他前幾日的時候，隱隱在東大街的一個巷子口，瞧見了一個身影，像極了酒老爹，只是不過一眨眼的工夫，人又不見了。

沈東籬不想阿秀白高興一番，而且也不知道這薛家人是真心還是假意，便將這件事情先瞞了下來，反正等一下她人就會過來，到時候再細談也不遲。

而且，沈東籬想起養在家裡，現在已經胖成一顆球的阿喵，她看見牠，應該也會覺得開心吧！

這次來求醫的是高御史家的少夫人，她剛剛產下嫡長子不過月餘，身子就出了問題，人還沒有出月子，就急急忙忙地將薛行衣請了過來。

這高御史家的少夫人出身不低，娘家的地位比高御史家還要高些，又一舉得男，在府裡自然是受到各種的重視，不然也不會求到薛行衣這邊來。

因為還沒有出月子，屋子裡面都不敢通風，雖然用了不少香熏，但是其中還是夾雜著一些異味。

那高家少夫人瞧見薛行衣，面色泛紅，有些難以啟齒的模樣；再加上，她覺得自己身上惡臭陣陣，心中更是難以直視他們。

「夫人，妳哪裡難受，只管和薛大夫說。」高家大少爺坐在一旁，用手輕輕撫著她的背，安慰她。

「夫君，這……」

高家少夫人面上閃過一絲窘迫，畢竟是那麼私密的地方。都說那薛行衣薛神醫沒有常人的七情六慾，但是再怎麼說都是一個男子。

「身子要緊。」高家大少爺在一旁寬慰道。

他和這少夫人是情投意合，兩人感情極為深厚，不然一般的男子，也不大能接受專門請大夫來看這個病，說出去的話，說不定被人怎麼說呢！

「嗯。」高家少夫人用手絹輕輕擦拭了一下眼角。

薛行衣見兩夫妻一副卿卿我我的模樣，忍不住出聲道：「你先出去吧。」他是來看病的，不是來看秀恩愛的。

「我想陪著夫人。」高家大少爺看著薛行衣說道。

「那就坐遠一些，不要對我造成任何的干擾。」薛行衣面不改色地說道，卻連一眼都沒有看那高家大少爺。

高家大少爺早就聽說，這薛行衣的態度很是冷淡，雖然有了心理準備，但是被他這麼一說，他面上還是有些氣憤。

這叫什麼話，自己關心自己的夫人，還有錯不成?!

阿秀在一旁說道：「高大少爺你先坐一邊吧，這大夫把脈的時候最怕有干擾，你也不想少夫人的診斷出什麼問題吧。」這薛行衣說話未免也太直接了，難道就不怕得罪人嗎？

阿秀和薛行衣說的話其實是一個意思的，只不過她說得更加婉轉一些，而且是以病人的角度在說，所以讓人聽了也不會覺得反感。

「妳是？」高家大少爺有些疑惑地看著阿秀，看她的模樣，好像也不是丫鬟。

「我是薛行衣的小師姑，這次來瞧瞧他醫術學得怎麼樣了！」阿秀裝模作樣地說道。只是就阿秀的年紀，說是他的師妹，別人還信些，說是小師姑……

「您是之前給太皇太后瞧病的人吧。」高家大公子突然醒悟道。

畢竟這京城，有些消息傳得都是極快的，太皇太后讓薛老太爺收徒的事情也不算隱秘，當事人更沒有特意要瞞著；再加上之後太后曾多次去薛家慰問，這阿秀在京城的貴族圈子裡面，算是一個很神秘的存在。

大家都想知道她是什麼樣的一個人，偏偏她幾乎足不出戶。

之前的梅花宴，大家不過是看到了一個輪廓，真的要說起來，還真的沒有幾個人認得她，但是她的事蹟，圈子裡的人都曉得了。

「那不過是太皇太后看在皇上的面上。」

阿秀原本還想借著小師姑的名號得瑟一下，但是一說話就被認出來了，整個人的氣勢反而一下子就弱了下來。

薛行衣似笑非笑地掃了阿秀一眼，並沒有說什麼。

「您過謙了。」

據說這阿秀是第二個容安，雖然不知道她什麼時候會失寵，但是現在這個時候，沒有人敢輕易得罪她。

「既然您是薛大夫的小師姑，那您的醫術應該也很了不得吧。」高家少夫人突然開口道。
她的話讓在場的人都微微一愣。
高家大少爺先反應過來，說道：「夫人，妳不要多想。」
畢竟是夫妻，他自然是一下子就領會了她的意思，她想讓阿秀幫她看病。
只是，雖說阿秀現在風頭正勁，但是她的醫術，誰也沒有見識過，他可不敢拿自己夫人的病開玩笑。
「夫君。」少夫人含著淚看著高家大少爺。那病症本身就比較私密，如果到時候要近身檢查，這讓她以後如何見人。
高家大少爺瞧著自己的妻子如此楚楚可憐的模樣，心一下子就軟了，她剛剛為自己生了孩子，自己怎麼還能忍心瞧著她受苦。
「這月子還沒有出，不要掉眼淚，小心妳的眼睛。」高家大少爺關切地說道。
「嗯。」高家少夫人默默地點頭，心下多了一絲感動。
「阿秀小姐，恕在下魯莽，您可擅長瞧這婦人之症？」
阿秀微微一愣，她剛剛就覺得這兩夫妻的態度有些奇怪，如今聽來，想必是這少夫人得了比較私密的病，難怪一開始瞧見薛行衣的時候，面色就有些怪異。
「略懂一二。」阿秀看了薛行衣一眼，見他並不說話，有些看不透他心裡的想法。
「那便麻煩您了。」高家大少爺的態度很是恭敬，再看向薛行衣的時候，眼中多了一絲愧疚，明明是他請來的人，事到臨頭卻要突然換人，一般人應該都會生氣吧？

可惜這薛行衣卻不是一般人，他只是衝著阿秀點點頭道：「那就有勞小師姑了。」說完率先離開了房間。

「薛大夫。」高家大少爺以為薛行衣生氣了，連忙追趕了上去，得罪了薛家的人，那可不是一件小事。

見旁人都走了，高家少夫人才有些不好意思地衝著阿秀笑笑。「主要是這病症位置過於羞人。」她說著又紅了臉。雖然已經成了親有了孩子，但是她在這方面還是羞澀得和少女一般，就是屋子裡的下人都被她驅趕了下去。

「我曉得，少夫人現在可以和我講講，具體是怎麼樣的情況。」阿秀微微一笑，寬慰了她有些緊張的心情。

雖然阿秀的年紀不大，高家少夫人還是決定相信她。

「我上個月初十生了敦哥兒，還有兩日就該出月子了，偏偏自前日起，我就覺得這地方有個不小的硬塊，而且還胸悶，一直想要吐；一開始以為是染了風寒，怕傳給了敦哥兒，還叫人將孩子抱了下去，只是之後兩天，那硬塊越來越大，那種不適也越來越明顯。」高家少夫人說著還不忘指指自己右邊的胸。

阿秀是個女子還好，要是站在這裡的是薛行衣的話，剛剛那番話，她是說不出口的。

「妳要是不介意的話，就脫掉衣服，讓我看一下。」阿秀說道。

如果是在現代的話，她會讓她先去做個乳房切片，不過在這裡，明顯不適用；而且隨著時間的推移，她發現自己好像越來越適應了用中醫的手段來對付各種病症。

高家少夫人微微垂下頭，輕聲說道：「好。」

這屋子裡用的煤炭很足，就算脫了衣服也不大會生病，而且不過是一小會兒的工夫。

阿秀先觀察了一下外表，並沒有問題，衝她點點頭後，用手輕輕撫上去。右乳暈部位，乳房後壁可以摸到鵝卵大腫塊一枚，質地比較硬，推動也沒有反應，表面不光滑。

「疼嗎？」阿秀按壓了一下，用了幾分力道。

「不疼。」高家少夫人微微搖頭，要不是因為胸悶噁心得厲害，她根本就不會發現。

「除了胸悶噁心，還有什麼症狀？」阿秀幫她穿上衣物，問道。

「我發現只要噯氣的時候，那個胸悶和噁心就能緩解，而且我最近總覺得心裡悶悶的，很是難受。」高家少夫人很是憂愁地看著阿秀。

「可是有什麼煩心事？」阿秀說。

「自從我懷孕，婆母便一直張羅給夫君找幾個暖床的。」因為沒有旁人在，高家少夫人說話反而沒有了顧忌。

聽她這麼一說，阿秀心中差不多就有了主意。

其實這高家少夫人的毛病是因為肝氣鬱結，胃氣失和，結於乳房所致；簡單地說，這個毛病大半是因為她的心情狀況導致的。

古代的女子都有這樣的煩惱，一方面怕自己的丈夫有小妾、有通房，另一個方面又怕自己反對的話，留下善妒的名聲。

要知道，現在這個時候，善妒是可以被休離的，她雖然生了嫡長子，但是哪個長輩不希望看到子孫滿堂的……

阿秀心中忍不住為這個時候的女子嘆了一口氣。

以前看小說一直覺得那些人穿越到了古代還要求一夫一妻制，未免太過於矯情了，現在發現，自己也是矯情的人之一。

第六十二章　忽悠你的

「我這病嚴重嗎？」高家少夫人很是急切地看著阿秀。

她以前做姑娘的時候，聽說有人也是這樣的症狀，一直沒有看大夫，後來就死掉了，她現在剛剛生了孩子，怎麼能死掉！

「不是什麼疑難雜症，我給妳開個方子，先吃上三劑。」阿秀拍拍她的肩膀，讓她放輕鬆。

可能是阿秀的表情讓人信服，高家少夫人的情緒也慢慢穩定下來了。

「妳今年幾歲了啊？」高家少夫人看阿秀寫著藥方，下筆極快，心中忍不住詫異，從她的角度看，阿秀雖然字寫得快，字跡卻很清秀。

「十三了。」阿秀並沒有抬頭，快速將最後一個字寫完，又對著紙吹了兩下，想讓它快點乾。

「妳比我還小五歲呢。」高家少夫人有些感慨地說道，眼中充滿了驚奇，她剛剛第一眼瞧見她的時候，就覺得她的模樣很是稚嫩，果然這一問，年紀也的確小。

「妳小小年紀，就有這樣的醫術，真是了不起。」高家少夫人的眼中帶著一絲羨慕。

自己從小只學了女紅，別的，真的算是一竅不通。以前她娘告訴她，女人這樣就可以了，男人不需要自己的女人懂得太多；但是現在看著阿秀，她忍不住羨慕起來。

如果她和阿秀一樣有一門讓人尊敬的手藝，想必現在也不用擔心自己丈夫會不會納妾的事情了吧……

「少夫人妳過獎了。」阿秀衝著她微微一笑。「妳這病啊，主要是要放寬心，不要淨想些有的沒的，心裡有什麼事情和大少爺說開了就好，一個人悶在心裡，也不會有什麼結果。」

「我……」高家少夫人欲言又止，她何嘗不知道這個道理，但是想到並不代表能夠做到！她知道一般人都羨慕他們夫妻之間的感情，就是因為感情好，有些話才說不出口。

感情的事情，阿秀這個外人是插不上嘴的，只能又輕輕拍了一下她的肩膀，便出去了。

阿秀出來的時候，這高家大少爺正和薛行衣站在一處，只不過一個是表情淡然，而另一個，則是微紅著臉，帶著明顯的尷尬。

高家大少爺一看到阿秀出來，馬上就鬆了一口氣，這薛大夫果然是不善言辭啊！

「阿秀小姐，我夫人怎麼樣？」

「少夫人身體沒有大礙，這是方子，先喝三天再看看，你要是有空的話，多和她聊聊天，寬慰寬慰她，女人生了孩子，更加容易胡思亂想。」阿秀猶豫了一下，還是將後面的那半句話說了出來。

「好好，我曉得了。」高家大少爺一聽阿秀說他夫人沒有大礙，臉上的表情一下子就鮮活了起來。

「現在正好可以用午膳，麻煩兩位貴客去大廳。」高家大少爺招呼道。這薛家出來的那可不是一般的大夫，薛行衣身上的職位，可比他要高。

「不用了。」還不等阿秀開口拒絕，薛行衣就先出聲道：「府裡已備了飯菜。」

「可是……」高家大少爺看向阿秀，這薛行衣的表情，讓他一下子不知道說什麼好了，只能將目光放到阿秀身上，既然她是他的小師姑，應該有發言權吧。

「多謝你的厚待了，不過我還得去一戶人家。」阿秀一副為難的模樣。

因為她大夫的身分，這話一說，就讓人下意識地覺得她是還有一個病患等著她，高家大少爺就是再熱情，這個時候也不好留人。

「既然如此，那下次來的時候，一定要留下來吃飯。」

「好好。」阿秀口頭上應下，反正下次的話，最快也得三天後呢！

「那我送二位出去。」高家大少爺將藥方交給一旁的侍女，讓她去煎藥，自己則送他們出門。

「不必客氣了。」

等出了高家的門，薛行衣率先上了馬車，眼睛直直地看著阿秀。「妳還有一戶人家要去？」

「對啊！」阿秀眼睛毫不閃躲地回視著他。

「那妳去吧，我先回去了。」薛行衣言外之意就是讓她自己走著去。

阿秀來京城時間雖然不短了，但是幾乎沒有怎麼出去過，自然不可能認識路，但是薛行衣，也的確沒有義務陪自己去。

阿秀想了一下，用最雲淡風輕的語氣說道：「陳老知曉縫合之法。」然後率先隨便找了一個方向邁開了步子。

薛行衣的臉色難得地僵了一下。

不一會兒，阿秀就聽到他有些清冷的聲音——

「小師姑，我送妳過去吧。」

阿秀心中得意一笑。誰說這薛行衣沒有七情六慾，只不過是他們沒有找到重點，現在瞧他，不是挺機智的嘛！

坐著馬車到了沈東籬家中，好在路程不算太遠，阿秀就算暈馬車，也還能堅持。

因為沈家之前被平反了冤屈，當初的大宅子也收了回來，所以沈東籬這麼一個六品小官，現在住的卻是一品大官的豪宅，地理位置也是相當好，只不過比較可惜的是，當初的人都不在了。

阿秀一進去，就看到聽竹正在掃地，他瞧見阿秀進來，一開始還有些詫異，後來回過神來，立馬跑著跳著歡呼進去通報了。

「阿秀姑娘來了！」

之前他們也曉得阿秀被擄走的事情，還為她傷感了好幾日。後來雖然知道她人沒事，但是今天還是第一次這麼見到，自然是特別的激動。

陳老聽到聲響出來，面上也帶著一絲難掩的激動。

「陳老，好久不見，您身子可好？」阿秀也止不住有些小激動。

「我老頭子還是一個樣子，倒是妳個小丫頭，長高了不少。」陳老很是高興地摸摸她的腦袋。不過幾月不見，她的五官也長開了不少，整個人也變漂亮了。

「我現在每頓可以吃三大碗飯，自然長得快！」阿秀很是得意地說道，她現在正是發育的時候，營養自然要跟上，她可不想一輩子做豆芽菜。

「能吃就是福，能吃就是福。」陳老連連念叨道。

「飯菜已經準備好了。」聽蘭跑過來說道，還特意瞅了阿秀好幾眼，他聽說阿秀變成了宮中的紅人，但是他剛剛這麼一瞧，她好像也沒有什麼變化啊。

「有我喜歡的那幾道菜嗎？特別是那個肥肉！」阿秀很是期待地問道，她以前最喜歡的就是這道菜，想想那個入口即化的味道，她的口水就要下來了。

「當然有，之前的那個廚師也跟著我到京城了，還是之前的那個味兒。」陳老看阿秀說到吃的時候，還是這麼一副模樣，心中忍不住失笑，她竟然一點兒都沒有變。

他見多了那些善變的人，現在瞧著阿秀還是原來的模樣，他的心裡也忍不住地高興，他果然沒有看錯人。

「妳等一下再去瞧瞧，還有妳的一個老熟人呢！」陳老賣了個關子。

阿秀表情微微一滯，她第一個想法就是阿爹，不過他應該不可能不找自己，而來找沈東籬的，別的熟人，她一時間還真的想不到有誰會到京城來。

走到客廳，阿秀就聽到一聲嫵媚的「喵」，再低頭，就瞧見一個圓滾滾的身子從自己身邊慢慢走過。

的熟人？

「這是阿喵？」阿秀有些難以置信，這還能叫貓嗎，這是一顆球吧！這個就是他之前說

「正是，東籬上京的時候把牠帶上了，大約是在京城吃得好了，這肉長得飛快。」陳老摸著鬍子笑呵呵地說道。

阿秀看著阿喵的模樣，一時間都不知道應該說什麼了。

「東籬因為調了崗，所以中午都不回來吃飯，我們就先吃吧，我已經叫下人將飯菜給他送過去了。」陳老說道，他現在像極了這個屋子的管家，又像是沈東籬的長輩。

阿秀想著他們一個是父母雙亡，一個是沒有孩子，這兩個人住在一起，倒也是一個不錯的選擇；而且陳老見多識廣，想必沈東籬跟著他，也能少走不少的彎路。

薛行衣之前一直沒有說話，等到都坐下了，他才開口道：「聽聞您擅長縫合之術？」只是語氣中並不帶什麼情感。這個陳老，他以前根本就沒有聽說過，但是阿秀既然這麼說了，那他就這麼聽進去了。

陳老微微一愣，他自然是曉得薛行衣這個人的。

只不過他也聽說薛行衣是個冷心冷面的，所以剛剛只是簡單地打了招呼，並沒有太熱絡地招待他，只是他萬萬沒有想到，薛行衣會主動和自己說話。

這薛家和唐家當年算是京城中的兩大杏林世家，只要是學醫的，哪個不希望進入這兩家之一，陳老當年也這麼幻想過，可惜一直沒有這個機會。現在能看到薛家最有前途的少年，他的心情還有些小小的複雜。

不過，這縫合之術，不是阿秀擅長的嗎？什麼時候變成他擅長了？他雖然之前和阿秀商討過，但是終究缺乏實踐，也沒有這個機會嘗試，現在還停留在理論上面。

阿秀見陳老將視線轉過來，便笑著說道：「薛行衣特別好奇縫合之術，我就順便帶上他過來，和您一塊兒討教討教。」

這阿秀的性子，陳老哪裡還不曉得，再聽她這麼裝模作樣的一番說辭，心中差不多有了計較。

「那等用了午膳，再討論這些吧。」陳老說道。

薛行衣心中雖然有些小失望，但是他並不是不能等的人，便點點頭。

只是時間過得越久，薛行衣的臉色就越發的難看了。

「這就是妳說的擅長？」薛行衣至少還有些風度，這話還是出了沈府才說的，只是他話中的語氣並不激烈，反倒比平日還冷了幾分。

阿秀本來就是為了忽悠他陪自己一塊兒過去才這麼說的，不過瞧他現在的模樣，心裡多少有些過意不去，在心裡稍微猶豫了一下，她終於下定了決心。

「等明日，我便教你縫合之術。」阿秀說道。

其實作為一個現代人，阿秀很少有那種要將這些技能獨獨抓在手裡的感覺，她倒是覺得，有更多的人學會這個手法，能夠救治更多的人。只是，西醫的手法在這邊，多少是有些驚世駭俗了，她心中有一些小小的懼怕。

再加上她也不是聖母，平白無故地教，那自然是不可能的。

薛行衣沒有想到她會這麼容易改口，微微怔愣一下後，便道：「如此，我便教妳九針之術。」他雖然很想得到那門技術，卻也不會白學。

這個九針之術是薛家的絕學，就是薛家人，也不是每個人都有機會學的。要是薛老太爺知道他這麼簡單就將自家的秘技交給了別人，說不定會吐出一大口血來。

在薛行衣看來，這阿秀教給他縫合之術，他自然要用同等的事物去進行交換。

這九針之術雖然奇特，但是這薛家不止他一人會，而那縫合之術，他卻只聽說她一人施展過，這麼一想的話，倒是他占了便宜。

「妳可有什麼想學的？」薛行衣問道，他雖然對醫術很執著，但是相比較一般的人，他心中自有一杆公平秤。

「啊……」薛行衣說要用九針之術和她交換的時候，阿秀已經驚呆了，她原本只打算換幾個比較少見的藥方的。

畢竟在她看來，那縫合真算不得什麼大的技術，而且其中蘊含的技術含量也特別少。你隨便拉一個醫學生，只要是大二以上的，哪個不會這個，頂多有手生手熟的分別罷了。

「我送妳一本《藥材筆錄》吧。」薛行衣見阿秀一臉茫然的模樣，便直接做了決定。

每個杏林世家都會有自己專門編著的書，裡面是有關各種醫學方面的記錄，這本《藥材筆錄》裡面收錄了一千三百多種藥材的畫像、性能、作用，編纂這本書，足足花了有幾十年，耗費了大把的人力、物力；而且，這本書是絕對不外傳的。

當年唐家也有這樣的書籍，只可惜，大部分都毀於那次的大火中。

雖說阿秀現在也算是薛老太爺的徒弟，但是他對她並不是真的推心置腹的，他教她的不過是最為基礎的東西，真正屬於薛家的技能，他根本沒有打算教給阿秀，那些都是只能留給真正的薛家人的。

「那，就謝謝你了哦。」阿秀神色有些怪異地說道。

這薛老太爺教她的時候有所保留，阿秀並不是完全沒有察覺，不過這裡的人注重這些傳承什麼的，她心裡明白，面上就裝傻，反正都不是真心，也不用太計較這些。

阿秀在薛家，好幾次聽到過這兩樣，特別是「九針之術」，據說只傳嫡系，這薛行衣就這麼隨隨便便教給了自己，真的沒有問題嗎？

對於阿秀的表現，薛行衣只是很高冷地微微點點頭。

等到了薛家，阿秀還有些難以置信，直到薛行衣將她帶到一個小園子裡。「妳自己選一隻吧。」

阿秀回過神來，這才發現裡面養的都是一些飛禽走獸，牠們或蹲或坐，姿態很是優雅。

「選什麼？」阿秀心中一驚，不會是自己想的那樣吧？

「妳不是說要在動物上面試驗嗎？」薛行衣反問道，這裡這麼多的動物，總有一隻合適的。

「你確定要用這些？」阿秀指著一隻孔雀的手指有些發顫。

要是她沒有記錯的話，這個該是薛家的「觀珍園」，裡面的動物價值都不菲，用這些來練手，那未免也太暴殄天物了。

「不然呢？」薛行衣轉過身看著阿秀，這裡的動物種類是最多的，不在這邊挑，還能去哪裡挑？

「你就不怕你祖父揍你？」阿秀問道，這裡的動物可都是薛老太爺的心頭好，要是就這麼為醫學做了貢獻……

「不會。」自家祖父的性子他很清楚，不過是雷聲大、雨點小。

阿秀見他回答得這麼果斷，頓時一陣無力，心中默默地為自家那便宜師父點了一根蠟燭默哀，這樣的子孫，也算是熊孩子吧……

「其實要學那縫合之術，用割下來的豬肉就可以了。」阿秀順便在心裡默默補充一句。

「用完把線拆了還能餵狗呢！」

「豬肉？」薛行衣有些困惑，阿秀說到豬肉，他更多的是想到那端到飯桌上的菜餚。他看病的人家多是權貴，又還沒有進行遊歷，說到底，他根本就沒有見過豬。

「是的，我們去廚房要一塊豬肉就好，不過你現在需要準備的是針和線。」阿秀說。

相較於線，針的技術含量更加高些。這個時候的線，比較實用的也就絲線，不像後世，有多種的選擇；倒是針，現在冶煉技術已經很不錯了，完全可以做出縫合用的針。

阿秀當初是因為家裡窮，才會每天蹲門口磨針，薛行衣這麼有錢，自然是不用做這樣的事情。

「針線有什麼特殊之處嗎？」薛行衣的眼中難得出現了一絲亮光，難道這就是那縫合之術的精髓？

「呃……」阿秀在腦袋中思索了一下，覺得這光靠說還不行，得結合實物。

「我先給你畫圖紙，你找人做出來了，我們再繼續教。」

薛行衣看了阿秀兩眼，覺得她不是想要拖延，這才點頭。

現代醫學上面，用的最多的還是那種半月形的手術縫合針，別看它模樣看起來很普通，但是角度之類的還是很講究的。

不過阿秀沒有打算那麼斤斤計較，用筆在紙上畫出了大致的模樣，就交給了薛行衣。

「這針，為何是這副模樣？」薛行衣沒有想到，針還能做出這樣的模樣，頓時，對那個縫合之術就更加期待了些。

「因為針和被縫合的皮膚，成這樣一個角度時，最容易操作，皮膚不能像布一樣被摺疊，所以只好將針弄彎，方便皮膚的縫合。」阿秀說著用手做了一個垂直的角度。

想了一下，阿秀又順便在紙上面畫了比較簡易版的持針器、止血鉗之類的器具，這邊的技術雖然做不到完美，但是一般的應該能做出來。

阿秀自認為自己沒有這樣的財力、物力，但是現在薛行衣正好對這個有興趣，不順便利用一下，那也太浪費了。

「這些又是什麼？」薛行衣指著這些從來沒有見過的玩意兒，眼中難得出現了一絲茫然。現在阿秀講的，和他從小學習的醫術，有很大的差異，這讓他的心中，難得出現了一絲迷茫。

「這些都是在縫合的時候會用到的一些小器具。」阿秀一邊說著還一邊在旁邊備注上長度。

「妳以前就是這麼做的嗎？」薛行衣的話語中帶著一絲懷疑。

「呃……我以前不是家裡窮嘛，沒錢做這些，你要是有多的錢，做好也送我一套啊！」阿秀厚著臉皮說道。

「妳……」薛行衣想說她要是自己沒有操作過，那怎麼會將器具畫得這麼熟練，有些很小的細節都能注意到。

但是薛行衣心中清楚，每個人都會有自己的秘密。

阿秀的秘密，他並不關心，既然已經畫好了，他就直接拿著那個圖紙先走了。

「那個九針之術，等妳教我縫合之術的時候我再教妳，《藥材筆錄》我等一下就叫人送到妳那邊去。」薛行衣雖然不怕阿秀這次又是忽悠他，但是也曉得要公平。

他的效率很快，阿秀回到自己的房間不過半個時辰，那本書就被送了過來。

送書的是個長相很清秀的少年，不知道是不是因為跟著薛行衣時間久了的緣故，阿秀瞧他也有些面部僵硬了。

他看阿秀的眼神倒是有些複雜，自家少爺，什麼時候送過女子禮物，還是自己最為心愛的醫書；而且這阿秀，怎麼說輩分也是少爺的小師姑，這樣真的沒有問題嗎？

少年帶著憂傷進來，又帶著滿滿的糾結回去了。

讓阿秀比較意外的是，不過半天的工夫，等她晚上去吃飯的時候，就發現這薛家上上下下，老老少少，都用一種欲言又止，好似便秘的表情看著她。

就連薛老太爺，也是細細將她打量了一番。

阿秀努力讓自己忽略他們的表情，吃完了這頓透著詭異的晚飯，打算回自己的屋子看書去了。

薛老太爺原本想要說什麼，但是張張嘴，最終也還是沒有說出來，只是輕輕地嘆了一口氣。

唉，行衣也長大了！

第六十三章　老爹出現

阿秀畫的幾樣手術器械雖然都比較小件，但是真要做出來還實在不是一件容易的事情。等她和薛行衣三日後一起去高御史家中複診的時候，除了針，其他的都還沒有完成品。

不得不說這薛行衣果然是大戶，在手術縫合針的外面還鍍了一層銀，樣子和後世的手術針更是像了幾分，而且是以專業的技術工法打造，比阿秀以前自己做的明顯要高上了好幾個檔次。

因為做的數量比較多，阿秀厚著臉皮去要了一盒子，裡面估摸著起碼有五、六十根，這個手術縫合針是消耗品，多囤點也是好的。

如果只是簡單的練習的話，有針線就可以了，畢竟她以前也用過一般的繡花針給別人進行過縫合，但是……

作為一個有理想、有抱負的好少女，阿秀決定要等他把所有東西都做出來了再說，這樣說不定自己還能沾點光。

薛行衣自然是不曉得阿秀的這些小心思，又往手工作坊砸了不少的銀錢，反正他不缺錢，只要能將東西做出來就好。

高家少夫人，瞧見阿秀過來，頓時喜上眉梢，親親熱熱地拉住她的手。「阿秀妹妹，我就喝了三天的藥，這腫塊真的變小了，我現在胸悶噁心的症狀也減輕了。」

她原本還想著效果應該沒有那麼快，但是事實上就是這麼神奇，難怪聽說就連太皇太后都要找她看病呢！

「那就好。」阿秀一邊說著，一邊繼續用手檢查她胸下的腫塊，相較之前，的確是好了不少，看這效果這麼明顯，就笑著問道：「妳和妳夫君說了？」這個病說實在的就是因為情緒引起的，要是不配合心理上面的疏通，不會好得這麼快。

高家少夫人一聽，頓時羞紅了臉，有些扭捏地道：「是夫君自己主動來問我，最近可有什麼煩心事。」她本來是不知道怎麼開口說的，但是他這麼一問，她就將心裡的擔憂和委屈都說了出來。

她夫君已經和她說了，會拒絕母親那邊塞過來的人。

心中最大的擔憂就這樣解決了，高家少夫人現在覺得什麼都好，而且自己的病又恢復得那麼快，這一切都要謝謝阿秀，她真的是自己的大福星啊！

「那這個方子，妳再繼續吃上幾月，到時候看效果，不過不用再每日服用，斷續即可。」阿秀說道，看到自己的病人慢慢康復，她也為對方感到高興。

「好的，那就麻煩妳了。」因為看到了效果，現在高家少夫人聽阿秀怎麼說就怎麼信。

「不麻煩。」阿秀衝她笑笑，作為一名大夫，給病人看病，怎麼會覺得麻煩。

而且這高家人的態度，相比較後世的有些患者，好的不是一點、兩點，給態度好又相信大夫的病患看病，作為大夫，心中也會舒暢很多。

「對了，阿秀妹妹，不知妳最近是否有空閒？」高家少夫人有些猶豫地說道。

「還好，可是有事？」阿秀問道。

她平時其實說有事也沒事，說沒事也有事，一天基本上都是跟著薛老太爺學習醫術，然後自己看書，再琢磨些中西醫結合的手段，雖然至今沒有看出什麼成果。

她這麼說，也是想先聽聽這高家少夫人找她是什麼事情，如果是簡單而且力所能及的，那她就可以有空閒；但是如果是比較為難人的話，那她就打算搬出薛家老太爺來拒絕。

「因為我身子不大好，以前閨中的小姊妹過來瞧過我，從我這兒聽說了妹妹妳會瞧那女子的病症，很是崇敬妳，她那婆母，這私密的部位得病十餘年了，之前一直不好意思找大夫瞧，如今就想請妳過去看看。」高家少夫人說道。

其實她心裡也有些為難，據說那家夫人的病症很是頑固，脾氣也不大好，只是自己的小姊妹之前還在這邊哭過好幾次，高家少夫人光是看著都覺得心疼。

高家少夫人自己這麼幸福，自然是想幫拉她一把，所以才會和阿秀說這件事。

「這個……」阿秀有些猶豫，自己學這方面醫術的時間並不久，要是比較複雜的病症，她並不敢保證能醫好。

「我知道是有些為難了，阿秀妹妹妳就當我沒有說過這話吧。」雖說小姊妹很重要，但是這阿秀怎麼說也是她的恩人。

「倒也不是為難，只是我資歷尚淺，那家夫人其實可以找我師兄去看看。」阿秀說道，她記得薛長容的醫術就很好。

「這個，女子臉皮薄，而且夫家多是要臉面的，怎麼可能讓男子去瞧這個毛病。」高家少夫人皺著一張臉說道。要不是因為自己命好，也不會因為這個病，專門去找大夫。她心裡還是覺得，這男子都愛面子，自己的屋裡人被別的男人瞧了身子，這感情多半就會變味了。

就是因為大部分女子都抱著這樣的想法，所以一旦比較私密的地方得了病，多數都是選擇不說。有些會去尼姑庵，那些老尼姑多數都懂些醫術，只是能醫好的也沒有幾人。

高家少夫人為自己感到慶幸，還好她遇到了阿秀。

「這樣……」阿秀沈吟了一番。「那我便去瞧瞧吧，只是這醫不醫得好，我可不能保證。」

「多謝阿秀妹妹了。」高家少夫人臉上閃過一絲驚喜，拉著阿秀的手更加緊了些。「阿秀妹妹果真是仁心仁德，我明兒就叫我那小姊妹去薛府請妳。」

「那倒不用，妳可以和我說住址，我自己過去就好。」阿秀說道，這京城遍地是權貴，她怎麼好意思讓人家專門去接。

「沒事沒事，妳能答應去就已經很好了，怎麼能讓妳自己過去。」高家少夫人笑著說道，她那小姊妹都說了，只要阿秀願意去，讓她親自趕車都成！

不過馬上，高家少夫人面上又多了一絲掙扎。「只是那家夫人，脾氣有些古怪。」

「我知道了。」阿秀並不覺得意外，要是她被病痛折磨了十多年，還不能和外人說，不能看大夫，脾氣能好那才叫奇怪。

「到時候要是有什麼過激的地方，妳多多包涵。」高家少夫人先提醒道，就怕她到時候被氣到了。

「沒事。」阿秀可是經歷過現代醫療系統的人，還會怕這些？

高家少夫人見阿秀面上不見一絲不安，心中更是佩服。阿秀不過十三歲，自己當年去見那個夫人的時候，可是心驚膽戰的，近些年來，她的脾氣又差了不少。

兩人又隨便閒聊了幾句，阿秀就出了門，果然又瞧見了薛行衣和高家大少爺各自站在一邊。她都有些不懂了，這次明明可以她一個人過來的，這薛行衣怎麼也跟過來了。

「阿秀大夫，我夫人的病……」高家大少爺問道，他原本叫阿秀還是小姐，如今已經變成大夫了，說明阿秀在他心目中的形象也在轉變。

「已經有所好轉，再調養幾月，就能恢復了。」阿秀說道。

高家大少爺聞言，頓時一陣欣喜，對著阿秀連連作揖，表示感謝。

「這次阿秀大夫千萬不要推辭了，一定要留下來吃了便飯，昨兒正好送來一條大魚，據說是從海上捕撈過來的，送到京城還是活的呢！」高家大少爺很是熱情地說道。

海鮮！阿秀的眼睛一亮，自己到了這邊，吃的魚基本上都是河裡、湖裡的，這海裡的，還真的沒有吃過呢！

正當阿秀兩眼冒星星打算答應下來的時候，就聽到薛行衣在一旁說道：「剛剛那邊說，做的持針器有些問題，要過去一趟。」

「等吃完飯不是也可以去看嗎？」阿秀小聲嘀咕道。

「不行。」薛行衣冷著一張臉說道。

阿秀噘了一下嘴，默默屈從了，誰叫她也對那個持針器、手術鉗感興趣呢，為了自己將來做手術更加方便，一頓飯算得了什麼。

高家大少爺雖然覺得可惜，但是這薛行衣的冷臉實在是太強大，他只好默默地送他們出府了。

「唉。」因為吃不到海鮮，阿秀一路上都在默默嘆氣。

倒是薛行衣，好似完全沒有察覺到，一路上只管自己看書。這高家的飯，可不是隨便能吃的，也就她，只看飯菜不看人！

嘆了半天的氣，見沒人搭理，阿秀也只好將這嘆氣收了回去。

可是，真的好想吃海鮮啊！這沒有被人提起還好，現在心裡有了念想，那真真是難受到家了啊！

結果一去看，阿秀忍不住道：「其實也不是什麼大問題啊，你說剛剛怎麼就不先吃了飯再過來瞧呢！」阿秀將那個圖紙稍作了一些修改。

薛行衣只是淡淡地掃了阿秀一眼，率先進了馬車。

「阿秀！」正當阿秀打算進馬車的時候，就見顧瑾容從一旁的馬車探出身來。

「顧姊姊，妳怎麼在這兒？」這個時候看到顧瑾容，阿秀還是覺得很開心的。

「正好路過這邊，今兒家中有幾樣少見的菜，正好遇上妳，要不跟我一塊兒回去吃個飯再回薛府吧？」顧瑾容很是熱情地邀請道。

阿秀聞言，眼睛一亮。

「是海裡捕上來的魚嗎？」因為和顧瑾容很熟悉了，阿秀就直接問了。

「妳這丫頭，對吃的消息倒是靈通得很呢！」顧瑾容一聽就笑了。

這今日，宮中送來幾尾大魚，據說是海裡捕上來的，當時老太君就說了，要是阿秀那個貪吃鬼在就好了。

這不，作為貼心的子孫，她不就馬上出來找人了！還好她事先打聽到了阿秀今日和薛行衣一塊兒出診。

「那我這就過去！」阿秀一聽顧瑾容這話，就知道自己沒有想錯，頓時笑得跟花兒一般，屁顛屁顛地跑了過去，完全忽視了已經坐上馬車的薛行衣。

「小師姑。」薛行衣在裡面聽到動靜，慢慢打開簾布。「下午祖父要檢查功課。」言外之意是讓她吃完了就回薛家。

「我曉得啦！」只要他不是阻攔自己去吃海鮮，阿秀根本就不在乎他到底說了什麼。

等上了馬車，阿秀才發現裡面還有一個人。

「你也在啊。」阿秀有些措不及防。

「嗯。」顧靖翎看到阿秀微微愣了下，幾月沒有見面，她整個人都有不小的變化。

大約是太久沒有見面，顧靖翎和阿秀之間一下子沒有了話語，雖然他們之間原本就沒有什麼話題。

「阿翎，奶奶不是讓你把那個給阿秀嗎？」顧瑾容見顧靖翎和阿秀兩個人呆坐著，頓時提醒道。

這老太君一直沒有放棄撮合兩個人的想法，家裡人也是喜聞樂見。

「這個給妳。」顧靖翎面色有些怪異地從懷裡掏出一個小銅牌，上面鐫刻著許多複雜的符文。

「這個是？」阿秀接過那個銅牌，翻來覆去看了一遍，也沒有看懂。

顧瑾容見顧靖翎沒有話講的樣子，就在後面接道：「這個上面是梵文，當年一個得道高僧送給奶奶的，奶奶說妳學好了醫術，肯定要在外面東奔西走的，這個銅牌能保人平安。」

這個銅牌雖然算不得特別珍貴，但是其中的涵義很好，所以才特意讓顧靖翎帶給阿秀。

「多謝老太君了。」阿秀說，順手將這個銅牌掛在了脖子上，因為樣式小巧，顏色有些墨綠，掛在她的脖子上，倒也算好看。

「雖說未必靈驗，但是至少求個安心。」顧靖翎在一旁說道。

阿秀衝他感激地點點頭。

只有真的關心你的人，才會為你考慮那麼多。

「籲！」

車外車伕一聲急呼，馬車一下子停了下來，車裡的人都沒有心理準備，一下子慣性地往前面衝去。

顧家姊弟還好，因為有功夫在身，馬上就穩住了。

倒楣的是阿秀，她剛剛開口打算說話，先不說嘴巴直接咬到了舌頭，她連整個身子都撲倒在顧靖翎的懷裡。

顧靖翎感受到了懷中的柔軟，整個人都僵在了原地，推也不是，不推也不是。

顧瑾容餘光看到這副場景，故意沒有轉過身去，沈著聲問道：「發生什麼事情了？」那車伕的聲音很是驚恐地道：「大小姐，我們的馬車撞死人了！」

顧瑾容心中一驚，連忙跳下馬車，去看那個被馬車撞到的人。

阿秀也連忙從顧靖翎的懷裡爬出來，她瞧見顧靖翎的耳後已經血紅一片，頓時丟下一句「我也去瞧瞧」，也跟著跳下了馬車。

她沒有想到，這平日裡瞧著年輕有為外加有些小傲嬌的顧將軍，竟然這麼容易就害羞了！

等她跳下馬車，就瞧著那地上的身影有些熟悉，視線放到那一大撮鬍子上，她忍不住驚叫了一聲。

「阿爹！」

顧瑾容原本想去看看這人有沒有事情，被阿秀這麼一叫，手都抖了一下，轉頭問道：「妳真的沒有認錯？」

阿秀疾走兩步，蹲到那人的身邊，仔細觀察了一下眉眼，果真是自家那個不靠譜的阿爹，再快速把了一下他的脈，強健有力，完全不像是剛剛被馬車撞了。

阿秀暗暗鬆了一口氣，但是心中忍不住有些怪罪，他的出場方式能不選這麼驚心動魄的嗎?!

「這個的確是我的阿爹。」阿秀說，雖然他現在的裝束很是淒涼，和旁邊的乞丐相差無幾，但是女不嫌父醜，阿秀自然也沒有道理說他什麼。

特別是，就阿秀對他的瞭解，他這樣，明顯是故意裝扮的！

就是不知道，他現在腦袋裡面盤算的是些什麼！

見他一動不動的，顧瑾容連忙問道：「伯父他傷勢嚴重嗎？」要是真的有大毛病，那他們的罪過就大了。

「撞到的人是阿秀的爹嗎？」顧靖翎聽到外面的動靜有些不大正常，也走了出來。

「沒有什麼大事。」阿秀搖搖頭。

只要是個懂點醫術的人來看，就能看出酒老爹根本一點問題也沒有。

見顧家兩姊弟的情緒都因為他變得擔憂，阿秀直接用手偷偷用力地揪了一把他的大鬍子，不一會兒就聽見他悠悠轉醒的聲音。

沒想到，這鬍子倒是真的呢！

「我這是……」酒老爹摸摸腦袋坐起來，然後好像現在才看到蹲在他面前的阿秀，頓時很是誇張地一把抱住她。「阿秀啊，我的閨女啊，阿爹找妳好久了啊！」

如果不知道實情的話，阿秀說不定會掬一把辛酸淚，但是知道真相的她，只覺得自家阿爹的演技實在是太浮誇了。

不過這樣的演技，嚇唬嚇唬顧家姊弟完全夠了。

特別是顧靖翎，因為想著這樣的結果是因為自己造成的，頓時臉色十分的難看，一陣白，一陣紅，一陣黑的，比變臉還頻繁。

「好了好了，別乾號了，您都擋人家路了。」阿秀沒好氣地說道，順便將人給扶起來。

酒老爹原本正表演到興頭上，如今見阿秀對他態度如此冷淡，心中頓時一陣淒涼。不過幾月，自己的女兒就變了嗎……

將失魂落魄的酒老爹扶到一邊，因為過於詫異和憂傷，酒老爹都忘記裝受傷了。

「好了，剛剛摔疼沒？」阿秀雖然心中有些氣憤，但是還是忍不住關心他，誰叫這是自己的阿爹呢，這是不能改變的事實。

「背上有些疼。」酒老爹有些委屈地看著阿秀，還好她還知道關心自己。

阿秀嘆了一口氣。

「那我等一下幫您搽藥酒。」就算是假的被馬車撞，但是要是一點兒都沒有受傷，那車伕剛剛也不會這麼大驚失色地喊著撞死人了。

「嗯。」酒老爹很是乖巧地點點頭。

阿秀將目光投向顧家姊弟，顧瑾容連忙說道：「撞到伯父是我們的不是，阿秀妳快帶伯父上馬車，先回府瞧瞧，不要落下病根了。」

「那就麻煩顧姊姊了。」阿秀也不推辭，扶著酒老爹坐上馬車，上去的時候，她發現他走路的樣子有些奇怪，看樣子，腳上也有傷。

說起來也是酒老爹自己倒楣，他原本是計劃撞阿秀坐的那輛馬車的，這樣自己就會被帶上，兩父女算是接上頭了。

但是偏偏，他正準備要衝上去被馬車撞的時候，阿秀下車了，他一個急煞車，一不小心就扭到了腳踝。後來阿秀從馬車出來，他繼續做好準備，偏偏她換了一輛馬車，他只好拖著受傷的腿跟上。

這次馬車是撞對了，但是因為腿腳有些不大靈活，原本應該毫髮無損的，結果背卻因為落地過快，也有些撞傷了。

不過能用這些小傷來博取阿秀的同情和憐惜，好像也不算是一個太壞的結果。

第六十四章　祖孫再聚

坐在馬車上，因為有顧家姊弟在場，阿秀就算心裡憋著好多的問題，這個時候也不好問。

見馬車上沒有人說話，阿秀更是一副沈思的模樣，顧瑾容便在一旁說道：「等一下先找個大夫看看吧。」她以為阿秀在擔心她阿爹的傷勢，心中的愧疚更深了。

因為是阿秀的爹，顧瑾容根本就沒有多想別的，只當是自家馬車的問題。

「就請唐大夫吧。」阿秀說著，頗有深意地看了自己阿爹一眼，他現在這副模樣，還不知道唐大夫能不能認出來呢！

酒老爹一聽要找唐大夫，身子哆嗦了一下，連忙說道：「只是小傷，小傷。」他現在這個模樣，怎麼好去見他。

顧瑾容雖然覺得麻煩唐大夫不大好，但是這人畢竟是阿秀的爹，慎重一點總是好的。

「等一下我就找人去西苑請他過來。」顧瑾容說道。

「那就麻煩顧姊姊了。」在酒老爹說話以前，阿秀先把話給說了出來。

酒老爹的嘴巴張了張，頓時跟蔫兒了一般，垂下了腦袋。

而顧靖翎，從上了馬車以後，就有些疑惑地看了酒老爹好幾眼，他總覺得這個人的背影有些熟悉，卻也沒有想出個所以然來。

等進了將軍府，因為多了酒老爹這麼一號人，老太君都特意來關心了一番，知道他是阿秀的親爹，打扮得又這麼落魄，頓時就唏噓起來。

好不容易將他整理了一番，偏偏他死活不願意剃鬍子，雖然衣服是乾淨了，但是配上他亂糟糟的大鬍子，怎麼看都還是有些邋遢的。

吃了午飯，阿秀就直接將酒老爹帶到了唐大夫那邊，因為還有旁人，酒老爹就是想裝瘋賣傻，也沒辦法，這樣只會在這裡丟了阿秀的臉。

「您到京城多久了？」阿秀問道，雖然她知道答案，不過她還是很想知道，他的說辭是什麼。

「已經快四個月了。」酒老爹可憐兮兮地看著阿秀。「因為身上沒錢，酒都沒得喝。」用這個裝可憐順便來解釋他現在身上沒有酒味的情況，真真是一舉兩得。

要是不知道真相也就罷了，偏偏阿秀是將一切都看在了眼裡，心中呵呵一笑，當初他離開的時候，顧靖翎可是送了他好幾百兩金子。

「那您平時都吃什麼？」阿秀說。

「就是樹皮啊、草根之類的。」見阿秀在關心自己，酒老爹頓時有些得意忘形了。他也不想想，這麼大一個京城，他隨便找點剩菜、剩飯還找不到？

「那您倒是挺厲害的。」阿秀說道，語氣有些詭異。

可是酒老爹偏偏遲鈍到沒有察覺，還喜孜孜地等著誇獎。

「您說您吃樹皮、草根，還比之前胖了些呢！」阿秀冷嘲道，他真當自己沒有長眼睛呢？不是穿寬大的衣服就會顯得瘦的！

酒老爹面色一僵，他最近好像是吃得有些好了，光顧著養鬍子，也沒有在意身材……

「都是虛的，虛的。」酒老爹硬著頭皮說道。

阿秀心中冷笑一聲，也不去揭穿他，反正他身上的秘密多了去了，她總能把真相都找出來的。

「我現在在薛家做弟子。」阿秀冷不防說道。她覺得自己應該就是當年的唐家一脈，就之前在薛家所看到的，這唐家和薛家之間應該有不小的矛盾，那麼自己去給薛老太爺做徒弟這件事情，應該和自家阿爹說一下，雖然他可能早就知道了。

酒老爹的確之前就知道了這件事情，說不惆悵那是不可能的。

不過他馬上調整好了心態，要知道這薛家人最為防範的就是唐家的人，就怕自己創的那些藥方啊、技術啊被他們學走，如今，這一個大好的唐家人就這麼大剌剌地學著他們的手藝。

「記得要好好和薛家那老頭學九針之術啊！」

酒老爹有些陰險的笑容掩藏在了濃密的大鬍子下面，光聽著語氣，好似還透著一絲語重心長。

這薛家的「九針之術」就和唐家的「千金方」一樣，都是傳家之寶，阿秀要是能學會了薛家的「九針之術」，他就是到了地下，都有資本嘲笑薛家那些臭老頭兒了。

「哦。」阿秀點點頭，只是她有些奇怪。「你怎麼就這麼肯定，那薛老太爺會把『九針之術』教給我啊，聽說那是只傳嫡系的，而且傳男不傳女。」

「這薛家人就是太迂腐了！」酒老爹在一旁評價道，也難怪最近這些年，都出不了幾個能上檯面的。

「阿爹您跟他們很熟？」阿秀反問道。

酒老爹意識到自己好像得意忘形了，連忙糾正道：「沒有的事，阿爹我怎麼可能認識那麼高貴的人家，只是阿秀妳這麼能幹，他要是不教妳那是他沒有眼光。」酒老爹在說到「高貴」的時候，那語氣就是再掩飾，都透著一絲嘲諷。

「是嗎？」阿秀只是瞧了酒老爹一眼。「您最近不喝酒了？」

阿秀主要是比較好奇，這酒老爹之後是想繼續走醉醉瘋瘋的酒鬼形象，還是要嘗試新的風格。

「不喝了，之前喝酒把妳都喝沒了，以後都不喝了。」酒老爹保證道，一副要重新做人的模樣。

對於阿秀的失蹤，酒老爹一直都是很愧疚的，安穩日子過久了，他都放鬆了警戒心，如今他既然敢這麼出現在她的身邊，他這次一定會好好保護好她和唐大夫的。

這京城不比鄉下，自己要是還一直裝著醉醺醺的，說不定就給阿秀惹了麻煩，他雖然可能做不了給她大幫助的好阿爹，但是也會努力做到不給她添麻煩。

當然最主要的一個原因是，唐大夫在這裡，他根本就不敢喝酒了。

他從小就被教育，作為一名合格的大夫，時刻保持著清醒是最基本的，而且喝酒會影響一個人的味覺，大夫時常需要用聞和嚐來識別一些比較難認的藥材，自己雖然已經不能再稱為大夫了，但是也不想在唐大夫面前表現得那麼頹廢。

「那您這鬍子？」阿秀用手指指他那亂糟糟的大鬍子，也不過幾月不見，這鬍子長得比頭髮還快呢！

「頭可斷，血可流，鬍子不能剃！」酒老爹語氣一轉，很是義正辭嚴地說道，看著阿秀的目光透著滿滿堅定。

要是真剃了，阿秀不就發現這個真相了，自己之前在軍營的時候還在她面前假裝，為了自己的下半生，鬍子就是他的第二張臉了。

「哦，那隨便您，您記得收拾乾淨就好了。」阿秀其實心裡更加中意的是現在這張臉，要是剃掉了鬍子，面對著酒老爹那張看著不過二十出頭的嫩臉，讓她叫阿爹，她還真有些叫不出口呢！

等快走到了唐大夫的屋子，阿秀一下子跑了起來，很是歡快地喊道：「唐大夫，我找到我阿爹了！」

酒老爹不知怎的，心中升起了一股不大好的預感。

而唐大夫，原本這個時候正在書房裡面看書，聽到阿秀的聲音就走了出來，一眼就瞧見了鬍子拉碴、打扮怪異的酒老爹。

他剛剛梳洗過，因為身分有些特殊，也不能拿小廝的衣服給他穿，就借了鎮國將軍一套沒穿過的新衣服，兩個人的身高差不多，只是這將軍是魁梧型的，酒老爹看著絕對是文弱型的，這麼一件衣服穿上去，立馬就顯得不倫不類了。

唐大夫這麼一眼看過去，一時之間還沒有反應過來，就聽到阿秀在那邊很是激動興奮地和他說：「唐大夫，這個就是我阿爹，我今天剛剛在街上撿回來的。」

唐大夫第一個想法就是，他剛剛又做了什麼蠢事？

之前他們在軍營遇到的時候，唐大夫就問過酒老爹，怎麼這麼毫不遮攔就出門，也不怕阿秀認出來？他還神神秘秘地說，自己是有特殊的易容手法的。

如今一看，這所謂的易容，就是用鬍子把自己整張臉都遮起來啊，他倒是不怕吃飯吃到鬍子裡去呢！

就他現在這副模樣，說是自己兒子，自己還沒有臉認呢！

「妳這阿爹長得倒是與眾不同呢。」唐大夫因為對上了阿秀亮晶晶的雙眼，有些勉強地說道。他這麼邋遢的打扮，難道就不怕影響了阿秀以後的擇偶觀嗎？

「唐大夫您快給我阿爹瞧瞧，他剛剛一不小心撞到了馬車。」阿秀將酒老爹往唐大夫面前一帶。

酒老爹腦袋裡還在思考，什麼叫他撞了馬車，難道不應該是馬車撞了他嗎？

唐大夫聞言，眉頭微微一抽，沈聲說道：「那你和我進來吧，我幫你瞧瞧。」

酒老爹心中那股不安就更加明顯了些。

但是從小的教育讓他不敢反抗。

沒有一會兒，阿秀在外面就聽到一陣撕心裂肺的「嗷嗷」亂叫聲。

阿秀的嘴角微不可察地往上面翹了些。

將不大省心的酒老爹直接安排住在了將軍府，阿秀就坐著馬車回了薛家，自己現在畢竟是在薛家學習，之前又答應了薛行衣，自然沒有道理不回去。

至於自家阿爹，相比較而言，這顧家跟她更加親近，而且唐大夫也在這裡。

為了保險起見，自然是將酒老爹這麼安排比較好，而且有唐大夫坐鎮，阿秀也不用擔心他會惹出什麼事情來！

坐著馬車到了薛府，阿秀才發現，原來薛府……也有……海鮮！

之前她只是沒有多想，現在想來，這顧家、高家都有，薛家的地位並不比他們低，自然不可能沒有。

偏偏那薛行衣之前還不告訴她，由著她到了顧家，雖然因此找到了阿爹，不過阿秀估摸著，自己就算是坐了薛家的馬車，多半也能撞到他。

「阿秀，聽說妳父親找到了？」吃晚飯的時候，就有人問了起來。

阿秀抬頭看了一眼，這薛老太爺的兒子不少，她到現在都沒有分清楚幾個人的排行。

主要也是平時不接觸，外加她沒上心。

反正每個都叫嫂子，準沒有錯。

「嗯，今兒正好在外面碰上了。」阿秀在自己親近的人面前會故意調侃自家阿爹，但是在外人面前，說話還是比較注意的。

「怎麼不請回來吃個飯？」那個婦人繼續說道。

阿秀微微低下頭，一副不大好意思的模樣。「因為先去了顧家，老太君一向熱情，就將人留下了。」

雖然她人在這裡，但是這薛家，有幾個待她真心的，她還能感覺不出來？要真的說起來，倒是那薛行衣，對她最不虛偽。

「老太君一向友善，那有機會一定要讓妳爹來薛府瞧瞧。」

「是。」阿秀乖乖應下，但是心中卻完全不是這麼想的。

快速地將菜桌上的海鮮都吃完了，阿秀就開始默默裝隱形人。

第二日一大早，阿秀剛起床，就聽到芍藥和她說，王家的二少夫人有請。

阿秀在腦子裡過了一個彎兒，她認識的姓王的好似只有王羲遙那一家子，別的完全沒有印象。

特別是這個王家二少夫人，又是誰？

不過等她洗了一把臉以後，終於想起來了，今天會專門來找她的會是誰。

也就只有那個，昨兒高家少夫人提起的閨中姊妹。

「妳給我去拿些糕點來。」阿秀想起自己昨天答應過的事情，現在人家都找上門來了，自然不好再慢吞吞地吃早飯了。

「是。」芍藥應了一聲便快步往廚房走去。

阿秀自己則是快速整理了一下頭髮，她最近這段時間還是有很大的進步的，至少梳頭髮梳得是有模有樣了。

這次王家二少夫人是打著找阿秀參加棋會的名號來找她的，畢竟給自家婆婆尋大夫這種事情也不能做得太光明正大，大宅子裡面的人心機重的太多了，要是一個不小心，反倒被人遭了恨。

王家二少夫人笑著說道：「雖說不知道這阿秀妹妹的棋藝如何，但是太后最是擅長下棋，阿秀這麼招太后娘娘的歡喜，我就擅作主張來叫她了，應該沒有耽誤她的功課吧。」

她出嫁前是羅尚書的嫡女，閨名叫羅黎兒，在家中很是受寵，偏偏嫁的丈夫雖然知冷知熱，但是卻不受重視。她性子有些潑辣，見不得自己丈夫被人輕視的模樣，這才將主意打到了這邊。

薛家如今掌事的大夫人笑著說道：「這個自然耽誤不了。」這羅黎兒不管是娘家或夫家，在京城的地位都不低，她自然不會隨便駁了她的面子。

「那就最好了。」羅黎兒好似鬆了一口氣，餘光看到阿秀過來了，頓時臉上的歡喜又多了幾分。「想必這個就是阿秀妹妹吧。」瞧著就是一個伶俐的，也難怪高家姊姊這麼誇她了。

「讓夫人久等了。」阿秀對她微微行了一個禮，在這邊待的時間久了，她做這些原本特別艱難的動作，也流暢了起來。

「是我太心急了。」羅黎兒有些不好意思。自從昨天從高家傳來消息，她一個晚上就沒有睡好，今天更是一大早就出了門，好特意讓貼身的丫鬟去請了幾家要好的姑娘、夫人過來。這戲，得做全套不是！

和薛家的大夫人告別，阿秀就坐上了羅黎兒的馬車。

這王家二少奶奶倒是貼心，大約知道自己來的時辰比較早，特意準備了一小碟的牛肉餅放在馬車上。

「聽說阿秀妹妹喜食肉。」這個還是她專門叫人一大早做好的，如今還溫熱著呢！

看到她這樣的舉動，阿秀對她的印象又好了幾分，雖然說這三個牛肉餅，可能只夠她塞牙縫。

快速吃完了牛肉餅和自己帶的糕點，阿秀終於覺得肚子裡有貨了。

羅黎兒已經完全被她的胃口嚇呆了，她早上的胃口，頂多不過一個牛肉餅加一碗粥。

「阿秀妹妹真真好胃口。」羅黎兒微張著嘴說道。

「這學醫是個體力活，特別容易餓，姊姊妳沒有學過，所以不知道。」阿秀喝了一口茶水，很是正經地說道。

羅黎兒被她這麼一說，頓時態度就嚴肅起來了，心中忍不住感慨，這醫術果然是博大精深的。

到了王家，羅黎兒也不敢直接帶著阿秀去找婆母，要順其自然才比較好，還好她身邊的丫鬟辦事能力也極強，她們到的時候，已經有幾個小姐也到了。

阿秀在裡面就看到了一個極其熟悉的身影，不是王羲遙那個假仙女還能有誰。

「這位是？」阿秀悄聲問道。難道自己的運氣這麼好，隨便一個姓王的，就是自己唯一認識的王家人？

羅黎兒以為阿秀不認識王羲遙，便介紹道：「這個是我的小姑子，王家的嫡長女，王羲遙。」

自己這小姑子，心高氣傲的，在家裡也是這麼一副冷淡的模樣，就羅黎兒的性子，自然不會太喜歡；不過這小姑子是公婆的心頭好，自己就算不喜歡，自然也不會表露在臉上。

「這王家大小姐可起得真早呢！」阿秀輕聲嘀咕了一聲。

「羲遙每日都要給家中長輩請安。」羅黎兒在一旁說道，聲音也小了不少。

說實話，這件事說出去，別人都會說她王羲遙孝順懂禮，但是對於羅黎兒來講，這絕對不是一件好事。

這意味著，她們這些做媳婦兒的得每天起得比她還早，不然在婆母面前如何立足，特別是她的身分還比較尷尬，雖不像庶子完全不受待見，但是真去了，家常的時候又沒有她插嘴的餘地。

羅黎兒未出嫁的時候在家中很是受寵，自然不大能適應現在的狀況，只是她越是不知道如何插入話題，他們二房的處境就越是尷尬。

「哦。」阿秀不予置評地往那邊瞅了王羲遙一眼。

大約是感受到了注視，王羲遙微微側過身來，在看到阿秀她們的時候微微一笑，顯得很是清麗。

「二嫂。」

「這是阿秀，這次我特地也請了她一塊兒參加棋會。」羅黎兒以為她們不認識，便特意介紹了一番。

「我和阿秀妹妹之前見過好幾次面呢，只是我倒是不曉得阿秀妹妹除了有一身的好醫術，還會下棋呢。」王羲遙笑得很是溫柔。

但是阿秀聽了這話卻微微皺起了眉頭。

羅黎兒面上也閃過一絲不悅。

這話原本是沒有錯的，但是偏偏配上她剛剛的語氣，好似讓人覺得，這阿秀只會醫術，來這個棋會太不倫不類了。

「這會醫術和會下棋並不衝突。」阿秀淡淡地說道，語氣特別模仿了她的那種飄渺。阿秀只是平日裡不裝，要真的裝起來，這王羲遙未必是她的對手，畢竟那幾十年不是白活的。

果然，她這麼一說，王羲遙和羅黎兒的眼中都閃過一絲震驚。

在王羲遙的心目中，這阿秀就是一個鄉巴佬，不過是運氣好了些，出身地位都不如她，但是偏偏比她更加受歡迎，所以她才會看阿秀不爽。

而羅黎兒，之前只聽說過阿秀出身鄉野，萬萬沒有想到她還有這樣的氣度，特別是這麼赤裸裸的反擊，讓她一個圍觀的人也感到一陣爽快！

不過才不到一句話的工夫，阿秀就直接破功了。「羅姊姊，我肚子餓了，妳能不能讓人給我下一碗牛肉雞蛋麵過來？」

羅黎兒想起她在馬車上吃的那些，最終還是維持了平常的臉色，叫丫鬟向廚房吩咐了。

學醫消耗大，羅黎兒在心裡默默告訴自己……

而王羲遙因為阿秀的這句話，臉上的神色也輕鬆了一些，剛剛果真是自己的錯覺，不然怎麼會覺得她有氣質呢！

第六十五章　對弈失敗

因為羅黎兒過於急切，那些大家小姐和夫人們到的時候，時辰還早得很。這王家夫人，還在自己屋子裡抄佛經，她每日這個時辰，必然是這樣的，只是近些年來，抄佛經也有些抑制不住她的情緒了。

「今兒是我唐突了，心血來潮就想拉著幾個小姊妹一塊兒下下棋，說說話。」羅黎兒笑著說道，囑咐下人伺候好客人。

這羅黎兒未出嫁的時候，因為性子豪爽，也不愛計較，閨中的好友很多，所以今天才能這麼容易叫來人，要是不熟的關係，誰願意這麼早就出門。

「這是我新認識的阿秀妹妹。」羅黎兒將阿秀介紹給大家。

因為之前太后的事，大家對阿秀這個名字多少有些耳聞，只當是容安第二，但是如今瞧著她一臉恬靜的模樣，心中都忍不住鬆了一口氣。

有容安的例子在前面，這阿秀只要脾氣不是特別差，大家都是願意跟她親近的。

「這個時辰，母親該用早點了，我這一大早也還沒去請過安呢，就先行一步，大家先慢慢聊，我馬上就回來。」羅黎兒笑著說道。

今天主要是為了去接阿秀，羅黎兒直接就出了門，以婆母的性子，自己現在要是不過去，說不定之後被她怎麼記上了。

「二嫂妳去吧，阿秀我會幫妳招待的。」

王羲遙往前微微走了一步，她平時話不多，但是一旦說話，大家就很難忽視，畢竟這氣質、這容貌身段放在這兒的。

並不是說每個女子都喜歡王羲遙，恰恰相反，一般女子都喜歡心思單純些，性格豁達些的，就好比羅黎兒，所以她人緣很好；像王羲遙這種，是得異性的歡喜，但是同性之間人緣很是一般。

哪個女子會喜歡自己身邊出現一個女子，外貌比自己好也就算了，和她一比氣質，自己就像丫鬟一般了；特別是她好似什麼都比妳強，站在她身邊根本就沒有自己的出頭之日。當然有些想借著她結識別人、別有用心的女孩子，那就另當別論了。

那些人原本還想來親近阿秀，現在看到王羲遙湊過去了，都紛紛停住了腳步。

「剛剛聽阿秀妹妹妳的意思，好似很擅長下棋？」

果然，她心裡還在計較剛剛阿秀說的話。

「不能說擅長，只能說略懂一二。」阿秀有些隨意地說道，反正不管會不會，說略懂一二總是不會有錯的。

「既然如此，那妹妹陪我下一局可好？」

王羲遙的臉上多了一絲明顯的笑意。

只可惜，阿秀只關注到她那雙略帶嘲諷的眼睛，她的演技還不到家。

「王姊姊妳可是第一才女呢，我怎麼能和姊姊比。」阿秀擺擺手，一副很是謙虛的模樣。

「阿秀妹妹這話說的就不對了。」一個有些尖銳的女聲插了進來。「之前太后娘娘可是親口說的，這第一才女不過是個虛名。」

之前太后因為看不爽王義遙的為人，故意在人前數落過她一次，這話，自然都傳了出來，讓她們這些平時就看王羲遙不大爽快的人在背後大呼過癮。

本來因為王羲遙是王太師最為寵愛的女兒，一般人都不敢得罪她，但是如今，連太后都這麼說了，太后娘娘說的話還能有錯?!

王羲遙聞言，臉色微變，卻柔著聲說道：「太后娘娘說的自然是極對的。」

相較於一般的閨中女子，這王羲遙是比她們還要老練些的，怎麼說也比她們年長一些不是。

這十六歲還待在閨閣中的，除了豪放不羈，一般人不敢娶的顧家大小姐顧瑾容，也就剩下了王羲遙。特別是這王羲遙生辰早，雖然才過了年，但是她現在已經過了十七歲的生辰了，比來這裡的那些沒有出閣的貴女們至少都大了一歲有餘。

「聽聞這阿秀姑娘最是擅長醫術，這術業有專攻，王姊姊怎能用自己擅長的來比人家不擅長的。」

那位貴女的言外之意就是說王羲遙是在欺負人。

這個貴女是翰林院首席的小女兒，名叫盧思妙，今年不過十四歲，她以前和羅黎兒玩得很好，知道她在王家過得不是很好，自然是要為羅黎兒打抱不平。這次羅黎兒叫她過來，也是為了讓她和自己演雙簧。

只不過這小姑娘沈不住氣，有諷刺王羲遙的機會，就一下子跳了出來。

「我只是想著，這棋會自然是以棋會友，阿秀妹妹擅長醫術不假，只是盧妹妹也不該這麼小瞧了阿秀妹妹。」王羲遙直接將球踢到了阿秀這邊，她倒是將阿秀之前的話記得牢牢的。

「我只看過幾個棋局，對下棋的確不是很瞭解。」阿秀對這個盧小姐印象很好，她性子直，目光乾淨，一看就是個爽快的。

「不知是什麼棋局？」一旁有人問道，她們都被這邊的動靜吸引了過來。

「不過是鄉野裡老人之間的對弈罷了。」阿秀好似有些靦覥地笑笑。

這阿秀的出身，京城大多數人都有所耳聞，出身鄉野，不過是因為運氣好，被顧家帶到了京城，專門給太皇太后治病，後來太皇太后憐她年幼，便作主將其記在薛家家主薛子清名下。

要是她沒有太皇太后的憐惜，即使她現在是薛子清的弟子了，只要她還沒有自己闖出名氣來，就不會有幾個人會搭理她。有時候，有些交往都是建立在對等的身分基礎上的。她們心裡都知道阿秀的出身不高，甚至可以說是極低的，但是也沒有想到，她會這麼坦然地將這些話說出來。

這盧思妙對她的好感又增添了幾分，瞧著她越發的順眼了。她雖然出身鄉野，卻不顯得粗俗，反而擁有一身高超的醫術，待人處世也是不卑不亢的，比在京城的一些小官家的女兒要好多了。

「既然這樣，那我就先替阿秀妹妹和王姊姊下一盤吧，姊姊可要手下留情。」盧思妙笑著說道，她面容嬌豔，雖然不過十四歲，但是這麼一笑，也能顯現出一絲豔麗。

盧思妙這樣的長相，站在王羲遙身邊，越發顯得吃虧。每個男人心目中，都有一個仙女夢。

「如此，也好。」王羲遙淺淺一笑，顯得很是清麗脫俗。

眼睛慢慢停在盧思妙的脖子上。「我瞧著盧妹妹這個小金鎖很是精緻呢！」

這個金鎖是盧思妙的爹找人給她打造的，作為她十四歲生辰的禮物，她很是歡喜，才會常常戴在脖子上，而王羲遙明顯也是知道的，所以才會說這樣的話。

盧思妙性子魯莽，心中最是藏不住東西，聽她這麼一說，還不等阿秀拉她，就直接爽快地說道：「既然如此，那咱們就下點小彩頭，王姊姊贏了，這個小金鎖就歸姊姊，要是我贏了，那姊姊就把妳屋子裡的那塊墨送給我。」

王羲遙微微沈思，便點頭答應了。

盧思妙也是有自己的小心思的，王羲遙手上有一塊很有名的墨，之前她就聽她爹提起過，她想著她爹的大壽要到了，這不就是一個好禮物？特別又是她自己贏回來的，那送出去，就加倍有面子了。

可惜，她下決定前，忘記先衡量自己的實力了。

剛開局的時候，盧思妙還是信心滿滿，特別是她覺得今兒這王羲遙下棋下得特別畏縮，她心中更是信心大增，大家都說這王羲遙才高八斗，她就不信這個邪了，要知道她的棋藝也是被很多老師稱讚過的。

阿秀目光微微掃過盧思妙，才將視線放到王羲遙身上。

這王羲遙倒是打了一個不錯的算盤，開始故意顯露敗象，等到盧思妙最為得意的時候，一下子打敗她。用這樣的心態對付一個小姑娘，著實是有些過了。

看盧思妙就知道她肯定是個很受寵的女孩子，要是這麼一番打擊，說不定性情都會因此受到影響。這個王羲遙比她平日裡表現出來的，要惡毒不少。

果然，不過一炷香的工夫，原本還勝券在握的盧思妙一下子就顯露敗象，小姑娘面上已經無法維持淡定，整張臉脹得通紅，不過幾瞬，她就徹底敗了。

「多謝盧妹妹承讓。」王羲遙笑著看著盧思妙。

盧思妙沒有想到自己竟然輸了，還輸得那麼快，特別是她想到要將自己心愛的小金鎖給別人，心裡就更加難過了。不過她不是會賴帳的人，雖然捨不得，卻還是將小金鎖拿下來給了王羲遙。

「不過是個玩笑話罷了，妹妹何必當真。」王羲遙並沒有接過去，反而淡笑著看著盧思妙。

她這話和別人說也就罷了，和盧思妙這樣性子的人說，無疑是火上澆油。

盧思妙最見不得自己討厭的人擺出一副同情自己的模樣，將小金鎖重重地放在桌上，她看也不去看王羲遙。

微微搖搖頭，王義遙彎腰，打算去拿小金鎖，這樣的小金鎖她根本就瞧不上眼，不過就是見不得盧思妙這麼得瑟的模樣罷了。

「王姊姊，現在我和妳下一局可好？」阿秀歪著腦袋笑看著王義遙，俏皮的話語讓整個人一下子鮮活了起來。

王義遙微微一愣，心中卻是一喜，她完全沒有想到阿秀會自己撞上來。

不過她也擔心被人說欺負一個鄉下來的人，就算自己真的贏了，也不划算；至於如果輸了的後果，她還真沒有想過。

「王姊姊，我們也來下個賭注，這個小金鎖，我瞧著最是配盧姊姊的衣服，要是我贏了，妳將那小金鎖和盧姊姊喜歡的墨給我可好？」阿秀笑得很是天真無邪。

因為她年紀小，長得又無害，雖然這話說得極其不客氣，卻很難讓人覺得討厭，她們更多的只會覺得是一個小孩子的大話罷了。

盧思妙一聽阿秀這話，心中頓時感動，她這是為了自己出頭，大家不過是第一次見面，她完全沒有必要為自己站出來，原本難過憤怒的負面情緒也消失了大半。

盧思妙用手輕輕拉了拉阿秀的手，說道：「阿秀妹妹，我願賭服輸。」言外之意就是讓她不要為了自己惹上王義遙。即使瞧不上王義遙的為人，但是這天下第一才女的名號也的確不是浪得虛名，她不想阿秀在自己之後又吃虧。

阿秀只是笑笑，反而用手輕輕拍拍她的手心，安撫道：「王姊姊的才氣是眾所周知的，阿秀只是一個鄉下小丫頭，雖然有些自不量力，但是也想親身感受一番。」

王羲遙的面色有些怪異，照理說阿秀這麼說算是自取其辱，但是她心裡總有些淡淡的不安。

「還是姊姊覺得阿秀也該下點賭注，所以才一直不說話？」阿秀見王羲遙面色不豫，還不忘做出一副為難的模樣，繼續說道：「可惜阿秀出身低，也沒有什麼值錢的東西……」

阿秀哭窮倒是哭得自然。

這京城裡的貴女，哪個出門的時候不是精心打扮一番，恨不得告訴所有人自己的得寵，哪有阿秀這樣的，這麼得宮中貴人的寵，卻還不忘哭窮，偏偏還沒有人可以反駁，因為她的出身的確是低。

王羲遙一時之間竟不知說些什麼才好，一方面她要維護好自己的形象，但是一方面，她又見不得阿秀太得瑟。

王羲遙想了一下便笑著說道：「要是妹妹輸了，不如下次進宮的時候，替我向太后娘娘求一幅字畫可好？」

要知道這太后娘娘不輕易作畫，這麼多年來，也就在之前太皇太后五十大壽的時候畫過一幅佛像，當時還讓不少大臣驚為天人。

這太后娘娘美貌天下少有，那才學也是女子中少見的。

太后一直是王羲遙奮鬥的目標，只可惜她運氣不好，先帝去世，小皇帝年紀太小，她就是再好、再能幹，也不過只能嫁一個藩王。不過在她眼裡，藩王那都是登不得檯面的，甚至都比不上她當年拒絕過的顧家。

在場的貴女們誰人不知這其中的難度，看向王羲遙的目光中帶著一些別的意味。

而盧思妙更是直接，怒道：「王羲遙妳這是趁火打劫，誰不知道太后娘娘不輕易作畫，妳這不是為難人嗎？」

王羲遙只是捂著嘴輕笑。

「我以為以阿秀妹妹在太后面前的恩寵，應該不是難事呢。」

她這話說的，是極其不討喜的，甚至還帶著一絲挑釁，盧思妙的面色更加難看了些。

反倒是阿秀，面色不變，笑咪咪地看著王羲遙。「這太后娘娘的畫作何其珍貴，難道在王姊姊心目中，就只值那兩樣小玩意兒嗎？」

阿秀這話，就是說王羲遙不重視太后娘娘的墨寶了。

既然說太后娘娘的墨寶難得，那王羲遙就不該用那兩樣東西就想打發她，畢竟兩個人的地位放在這兒，阿秀的出身本來就不如王羲遙，王羲遙這樣就顯得不大厚道了。

王羲遙原本只是打算為難阿秀，現在反倒是把自己繞進去了，頓時眼中一寒，問道：「那阿秀妹妹妳覺得我還要加點什麼呢？」

「聽說王家有一對碧玉玲瓏珠……」阿秀笑吟吟地看著王羲遙。

這個碧玉玲瓏珠是當年先帝在世的時候賜給王家的，雖說只是一個小玩意兒，但是因為是先帝所賜，所以其中的涵義就不大一樣了。

她會想到這個，也不過是因為之前在顧家的時候，聽老太君說起過這個玩意兒，當年有兩對，一對給了顧家，一對給了王家。

顧家的那對，前兩年因為顧小寶不懂事，砸碎了一個，老太君心中一直覺得很可惜。阿秀就將這事記在了心裡，現在既然是王羲遙自己主動問的，那她也就不客氣了。

要真的說起來的話，這一對碧玉玲瓏珠也比不上太后娘娘的墨寶，但是這既然是阿秀自己提的，那別人也不好再說什麼。

只是王羲遙，反而猶豫了。那個碧玉玲瓏珠的確就在自己這邊，但是，這畢竟是先帝所賜之物……

「雖然是先帝所賜的寶物，但是這不過是女兒家之間的小遊戲，想必也沒有人會怪罪。」阿秀笑著說道，黑黝黝的眼珠子好像一眼就能看透她所有的心思。

作為一名現代醫生，心理學是必修的，王羲遙就算有點小心思，哪裡逃得過阿秀的眼睛，她以前只是懶得多想，並不代表她什麼都不懂。

「既然如此，那就依阿秀妹妹妳的意思。」王羲遙咬咬牙應下了，畢竟這棋局，她贏的概率要大得太多。

雖說王羲遙又加了一個賭注，但是盧思妙還是很擔心地拉著阿秀。

「阿秀妹妹……」

雖說現在太后娘娘寵著她，但是當年容安受寵的時候也沒能得到太后娘娘的一件墨寶；這阿秀出身還不如容安呢，誰知道太后現在又是怎麼想的呢？

「盧姊姊不必擔心，阿秀雖說沒下過幾盤棋，但是這輸贏，老天自有定數。」阿秀看看天，好像已經和老天爺說好了一般。

盧思妙聽她說沒有下過幾盤棋，心裡就更加擔心了，偏偏這阿秀，跟個沒事人一般。

「到時候請王姊姊手下留情。」阿秀說道。

王羲遙微微仰了一下頭，明顯是沒有將阿秀放在眼裡。

阿秀心中淡淡一笑，永遠不要低估你的對手。

她這輩子的確沒有學過圍棋，但是這並不代表她就不會下了。

她在現代的時候，有一個愛收集古董的外公，他還有一個愛好就是下棋，不管是圍棋還是象棋，甚至是國際象棋，下得都是極好的。

阿秀耳濡目染，自然是學到不少。她在工作以後，還會時不時回去陪自家外公下個幾盤。她那外公在二十幾歲的時候就已經是國手的水準了，只是考慮到家族的事業，才沒有往那條路上發展。作為國手陪練的阿秀，水準自然也不會差到哪裡去。

不過半炷香的工夫，原本還笑意滿滿的王羲遙，面色一下子就沈了下來。

她抬起頭，有些懷疑地看了阿秀一眼，難道自己之前都是小瞧了她嗎？

在場的貴女們都不是繡花枕頭，她們隱隱間都瞧出了阿秀要贏的跡象，但是心裡都有些難以置信。

這王羲遙的能力，不該輸啊！

只有這盧思妙在一旁笑得得意，她倒是要看看，等一下這王羲遙要是輸了，該怎麼收場。太后娘娘說的真是太對了，王羲遙這天下第一才女的名號果然是虛的啊！一個從鄉下過來的小姑娘就能打敗她。

盧思妙也不想想，剛剛是誰還把小金鎖輸給了她。

「我認輸了。」

王羲遙沈吟了半天，卻沒有將棋子再放下去，她知道自己肯定輸，不走到最後一步，不過是為了給自己留點顏面。

阿秀頗有些可惜地搖搖頭。

「姊姊要是下了這一步，我就該收網了呢。」阿秀將王羲遙的那枚棋子放到一個位置上，自己又下了一個位置，一下子，滿盤皆輸。

「我倒是不知道妹妹原來還有這分心機呢。」王羲遙寒著一張俏臉說道。

原本主動認輸已經是極其丟臉面的事情了，偏偏她剛剛還要補這麼一刀，這讓王羲遙心中對她大恨。不過是一個鄉下丫頭，憑什麼在自己面前這麼猖狂！

「這個姊姊就說錯了，我不過是順應本心罷了，肯定是老天看我從小比較可憐，今兒才這麼幫我，我家裡那麼窮，我這還是第一次看到圍棋呢。」阿秀一副可憐兮兮的模樣，明顯是得了便宜還賣乖。

「妳之前不是說見人下過嗎？」王羲遙咬著牙說道。

「哦，他們用的是石子，我不是說了嗎，我家裡窮，我周圍的人當然也一樣窮啊！」阿秀很是理所當然地說道。

看著王羲遙一臉拚命壓抑自己怒火的模樣，就一陣好笑。

她之前就能感覺到，這王羲遙是不喜歡自己的。不知道是從一開始她和顧瑾容走得近的緣故，還是後來她入了太后和太皇太后的眼的緣故。

不過既然人家不喜歡自己，阿秀自然也沒有必要對她笑咪咪的，對待不懷好意的人，就要像秋風掃落葉一般索利！

盧思妙看阿秀贏了，頓時笑得比她還要誇張，那白白的牙齒，看在王羲遙眼中，那個叫刺眼。

第六十六章　各有心眼

「王家姊姊，這勝負已定，妳可不能耍賴啊！」盧思妙在一旁嚷嚷道。

剩下的貴女都只是看戲般地看著，並不說話，這兩邊，她們都不願意得罪。

王羲遙知道，自己今天要是表現出一點的遲疑，等她們出了這王府，到時候就會有各種不一樣的傳言出來了。

「自然不會耍賴，要是阿秀妹妹不放心的話，現在就可以隨我去取。」王羲遙努力讓自己的表情不那麼猙獰，不過她這話也是隱隱在暗示著阿秀小家子氣，上不得檯面。

「好啊！」誰知阿秀好似根本就沒有聽出裡面的深意，笑呵呵地說道：「既然王姊姊這麼說，那我就不客氣了，這東西啊，只有到了自己的手裡，那才能真正放心呢！」

王羲遙的臉色更加難看了些，黑著一張俏臉說道：「那妳跟我來吧。」

盧思妙乘機在一旁說道：「我陪阿秀妹妹去，省得到時候王府太大，找不到回來的路。」她這是怕王羲遙乘機欺負她。這阿秀出門都是單槍匹馬的，連個丫鬟都不帶，她自然要保護好阿秀。

王羲遙心中冷笑一聲，這盧思妙未免也太瞧不起她了，她就算真的要對阿秀做什麼，那也不可能是現在。

不過她至少有一點猜對了，這阿秀讓她出了這麼大的一個醜，這件事情，她不會就這麼算了的。

「盧妹妹妳說笑了，這府裡到處都是下人，阿秀妹妹怎麼會迷路，不過既然妳這麼不放心，那就跟著我們一起吧。」王羲遙笑得很是溫柔。

「那就麻煩王姊姊啦。」阿秀衝著王羲遙點點頭。

看樣子這王羲遙算是討厭死她了，不過她之前沒做什麼的時候也沒見她對自己真的和善。阿秀倒是不怎麼怕王羲遙會對自己打擊報復，說到底還是因為，在阿秀的眼裡，這王羲遙的攻擊值，實在是沒有什麼看頭。

「那塊墨在我的書房，就麻煩兩位妹妹在外面稍等一會兒。」王羲遙並不打算將她們邀請進去。

「那就麻煩王姊姊了。」阿秀衝她點點頭，並不在意。

這王羲遙一看就是心思比較多的人，一般這種人，又有些才學的話，多半會將自己的心思藏於書畫中，她可沒有興趣知道那些。

倒是盧思妙，臉上有些失望。

等王羲遙進去以後，盧思妙才有些惋惜地說道：「聽說她的書房裡有好多藏書，特別是棋譜。」她琴棋書畫，學得最好的就是棋，自然對這個更加上心。

「妳覺得她會借給妳？」阿秀反問道。

盧思妙想了想，覺得就今天的事情以後，她會給自己好臉色都有些難了，要是自己借了書，王羲遙說不定更有由頭編排自己。

盧思妙連忙搖搖頭，眼中還帶著一絲不安。

阿秀瞧著盧思妙有些驚恐的表情心中一陣好笑，剛剛她的模樣好似比誰都囂張，如今再看，膽子也不見得真的大。

王羲遙走進書房，拿出那塊墨來，她手往上面抬了抬，想著自己珍藏多年的墨就要給阿秀那種說不定都不識字的粗人，她心裡就各種不舒坦，恨不得將它砸了算了。

但是，她至少還是有一些理智的，手最後還是收了回來，只是長長的指甲在上面故意留了好幾道痕跡，因為在背面，並不大看得出來。

這麼一來，王羲遙自己心裡稍微舒坦了些。

「讓兩位妹妹久等了。」王羲遙拿著一個木盒子走了出來，裡面裝的就是那塊墨，她將盒子遞給阿秀。「這個就是那塊墨了。」

阿秀並沒有馬上去接，而是猶豫了一下。

「那就多謝王姊姊的慷慨了。」阿秀說著伸手接住那個盒子。

王羲遙微微一愣，臉上的笑容僵了一下。

她原本是打算，趁著阿秀來接的時候將手鬆掉，她王羲遙的東西，豈是這麼好拿的，到時候完全可以把罪名推到阿秀的身上。但是偏偏阿秀一開始一直不出手，現在冷不防地伸手，自己要是再裝作突然手滑的模樣，未免也太假了。

「羲遙，妳們怎麼在這？」正有些僵持的時候，一個女子的聲音傳了過來。

「大嫂。」王羲遙看到來人，衝她微微一笑。相比較二嫂，王羲遙更加喜歡這個做事八面玲瓏的大嫂，她很清楚這個家裡的人的地位；不像那個二嫂，以為自己的出身不錯，就以為王家的人得讓著她，這裡可不是羅家！

「妳們這是……？」

「二嫂今日專門在家裡辦了一個棋會，這個是阿秀妹妹。」王羲遙介紹道，只是她並沒有安什麼好心。

果然這王家大少夫人一聽這話，面色微變，因為如今王夫人身子不大好，家裡的大小事務就交給了幾個媳婦。她身為老大媳婦兒，一向在王夫人面前最為得寵，而且她深知這王家最為受寵的是王羲遙和王貴生，她平日裡對他們更是禮遇有加。

事實上，她的策略是正確的。

現在王家，大半的事情都是由她來負責的，所以現在聽到王羲遙說，這羅黎兒連招呼都沒有和她打，就叫了人進來辦什麼棋會，她能高興那才叫怪了！

「弟妹的心思就是活絡。」王家大少夫人笑得有些諷刺。

這個阿秀她也聽說過，好像是說那宮裡的貴人都專門請她去看病。羅黎兒專門將她請過來，莫非是為了治療婆母的頑疾？

只是羅黎兒也不看看，這阿秀瞧著不過十二、三歲，這樣的小姑娘能有什麼大本事，到時候反倒是被婆母記恨的可能性高些。

這麼一想，她頓時就鬆了一口氣，笑咪咪地和她們說道：「那妳們快點過去吧，我叫廚房再去加點茶水，阿秀妹妹，不知妳喜歡什麼小點心。」

雖說心裡瞧不上阿秀的出身，但是誰叫人家在太后面前受寵；而且她剛剛看到王羲遙遞給阿秀的那個盒子，裡面裝的應該是那塊萬松墨，那個可是王羲遙的心頭好。

王家大少奶奶就琢磨著，這個阿秀說不定是王羲遙的閨中好友，這態度，自然就更加親近了幾分，她哪裡能猜到，王羲遙現在正對阿秀恨得咬牙切齒中。

「我喜歡肉多一點的。」阿秀說道。

王家大少奶奶微微一愣，她原本還想著這京城的貴女都是喜歡一些玫瑰糕、水晶糕之類的，這個阿秀是從鄉下過來的，頂多喜好會比較土一些，沒有想到她的喜好直接土得都掉渣渣了。放肉的糕點，她以為是大餅嗎？

好似沒有看到那王家大少夫人的笑容有些僵硬，阿秀繼續說道：「今天早上，二少夫人帶的那個牛肉餅就滿好吃的。」

阿秀從來不會覺得自己喜歡吃肉是一件多麼上不得檯面的事。

這人總得有些愛好不是！

你瞧不起肉，你有本事不吃啊！

「那我叫廚房再備上些。」王家大少夫人保持著微笑又隨便和她們閒話了幾句，便離開了。她現在倒是想要瞧瞧，那羅黎兒接下來打算怎麼辦！

又去王羲遙那邊拿了碧玉玲瓏珠，阿秀三人這才回去。

她們走的時候，那些貴女都是湊在一起說些悄悄話，看到她們過來了，那聲音戛然而止。

不用說都知道，貴女們在討論的應該就是她們。
不過大家都不是將心事完全放在臉上的人，王羲遙還是笑咪咪地往她們走了過去。
還沒有說幾句，羅黎兒就回來了，只不過她的面色有些難看。
剛剛她去婆母那邊請安的時候，原本並沒有什麼，但是後來大嫂也來了。
大嫂平時什麼事情都喜歡和自己爭一爭，今天因為她來請安遲了些，她又是一頓冷嘲熱諷的，將婆母的脾氣給挑了起來，又將自己說了一頓。
還好近些年來，自己的脾氣已經收斂了不少，不然自己不好受，肯定也不會讓她好受了。
不過唯一讓她滿意的是，她已經先將婆母勸好了，等一下過來這邊瞧瞧，雖然用的是王貴生的名義。
這王貴生是王家最小的少爺，因為出生的時候身體不好，從小就很是受寵，養成了紈袴的性子，偏偏在當娘的心目中他還是各種的完美；如今他年紀也不小了，所以她就說讓婆母可以趁著這個機會瞧瞧那些小姐們，看看哪個比較中意，到時候可以上門去提親。因為事情有關自己最寵愛的小兒子，王夫人雖然各種不爽快，還是答應來看看。
自己最寵愛的孩子，肯定要找一個最好的女子。
王夫人出來的時候，這邊已經結束了下棋，正三五成群地閒聊著。
阿秀因為之前的事情，和盧思妙成了不錯的朋友，知道她是因為家中姊妹少，所以才分外得寵，也因為性子相近的緣故，才會和羅黎兒走得近。

這京城裡的貴女也是有圈子的，那麼多大臣，每個大臣府上又有不少的女兒，整個圈子比一般人想像的要大得多。一般小型的聚會，都是只選自己圈子裡的人的，像阿秀這種新來的，要是沒有人帶的話，是很難融入到裡面的。

而且和別人相比，阿秀的屬性和她們相差實在是有些大。

阿秀自己倒是無所謂，她對這些並不強求，能交到談得來的朋友自然是好，交不到也無所謂。

「母親。」羅黎兒一直關注著門口，如今瞧見王夫人的身影連忙迎了上去。

在場的貴女聽到是王夫人來了，眼中都閃過一絲驚色。這王夫人的脾氣，大家都是有所耳聞的，現在冷不防瞧見，心中多少有些畏懼。

其實最近幾日，王夫人的病情又加重了不少，所以她才會想趁著自己還能活動的時候來瞧瞧，給自己最寶貝的孩子找一個靠得住的妻子。

「妳們在玩些什麼？」王夫人的氣色很難看，雖然臉上抹了粉，卻也不能完全掩蓋。

「大家在下棋呢。」羅黎兒笑著說道。

「下棋挺好的，修身養性。」王夫人點點頭，眼睛從在場的貴女身上一個個看過去，她已經有些時間沒有參加這樣的活動了，她也怕自己失態，丟了王家的臉。在場的好些人，她只覺得眼熟，但是基本上都叫不上名來。

「娘，您怎麼有興致過來？」王羲遙瞧見王夫人也有些詫異，連忙上前將她扶住。不過她心裡還是微微皺了一下眉頭，到時候要是娘在這邊亂發脾氣，這傳出去了可如何是好，相比較自己母親的病情，她更加關心的是自己的聲譽。

王夫人最初得病的時候王羲遙還小，沒有什麼感覺，後來王夫人因為這個病，性情大變，家裡人都慢慢疏遠了她。

雖然府裡的人都說她寵自己，可惜王羲遙一點兒都不覺得，就因為她對自己發脾氣比較少嗎？

「就過來瞧瞧，我也好久沒有出來了。」王夫人眉心隆起，竭力忍耐住那絲暈眩，如今這樣的症狀越來越明顯了。

「您臉色不大好看，要不還是回去休息？」王羲遙勸道，每次瞧見娘眉頭皺起，就覺得這是她要發怒的徵兆。如今這麼多人在這裡，要真的無緣無故發起火來，這也太丟人了。

「不用了，我難得出來，就想多走動一下。」王夫人的眉頭皺得更緊了些。她知道自己這個女兒比一般女子要聰慧，只是她的有些舉動實在是讓人心寒，所以她更加願意寵著那個不願意幹正事的小兒子，至少他對自己是真心的。

「老二媳婦兒，妳到我這邊來，和我說說話。」王夫人掙開王羲遙的手，明明自己一直這麼寵著她，可是她怎麼就不貼心呢！

她只有這麼一個親生的女兒，偏偏心都沒有放在她身上，難道只是因為她的病嗎？王夫人心中升起了一種深深的厭惡感，為什麼她要受這樣的罪！

「是。」羅黎兒點點頭，走了過去，順便將阿秀也給拉了過去。

「這位是？」王夫人自然是看見羅黎兒的動作的，只當她是想將這個人介紹給她，只是這個姑娘的年紀未免也太小了些吧，這要成親，還得等上好幾年吧，她如今的身子，也不知道還能活幾天。

阿秀出聲道。

「夫人，您最近是不是覺得晚上睡覺很熱，而且覺得口渴，腦袋、眼睛都發暈發痛。」

王夫人面色微微一頓，臉上淡淡的笑意一下子就僵住了，眉頭皺得更緊。

「老二媳婦，妳請來的什麼人！」王夫人厲聲問道，被阿秀說出了症狀，她並不覺得欣喜，只覺得整個人都像是要被火燒起來一般。

「母親，這個是剛剛被薛家老太爺收為弟子的阿秀妹妹，她平時也沒有什麼好玩的，這次棋會我就順便叫了她過來。」羅黎兒連忙解釋道，她也沒有想到阿秀會這麼直接，婆母是很忌諱別人在外面說她的病症的，偏偏阿秀還是當著這麼多人的面說出來。

王夫人聞言，臉色稍微緩了緩，但是也不好看。

阿秀不等王夫人繼續說什麼，徑直說道：「您的病，我能治。」

她來這裡的目的就是為了給這位王夫人治病的，只是她想若依照羅黎兒的辦法，可能還要各種迂迴找合適的時機；那王羲遙一直虎視眈眈地站在一旁，阿秀就怕到時候走了，都沒有瞧上病，索性就選擇了最為直截了當的方式，雖然好像顯得有些無禮，不過她從來不是在乎這些的人。

王夫人聽到阿秀這麼說，嘴巴哆嗦了一下，卻沒有選擇相信。「黃毛丫頭，信口雌黃！」

如果這個病真的這麼好治，她也不會痛苦這麼多年了，連女兒都和她離了心。

「夫人何不一試，再差也不過如此。」阿秀直直地看著王夫人。她雖然容貌稚嫩，但是一旦她嚴肅的時候，身上自有一種說不出的氣勢。

王夫人的臉一下子就僵在了那裡，從來沒有人敢和她這麼說，每個人都是小心翼翼的，說什麼話都是繞過她這個病，而這丫頭就這麼直截了當地說了出來。

王夫人在那麼一瞬間，都有一些恍神。

終於，王夫人將目光放到了阿秀的臉上，將她細細看了一遍以後，才緩聲說道：「妳有什麼法子。」就像她說的，最壞也不過如此，自己為什麼不試一下。

「夫人先找一處比較安靜的地方，我再給您仔細檢查一番。」阿秀說道。

「好。」王夫人一口就應下了。

「娘。」王羲遙並不想見到這樣的情景，忍不住阻攔道。

「老二媳婦兒，妳就和羲遙繼續招待客人吧。」王夫人並不多去看王羲遙那張精緻的小臉。自己一直都喜歡這個女兒，因為她身上結合了自己和王太師所有的優點，她是自己的驕傲；可是，如今卻覺得有些諷刺。

等到了一處暖廳，阿秀先是給王夫人把了一下脈，隨後又讓她脫掉衣裳檢查了一遍，結果和自己最初想的差不多，心中差不多有了想法。

「我這個病是不是很嚴重？」王夫人沈聲問道。

以前只覺得胸內好似長了石頭，一直壓著她喘不過氣來。最早的時候也請大夫瞧過，有個大夫比較隱晦地和她講，這是婦人之症。從此以後，她幾乎再也沒有看過大夫；若不是最近病情加重了，就算這阿秀說得再天花亂墜，她也未必心動。

阿秀的年紀，並不足以讓人相信她的醫術，而且王夫人有屬於自己的尊嚴，她不想將自己醜陋的一面，表現在外人面前。

「時間是久了些，不過並不難治。」阿秀說道，走到一邊的書桌旁，拿起紙筆快速寫了起來。「這個是加味逍遙散，您喝上幾副，應該會有所緩解。」

這個逍遙散疏肝效果一流，之所以會取這個名字，意思是指吃了藥，肝氣活絡暢通，心情也會隨之開朗起來，煩惱拋在腦後，好似神仙一般逍遙快活。

而王夫人的病因歸根結柢是因為肝家氣火內灼。

「這個方子就可以？」王夫人拿著方子，還有些難以置信，就這麼簡單？

而且阿秀寫藥方的時候，字體較一般大夫工整不少，王夫人基本上都能看懂，當歸、大白芍、白蒺藜、黑山梔、大貝母……整個方子並不見特別貴重的藥材。

「我說可以您也未必相信，何不自己去試試呢？」阿秀笑著說道。

其實這王夫人的病症真心不算嚴重，她最大的問題不過出在放不開顏面，她之前只要找了薛家隨便一個說得上名號的大夫過來看，這個病很快就能治好了。不過這也是這個年代的婦女要面臨的一個很大的問題，過分在乎男女大防。

阿秀現在終於能明白，太皇太后為什麼會這麼看中自己了。她在這裡第一次意識到，自己也許是無可替代的，至少暫時是的！

心中突然出現了一種讓以前的她特別嗤之以鼻的使命感和榮譽感。

她可以為這裡的婦女做些什麼，她要為她們做些什麼！

「我……」王夫人拿著方子，不知道該說些什麼。

「夫人，病會好起來的。」阿秀用手輕輕蓋住王夫人的手背，因為這個病，王夫人的身上乾瘦得很，更加沒有一點精神氣。

「那我，便信妳一次。」好似下了極大的決心，王夫人突然抬起頭來，直直地看向阿秀。

阿秀的臉上出現了一抹淡淡的微笑。

她的眼中也多了一絲堅定，她好似找到了自己在這裡的定位！

第六十七章　阿爹太后

從王府離開，大約是因為王夫人的態度變化，這王家的下人看阿秀的目光也有些不大一樣了。

雖然還沒有看出成效來，但是羅黎兒對阿秀還是感謝了一番。

剛剛她又聽盧思妙說了之前發生的事情，心中更是多了一絲歉意，她對王羲遙也多了一絲戒備。自己這個小姑子平日裡不顯山露水的，她只當小姑子比較做作，沒有想到也不是個心善的。

回到薛家，薛老太爺正在看醫書，餘光瞧見她進來，頭也不抬地隨口問了一句。「那王夫人的病如何？」她一大早就去王家，別的人不知道其中的緣由，他還能看不出來。

「只是乳症，我開了加味逍遙散。」阿秀回答道。

薛老太爺點點頭，眼中多了一絲欣慰，阿秀在醫學上面的確是有天賦，不過幾月的工夫，她就能那麼自信地開藥了。要是她是男子，那就更加好了。

「妳還有什麼事？」薛老太爺看阿秀一臉的欲言又止，便問道，這樣的阿秀倒是少見。

「師父。」阿秀難得這麼正經地叫他。「您說這女子學醫可好？」

薛老太爺摸摸鬍子，說道：「當年宮中也是有女醫的，只是近些年來沒落了，這太皇太后如今這麼看重妳，想必也是因為這個原因。」他倒是直言不諱。

阿秀其實也能猜到這點，並不會覺得有什麼好失落的。她繼續問道：「我說的並不是入宮當女醫，而是民間的女大夫。」

入宮當了女醫，受惠的基本上只有那些宮中的貴人，以及處在權力最頂端的那些人的女眷，對一般的老百姓根本就沒有任何的影響，這和她的初衷不一樣。

薛老太爺有些詫異，似乎沒有馬上明白她說這話的意思，隔了一小會兒才說道：「妳這個就是異想天開了。」

他這話的意思就是阿秀剛剛說的是根本不可能實現的。

阿秀知道就現在的情況，是有些難，可是為什麼不努力一把呢？

她張張嘴，最後卻什麼都沒有說出來。

其實她找他說這件事情就是一個錯誤吧，只不過她心裡難得有了一個這麼正能量的想法，才急著找人來認同。現在想著，這人一開始就是找錯了。

見阿秀失望地離開，薛老太爺心中也暗暗嘆了一口氣。

他年輕的時候何嘗沒有這樣的想法，當年他去遊歷，見多了民間的婦女受病痛折磨，他也想過要為她們做些什麼，可是現實永遠都比想像要來的殘酷得多；再加上這年紀越大，他考慮的也就越現實了。

第二日，薛老太爺見阿秀還不來上課，這一問，就聽下人說她去顧府了，連提前跟他打個招呼都沒有。

薛老太爺一開始還有些惱火，但是想到昨天的事情，心中再次嘆了一口氣。

她要到處去碰了壁才會懂啊！

阿秀昨兒晚上的時候，就因為那件事翻來覆去有些睡不著覺，自己難得想為國家做點貢獻，偏偏現況還不允許。她一向不是一個太有抱負的人，但是要真的有了什麼想法，就想著要盡力看看。

不得不說，昨天薛老太爺的話不但沒有讓阿秀氣餒，反而讓她氣勢大增了不少。你越是說不行，她越是想做成試試，所以這一大早就出門去了顧府。

在她看來，這薛老太爺不過是個外人，酒老爹和唐大夫他們這些自己最為重視的人的話才能真正影響到她；而且，她心裡覺得，這唐大夫和酒老爹在這方面的觀念和薛老太爺應該會不大一樣。

再說酒老爹，他最近兩天過得比較慘，自從被阿秀丟到了唐大夫那邊，他每天面對的就是自家老爹那雙犀利的眼睛。

一開始就先問了他最近這段時間的生活情況，又順便考校了這十年，有沒有將醫術給落下。

酒老爹這些年光顧著去研究奇奇怪怪的藥物，這一個真相又讓唐大夫對他一陣怒罵，偏偏還不能還嘴，畢竟他根本就不占理。

特別是他想到自己還時常讓阿秀去給他收拾爛攤子，心裡就一陣發虛，還好沒有把這個說出來，不然可能就不只是挨罵了。

只不過從第二日開始，那位聾啞老僕人的活就歸他了。

酒老爹想想給自家老爹掃掃院子、挑挑水也不是什麼壞事，誰知接下來就是各種上課。唐大夫怎麼會允許自己最優秀的兒子頹廢成這樣，要是沒有阿秀也就算了，但是阿秀還沒有嫁人，自己又老了，他還這麼頹廢，以後阿秀指望誰去！

難道他還想著去拖累阿秀？這個自己是萬萬不允許的。

「阿爹，唐大夫！」正當唐大夫看著酒老爹各種不順眼的時候，阿秀就風風火火地跑了進來。她今天回顧府，第一時間就到了這裡，還好她和顧家的人也熟，倒不會有人覺得她失禮。

唐大夫原本整張臉都皺著，聽到阿秀的聲音，一下子就舒展開來了。從書桌後面站起來，還不忘整理了一下衣服，這才迎了出去。

酒老爹瞧著自家老爹這麼在意自己在阿秀心目中的形象，忍不住在心裡「嘖嘖」兩聲，人卻是相當狗腿地緊緊跟了上去。

「阿秀，妳怎麼來了？」唐大夫很是詫異，這個時辰，不該是她跟著薛子清那小子學醫的時候嗎？難不成是被欺負了？

這麼一想，他的眼裡就多了一絲厲色。敢欺負他唐嵩文的孫女，那薛子清年紀大了，膽子倒也長肥了不少。

正在吃早飯的薛老太爺覺得鼻子一癢，打了一個大噴嚏，因為嘴巴裡還有沒有嚥下去的粥，一下子就噴了半桌子。他多少年沒有出過這樣的醜了，直接將碗筷一扔，不吃了！

「唐大夫，我昨兒去給王家夫人治病，就有了一個想法。」阿秀說道。

唐大夫見阿秀不是因為受了委屈才跑回來的，頓時神色就緩和了些。
「什麼想法？」唐大夫問道。
「您說這女子能不能像男子一般學醫，這樣那些婦女的毛病就不會這麼影響她們的生活了。」即使在現代，很多女性也很排斥讓男醫生給她們看比較隱私的病症，更何況在這裡？所以多培養一些女醫，才是最直截了當的方法。
「這是一個不錯的想法。」唐大夫眼睛一亮，點點頭。
當年的唐家，就是有這樣的想法，所以別的杏林世家都沒有女弟子，只有他們，鼓勵女子學醫，當年宮中的女醫基本都出自於唐家。沒有想到阿秀雖然不知道自己姓唐，但是不愧是他們家的血脈啊！
阿秀聽到唐大夫這麼說，心裡頓時就激動了些，她就知道，這個和他們說才是對的，不像自己那個便宜師父，只會一味地否決自己。
「那妳可是打算專攻婦人之症？」唐大夫問道，如果是這樣，那就可惜了，在他看來，阿秀在治療外傷上的技能遠比婦女那塊要強得多。
「自然不是，這婦人之症畢竟只是一個很小的分類，雖說作為大夫要有擅長的一項，但是我更加喜歡的還是外科。」那才是她的老本行。
外科？他們這邊並沒有這種說法，不過唐大夫只當是根據字面意思，以為就是外傷那一塊。
「妳自己想好了就好，如果有什麼需要我幫忙的也只管和我說。」唐大夫笑著說道，看到自己的孫女，有了自己的追求，他心中也忍不住欣慰。

「好，我知道！」阿秀點頭，她這次果然是來對了

酒老爹見他們兩祖孫談得興致盎然的，偏偏沒有一個人將注意力放到他身上，他心裡頓時有些委屈了，明明他才是阿秀的爹，她有這樣的想法為什麼不和自己說啊！就算不是特地和他講，那至少順便問一下他的意見吧，就這麼和自己老爹拍案決定了，他就這樣被忽略了！

「咦，阿爹您還在啊！」偏偏阿秀完全沒有接收到酒老爹的怨念，還很是詫異地問道，其實她多少是有些故意的，她現在發現，在唐大夫面前欺負一下自家阿爹，還是滿好玩的。

「你怎麼還不去掃地！」唐大夫順勢掃了酒老爹一眼。阿秀越是優秀，他對酒老爹就越是恨鐵不成鋼，當年這兒子可是比阿秀還要優秀。

如今看看，像什麼樣子。

醫術也荒廢了。

這做不成一個好大夫，至少做一個好父親，但是他連這個都做不到，這能讓他不生氣嘛！

酒老爹聽著他們這一唱一和的，頓時就惱了，憑啥他就得是那個受欺負的！

正想著要如何崛起之際，就聽到一個小丫鬟急急忙忙地跑過來，衝著阿秀說道：「阿秀小姐，太后娘娘過來了。」

酒老爹聽到「太后娘娘」幾個字，整個人一哆嗦，算是徹底蔫了。

「是來找我的嗎？」阿秀問道。雖然這太后娘娘時不時地會去薛府看望自己，但是也就稍微坐一會兒的工夫。她今兒心血來潮跑到顧家來，太后娘娘怎麼也來了，難道是緊跟自己而來，那也未免太奇怪了。

「太后娘娘說了，聽說小姐您的父親找到了，想要順便看看酒老爺。」因為阿秀說自家阿爹就叫酒老爹，所以這顧家的下人都叫他酒老爺，聽著有些怪怪的。

阿秀心中更加覺得怪異，自家阿爹有啥好看的？

而唐大夫在聽到丫鬟這麼說的時候，臉色瞬間變得很是難看，雙手更是抓緊握拳，只是他怕阿秀瞧出異樣來，努力讓自己快速恢復正常。

酒老爹因為鬍子太多，看不出表情，但是身上的狀態也有些不大對勁。

「阿爹？」阿秀瞧了一眼酒老爹，問道：「那您和我一起去嗎？」

酒老爹先是看了一眼唐大夫，見他面色較之前蒼白了些，心中一陣愧疚。

雖然心中蠢蠢欲動，酒老爹還是搖頭。「阿爹一個大老粗，去見什麼太后啊，要是把人嚇著了，這可怎麼擔待得起。」他現在的模樣，也的確怕嚇到她。當年，他也算是一個樣貌英俊的小生，而如今，他根本不好意思再出現在她面前。

來叫人的丫鬟聽了他們的對話都忍不住要對天翻白眼了，這太后娘娘讓你們過去，你們難道還能有選擇的餘地？他們兩個人竟然還考慮起去不去的問題。

「我的老爺、小姐喲，你們可不能讓太后娘娘等急了啊！」小丫鬟都要哀號了。

酒老爹的表情很是微妙，還好有鬍子擋著，不然就能看到一張娃娃臉上布滿了惶恐、焦慮、不安等負面情緒。

「那要不走吧？」阿秀看了一眼酒老爹，他現在的情況有些奇怪呢！

酒老爹再次看了一眼唐大夫。

唐大夫並沒有看他，只是輕哼一聲，自己回了屋子。

如果說這件事情沒有任何的貓膩，阿秀是絕對不相信的。

難不成自家老爹，以前和太后是認識的？可是……阿秀心裡總覺得哪裡有些不大對。

跟著丫鬟到了正廳，阿秀就看到穿著便裝的太后正坐在主位上喝著茶，以往她多是帶足了宮人的，今天反倒只帶了幾個貼身的。

「阿秀來了啊。」太后笑著看著阿秀，只是餘光卻是下意識地掃向站在阿秀身邊的那個男人。

雖然已經過了快十一年了，雖然他的長相已經變了很多，但是她還是一眼就能看出來，的確是他回來了。

他和阿秀，一起活生生地站在了她的面前。

之前那十幾年，她一直在佛祖面前禱告，只求他們平平安安的，她寧可一輩子不見他們。直到現在，她才知道，她想他們想得都要發瘋了。

感謝老天爺，讓她在有生之年，還能再見到他們，現在就算讓她去死，她也是死而無憾了。

而酒老爹，一進門就忍不住將目光放到了太后身上，阿晚和十年前一樣，根本沒有太多的變化，歲月只讓她變得更加的美麗。
只是這樣美麗的她，卻讓他自卑，不敢再靠近。
「阿爹。」阿秀輕輕拉拉自家阿爹的袖子，他該不會是因為太后長得太美了，看呆了吧！
酒老爹被這麼一拉扯，終於回過神來，眼中閃過一絲淡淡的哀傷，跟著阿秀行禮。
太后在那麼一瞬間想要站起來阻止他們，但是她知道她不能。
她美麗的眸子中快速閃過一絲悲痛，將自己的情緒控制好了以後才柔聲說道：「不須多禮，哀家聽聞阿秀的爹爹尋到了，就特意過來瞧瞧。」
「多謝太后娘娘關心。」阿秀說道，只是心中卻忍不住嘀咕，自己找到爹又和她有什麼關係呢？要說這太后喜歡自己、關心自己的話她能理解，但是沒有必要將手伸得那麼遠吧！
不過這貴人的想法，阿秀覺得自己弄不明白也是正常的，可能是太后在宮裡覺得太無聊了，正好這裡有這麼一個由頭，就借著這件事出來了。
這小皇帝太小，後宮只有她和太皇太后兩位，平日裡根本沒有別的樂趣，也難怪她總喜歡往外面跑了。
「都坐下吧，今兒宮裡做了福壽糕，你們都來嚐嚐。」太后讓人拿出幾個小碟子，上面都是精緻的小點心，唯獨一盤，上面的點心樣子很是普通，毫不起眼。
這顧家的幾個人作為長期陪客，只象徵性地拿了一個嚐嚐，而酒老爹，幾乎沒有猶豫，就拿了那碟不起眼的白麵糕點。

這個就是太后口中的福壽糕。
十多年過去了，她的手藝一點兒都沒有進步。
那是再早些的時候，他過生辰，她想著特意下廚給他做些什麼；不過她自小嬌生慣養，根本沒有進過廚房，最後也就做了一碟子普通的白麵糕。
第一次做的時候，那糕點還沒有現在這個好看，她還硬是要說，那就是福壽糕，吃了會有福有壽；可惜，世事難料……
酒老爹萬萬沒有想到，他這輩子還能有機會再吃到這個。
努力不讓自己的眼淚掉下來，酒老爹現在只想，這鬍子怎麼就不能將整張臉，連同眼睛都遮住呢，這樣他就不怕被人瞧見什麼了。
「我在宮中甚是無聊，瑾容倒是可以時常和阿秀過來陪陪哀家。」太后見酒老爹情緒波動比較大，便努力笑著將眾人的視線都轉移了過去。
「是。」顧瑾容點點頭應下了。
「阿秀如今跟著薛老太爺習醫，可是有什麼不順的地方？」太后將頭轉向阿秀那邊，看著她的目光很是柔和。
她昨兒就聽說了，她的阿秀去給王太師的夫人看病了，雖說還沒有看出效果，但是她對阿秀有信心。
要不是因為她顧及阿秀最近要學習醫術，她恨不得讓阿秀直接住到宮裡去，這樣自己就能好好疼她了。

「都挺好的。」阿秀笑笑，有那麼大的兩座靠山，哪裡還有人敢欺負她，而且之前太后還專門給薛家那麼大一個下馬威。

「最近薛家那老太爺教妳可盡心？」太后繼續問道，她可一直沒有忘記之前的事情，她將她的阿秀交託給薛家，那也是瞧得起他們，偏偏還有人不識相！

「師父對我挺好的。」阿秀說道。

雖說自己並沒有將他當作真正親近的人，但是他對自己還真的談不上不好。

「之前就聽妳師父說，妳在學醫上是極有天賦，想必這其中也有妳這爹爹的功勞吧。」太后說話間又很是順理成章地將視線放到了酒老爹身上。

雖然他鬍子拉碴的，但是她還是能看到他的皮膚比以前黑了不少，臉上隱隱也有了皺紋。以前她老是笑話他的娃娃臉，若是沒有經歷那些，他必然不會像現在這般。

酒老爹現在鼻子都是酸的，要真的說話，那聲音必然是哽咽的，只好一直縮著腦袋不作聲。

阿秀以為自家阿爹是慫了，心中微微鄙視了一番，嘴上卻不忘說道：「我阿爹不善言辭，不過醫術卻是極好的，我的這些醫術都是他教我的。」

太后聞言，點點頭。她就知道，他不會虧待了孩子，現在孩子那麼優秀，她也就放心了。

「原來是有其父必有其女。」太后輕輕一笑。「再過幾個月，妳也該十四了吧，妳爹爹可有給妳看中什麼合適的夫婿人選？」太后臉上帶著一絲調侃。

原本坐在一旁做裝飾的顧靖翎聞言，下意識地去看了一眼阿秀，原來她也快十四了，很快就到嫁人的年紀了……明明看起來還那麼小……

「沒有。」酒老爹有些甕聲甕氣地說道，他現在情緒還沒有完全收拾好，不能多說話，不然準露餡兒。

「那你瞧著誰比較好，阿秀如此優秀，自然得找一個同樣優秀的。」太后毫不吝嗇地誇獎道。

「草民……」酒老爹有些艱難地說出這兩個字，緩了一下以後，才繼續用有些奇怪的聲音說道：「還沒有想好。」自己這閨女，主意比自己還大，他都不確定自己有沒有這個機會幫她去物色人選。他就怕哪一天，阿秀突然領回來一個陌生的男人，對他說，這個就是她未來的夫婿了！

光是想想，酒老爹就覺得自己整個人都不好了。

女兒太獨立，他這個做爹爹的，壓力也很大的呀！

第六十八章　亂點鴛鴦

「就哀家看來，那新進的沈狀元倒是一個不錯的選擇呢。」太后開口道。

之前她覺得薛行衣也不錯，和阿秀一樣是懂醫術的，兩個人以後真的在一塊兒，也算是夫唱婦隨；但是偏偏如今兩個人差了一個輩分，這日子久了，太后的心思也就淡了。

反倒是沈東籬，之前她故意讓他去做巡檢的活，他心態倒是好，每天都按時去報到了，據說行事很是踏實，雖說是文官出身，卻一點也不文弱。

這讓太后對他另眼相看了一番，因為他和阿秀又是舊識，太后就忍不住上了心。

如今這京城裡的貴公子們，多少是有些陋習的。這沈東籬經歷了那麼大的變故，人倒是顯得穩重不少，在太后心目中又是加分不少。

而且最最主要的是，沈東籬上面沒有長輩，這意味著阿秀一嫁進去就可以自己當家做女主人，她不用擔心阿秀會受欺負。

種種條件說起來，讓太后覺得沈東籬只要學會了做菜，那差不多就是為阿秀專門訂製的一般。

「小菊花？」酒老爹眼中閃過一絲疑惑？

他自然是聽說了之前住在自己家裡的那個男子考上了狀元。

酒老爹一開始的時候就猜到沈東籬出身不簡單，只是因為當時一些錯誤的舉動導致沈東籬必須留在他家。畢竟相處了不短的時間，看到沈東籬有如今的成就，酒老爹還是真心為他感到高興的。

可是，為什麼她會覺得小菊花適合阿秀呢？

他都管不了阿秀，小菊花就更加不行了吧！雖然不是說男子的能力一定要比女子強，但是阿秀可不是小菊花這般的男子能夠駕馭的。

「阿秀覺得如何？」太后看著阿秀，笑得很有深意。

要是阿秀也覺得不錯的話，那她現在就可以開始著重培養他了。先是找個由頭讓他去御膳房待上幾日，接著找幾個比較容易完成的任務給他，到時候就能順理成章地加官進爵；而且有她在，即使他以後發達了，也不敢有別的心思。

「啊！」阿秀有些茫然地抬起頭來，他們不是在討論她的未來夫婿人選嗎？怎麼一下子問起她來了啊！她以為這不過是長輩之間的一種情感交流罷了。

畢竟不管是在古代還是現在，作為長輩，都喜歡參與小輩的婚事，現在只不過把年齡提早了十幾年而已。

阿秀在現代的時候，每次遇到這樣的問題就直接裝隱身，別人說什麼只管點頭就好，而且她對自己的未來夫婿完全沒有任何的想法。在現代都未必能找到真心相愛、一心對自己的人，更何況是在現在這樣的男權社會。

「妳覺得沈狀元如何？」因為是阿秀，所以太后脾氣很好地又問了一遍。

「他人自然是極好的。」阿秀覺得沈東籬不管是外表還是內在都是很優秀的，只是他們之間，阿秀覺得頂多算是好朋友。

太后聽到阿秀說沈東籬人不錯，臉上的笑容頓時就大了不少，自己的眼光果然是正確的，那當務之急就是讓他去御膳房了，等阿秀過了十四歲，就將婚事給訂下來。

可惜太后的笑容還沒有維持多久，就聽到阿秀接著說道：「可是他長得比我還貌美，站在他身邊，很有壓力。」

這話一出，原本正想著在太后面前推銷自己孫子的老太君一下子止住了動作。

太后因為阿秀的話，仔細回想了一下沈東籬的模樣，好像……真的比阿秀要美貌。

這阿秀長得比較像她爹爹，娃娃臉，圓圓的眼睛，小巧的鼻子和嘴巴，模樣可愛，但是少了一些秀美。她在太后心目中自然是極美的，但是客觀地講，的確是不如沈東籬。

太后一時間也不知道怎麼說了，有些女子喜好美男子，自然不會嫌棄這點，但是她的阿秀不是這麼膚淺的人……難不成，還得換人？

「哈哈哈！」老太君率先笑出了聲。「太后娘娘，那您瞧著我們家這傻小子如何？」

老太君指的自然就是一直不說話的顧靖翎。這阿秀她瞧著是極好的，自然不能便宜了別人，肥水不落外人田。

這次顧靖翎還沒有反應，太后的臉色就先微微一變。

這顧靖翎是她極為看重的一個小輩，能力長相都是一等一的好，而且將軍府裡面的人也都是極好的；但是她作為阿秀的……她不能不考慮那些說法，剋妻的名聲實在是太嚇人，她怎麼能讓阿秀嫁給他，即使只是子虛烏有的傳言，她也不敢冒險。

「阿翎自然是極好的。」太后的笑容比之前淡了一些。

這老太君的性子，太后自然是清楚的，心中也是很敬重她，只是，在這件事情上面，自己並不打算退步。

「奶奶，男子自當先立業後成家。」顧靖翎突然出聲道。

他知道自己在外面的傳言，都說自己剋妻，他之前一直沒有當回事，但是如今，看阿秀一直低著頭不說話，他就覺得心裡有些不大舒服了，他難道還配不上她這個鄉下小丫頭?!

「你給我只管坐著！」老太君很是霸氣地掃了他一眼，然後笑得很是和藹，好似沒有察覺到太后的表情變化。「我瞧著阿秀也是極好的。阿秀和當年的晨妹妹長得極像，我瞧著一眼啊，就立刻喜歡上了。」

她這話一出，太后和酒老爹都同時一驚，難道她發現了什麼?!

當年的事情，這老太君也是知情人之一，而且她和當年的唐老夫人是最好的姊妹關係……這麼一想，太后下意識地看向酒老爹。

酒老爹正好也抬頭看向她，兩個人算是真正第一回對視，看到對方在自己視線裡，他們都不約而同地鬆了一口氣。

當年那麼困難，現在他們還能再見面，如今再大的困難也不能打倒他們了。

而且老太君一直都是站在他們這邊的，就算真的發現了什麼，也不用太擔心。

「我瞧著也是極像的。」太后定了定心神說道。

老太君聽到太后這麼說，臉上的笑容更加深了些。最開始她只是懷疑，畢竟她沒有犯病的時候，腦子還是很清楚的。這長得像的人的確不少，但是不可能連耳垂的小痣位置都一樣吧。這是一個疑點，但是她並沒有太在意，當年的事情過於複雜了，她根本沒有這樣的信心。

之後就是太后了，太后的態度過分明顯了，當初她雖然寵容安，但是自己一眼就能瞧出裡面有多少的真心，特別是如今這麼一對比，那絕對是一個天上、一個地下。

太后有時候看著阿秀的眼神，她這個旁觀者瞧著都覺得要融化了一般，如果沒有那種關係在其中，她是不大相信的，她當年生了老大，也沒有用這樣的眼神瞧過。

最後讓她真正確定的就是剛剛太后的態度了。

要真的說起來，自家孫子哪裡不好了，頂多就是那剋妻的名聲不大好。

之前進宮的時候，太后還允諾說，要是阿翎瞧上了哪家的姑娘，只管說，她一定給他們作主；但是如今，自己親口提了阿秀，她卻故意岔開了話題。

阿秀只有是當年的那個孩子，太后才會為了她，寧可違背自己早前說過的話。

不過這樣也能夠理解，為什麼那唐家老倔頭會對阿秀這麼好，她一開始還以為只是因為長得像，現在想來，還是自己想的太少了。

當年唐家倖存的人，都回到這裡了。

其實要真的說起來，這阿秀和阿翎身上還真的是有一份婚約的。那時候她和晨妹妹因為生的都是兒子，所以沒有緣分做親家，後來就說，約定就延續到下一代去。

當時不過是隨口一說，而且晨妹妹去得又早，根本沒有多少人記得這件事情；但是老太君如今看阿秀是怎麼看怎麼順眼，怎麼捨得讓她嫁到別的地方去。

自己那孫子是不大會說話，但是瞧著也算是一表人才，勉強配她也還算過得去；阿秀一看也不是以後會管理內宅的人，嫁到顧家來的話沒有那種勾心鬥角……種種緣由加在一塊兒，老太君都覺得，這阿秀和顧靖翎，簡直就是天造地設的一對。

至於兩個當事人，一個低著頭在手心畫圈圈，胡亂想著一些奇奇怪怪的事情。

還有一個，則是看著另外一個人畫圈圈，覺得她就這麼沒心沒肺，人家都在說她的終身大事了，她表情都不變一個！

雖說這次只是帶了幾個近侍，但是太后也不好在顧家多待；特別是她剛剛見到了酒老爹，就更加不敢有什麼特別的舉動，免得讓人多想了。最後留下了不少精細的小玩意兒和一大批的珍貴藥材，便帶著宮人們回去了。

老太君見太后人走了，便笑咪咪地招阿秀和她一塊兒回去說話。

她琢磨著她見阿秀的機會肯定比太后要多得多，還怕不給她潛移默化了過來。

特別是她今天確定了阿秀就是晨妹妹的孫女以後，心中更是跟阿秀親近了好幾分。

當年她們一直可惜沒有生出一男一女來，如今有這樣的機會，老太君就想圓了當年的心願，這樣以後下去見了晨妹妹，也能讓她放心。

顧家永遠會和唐家站在一起的，無論何時。

「阿秀啊，妳今兒還回薛家不？」老太君握著阿秀的手問道。剛剛太后在，自己都沒有仔細瞧瞧阿秀，她這次在薛家待了好久，自己都好長一段日子沒有見到她了。

這仔細一瞧，阿秀氣色還真不錯，個子也高了些，看著終於像一個十三歲的女孩子了。

「我這次出門都沒有和師父提前說，只和身邊的丫鬟提了一句。」阿秀說這話的時候，面色還特別地坦然，一點都不會覺得有什麼不好意思。

「那我到時候找個人去薛家說一聲，妳也好久沒有陪我這個老太婆聊聊天了。」老太君很是感慨地說道。

其實，她覺得，這上學去薛家，下學回顧家也挺好的啊，這樣還能讓她和自家那孫子培養一下感情。

「那行。」阿秀很是爽快地點頭。

「既然妳暫時不回去，那我中午叫廚房做些鹿排，是剛剛捕殺的，血還是新鮮的，等一下去喝一點，女孩子喝點鹿血挺好的，特別是這大冬天的。」老太君說到這兒，就忍不住問道：「妳天癸來了沒？」

阿秀原本還想著美味的鹿排，冷不防被問這個問題，一時間還沒有反應過來。

半晌以後，她才意識到，這天癸就是大姨媽。她現在不過十三歲，之前營養又沒有跟上，怎麼可能會來！

老太君見阿秀一臉茫然的模樣，心中又是一陣心疼，果然是沒娘的孩子像根草，這可憐孩子竟然連天癸是什麼都不曉得。

「這天癸就是女子的小日子。」老太君很是體貼地又換了一種說法。

阿秀心中微微一囧，她看起來有這麼傻嗎？而且她是學醫的，怎麼可能會不曉得這個？

「還沒來。」阿秀連忙說道，就怕老太君又以為自己沒有理解，再換一種說法。

「那就更加得補補了。」老太君想著自己當年十四歲的時候就來了，這阿秀看起來瘦瘦小小的，肯定得補。

阿秀張張嘴，想說這種事情順應自然就好了，但是老人家這麼關切，她也不好意思拒絕。

又說了一些話，老太君就讓阿秀自己去玩了，雖然她是恨不得現在就將兩人湊成對，但是她心裡也曉得，欲速則不達。

阿秀出了門，就往裴胭那邊走去。

她四月初八便要和顧一成親了，距離今日已經剩下不到一個月的時間。

阿秀進去的時候，裴胭正在繡花，冷不防瞧見她進來，頓時一臉的驚喜。

「剛剛就聽說妳來了，我還以為妳又走了，沒想到還在呢！」因為太后也在，裴胭便沒有半路再跑進去。

「裴姊姊都要嫁人了，我自然要過來瞧瞧。」阿秀笑著說道，眼睛掃向她放在桌上的紅布，上面繡了精緻的繡花。

「裴姊姊手藝真好。」聽說女子出嫁，這嫁衣得自己做，阿秀覺得自己可能只能穿著純紅毫無花樣的嫁衣出嫁了，光是做衣服都已經很考驗她的技術，更不用說還要繡花了。

「妳個小沒良心的，今兒怎麼有空閒過來，聽說妳之前醫好了高家的少夫人呢。」裴胭戳了一下阿秀的胳膊，雖說是抱怨的話，但是卻不見真的抱怨。

說到後面，反而好奇起來了。因為知道阿秀在薛家學醫，所以對於薛家的事情，她也關注了不少。這高家的少夫人又是一個交際圈子大的，不過幾日工夫，阿秀會給婦人治病的事情就傳出來了。她很早的時候就知道了，阿秀不是一般的人。

「其實高家少夫人的病算不得嚴重，只不過是避諱就醫罷了。」阿秀說得很是輕描淡寫，並不覺得這是自己的功勞。

「這個倒是，畢竟男女有別，要是多些女大夫就好了。」裴胭忍不住感慨道。她自小生活在將軍府裡，也跟著顧瑾容去過不少的大戶人家，見過有些夫人得了病，還要千方百計地瞞著，就是被人知道了，也不會找大夫看；現在阿秀能給她們看病，真的很好！

「裴姊姊，我也這麼想呢！」阿秀見裴胭這麼說，頓時來了興趣。「妳說要是這學堂專門開一門課，是教女子學醫的，妳覺得如何？」

裴胭聽阿秀這麼講，先是眼睛一亮，不過那亮光馬上就滅了。「這個想法好是好，但是不大實際。」

見阿秀饒有興趣地看著她，裴胭才說道：「首先這學醫，得先學會識字，但是一般會讓女子識字的，基本上都是官宦人家，可是官宦人家的女兒多半不會出來拋頭露面，那些女子多是想嫁一個好的夫婿。」

雖然很多女子心中也會感慨如今的現況，在自己遇到這些病症的時候哀怨沒有女大夫，但是她們自己卻是不願意站出來，成為一名女大夫的。和嫁人以後的榮華富貴相比，這個未免太沒有吸引力了。

而且學醫難，吃的苦多，這官宦人家的小姐誰願意吃這個苦。這些加在一塊，願意當女大夫的人已經沒有了。

阿秀也知道自己想的有些天真，但要是一開始連願意站出來學的人都沒有，那女子看病難的情況就更加不可能被改變了。

阿秀看向裴胭，問道：「裴姊姊，如果是妳，妳願意嗎？」其實說起來，裴胭還真的是一個不錯的人選，她膽子大，有自己的主意，而且又識字。

見阿秀將主意打在了自己身上，裴胭連忙搖頭。「我可不行，等嫁了人，我就得在家侍奉公婆，還得照顧夫君呢。」裴胭在說到夫君的時候，臉色紅了一圈。

阿秀嘆了一口氣，前途果然很渺茫啊，難怪之前自己那個便宜師父會那麼肯定地說自己是異想天開了。

當年唐家那麼大的家族，也不過培養出了幾位女醫，她現在就一個人，就想做當年一個家族都沒有做到的事情，就是想想，都覺得難。

「阿秀。」裴胭見阿秀有些萎靡，頓時就有些不好意思，自己是不是拒絕得太果斷了，剛剛是不是應該要先稍微猶豫一下。

「其實我覺得，妳的想法是極好的，但是這數百年來，日子就是這樣過的，妳盡力醫治就很好了，沒有必要折騰那麼多。」裴胭勸道。而且現在那些站著說話不腰疼的人特別多，她不想阿秀一個這麼小的女孩子，承受那麼大的壓力。

「裴姊姊，妳知道嗎？」阿秀眼睛直直地看著裴胭，話語中充滿了滿滿的自信。「我想要做的事情，我都會盡力去做，不管結果會是什麼，而且我想做的事情，到現在為止，都沒有失敗過！」

不知道是阿秀的表情過於堅定，還是她的眼神過於閃亮，有那麼一瞬間，裴胭愣在了原地，自己從來沒有見過一個人的身上會有這樣的光亮！

阿秀，和她，和這裡所有的女子都是不一樣的。

她覺得，那些在她看來理所當然的事情，根本不能將阿秀怎麼樣！

裴胭突然有種感覺，也許阿秀真的會成功！

第六十九章　當年真相

酒老爹端著那碟吃剩下的福壽糕，有些失魂落魄地回到西苑。

一進門，就瞧見自家老爹正一臉冷笑地看著自己。

他的眼睛一接觸到自家老爹的眼神，腦袋就清醒了，下意識地想將手裡的碟子往身後藏。

「藏什麼，當我老眼昏花連這個都看不到了?!」唐大夫掃過他手上的東西，他就是不用腦子，也可以猜到，這個東西肯定是那個女人送過來的。

「爹……」酒老爹手上的動作僵了一下，聲音中帶著明顯的苦澀。

「叫什麼爹，我可沒有你這樣的兒子，我兒子在十年前就被一把大火燒死了，連同我那兒媳婦！」唐大夫說這話的時候，面不改色。

酒老爹的臉色一下子就煞白，因為嘴巴顫抖，連帶著鬍子也是窸窸窣窣地動著。

「爹，您不要說這種話。」他知道當年的事情，自家老爹肯定很難釋懷，但是事情距離現在都過去十年了啊！

「不然你還想怎麼著？讓我支持你和她再續前緣，反正當年那個人也死了？」唐大夫看著酒老爹，一臉的恨鐵不成鋼。

當初唐家幾百號人，如今就倖存了他們三個，他有什麼臉面，再去見那個女人！

應該說，那個女人又有什麼臉面來見他們！

他這輩子最大的錯誤就是當時答應讓他們成親，他早就該知道，這太漂亮的女人本身就是一個禍端，不過他也要感謝她，至少她生下了阿秀。

「爹！」酒老爹的臉色由白變紅，他不喜歡他這麼說，當年的事情他們是有責任，但是罪魁禍首明明就是那個男人，就因為阿晚生得美好，所以就要把錯都推到她身上嗎？

這些年，外人瞧她是過得滋潤順利，但是她一個人無依無靠，在那吃人的皇宮裡，怎麼可能過得輕鬆。

「不要這麼叫我，若不是瞧在阿秀的面子上，你以為我會讓你在這兒？」唐大夫寒著一張臉說道。他原本就長得比較凶，如今再做這個表情，要是小孩子瞧見了，非直接嚇哭了不可。「我恨不得這輩子沒有生過你這個兒子！」

不然，不然唐家幾百人也不會這麼白白死去，那些人甚至在死之前都承受了極大的痛苦，先是被人下了迷藥，後是活活被燒死；他們原本都是行醫積德的人，誰也沒有做過什麼壞事，偏偏就因為他們的緣故，最後死了，連個像樣的墓碑都沒有。

他唯一慶幸的是，還好當初晨兒已經去世了，至少不用受那麼大的罪過，但是他所有的兄弟，甚至老母都死在了那場大火中，這讓他如何心平。

這些年，他只要一想到當年的事情，就恨不得將那個男人殺死，即使賠上自己這條賤命。但是他知道他不能，雖然說他做事極端，但是不得不說，他並不昏庸。皇室子嗣單薄，一旦他毫無徵兆地死去，整個朝廷都會亂了，他不能因為一個人的仇恨，害了天下更多的人。

「可是當年的事情，阿晚她也是受害者啊，明明都是那人的錯。」酒老爹紅著眼，努力壓抑著聲音說道。他雖然現在情緒激動，還是記得要顧忌他們所處的環境，雖說這邊比較偏僻，但是將軍府人也不少。

「和那些無辜死去的人相比，她已經很幸運了。」唐大夫知道她本身並沒有錯，但是那些死去的人，誰又是有錯的。

「我知道，我知道，可是，她畢竟是阿秀的親娘。」酒老爹的眼中帶著痛苦，他不想自己的親爹這麼說自己最心愛的女人。

「這件事情我得提前先和你說清楚了，你要是敢和阿秀說些有的沒的，到時候別怪我手段激烈。」唐大夫看著酒老爹，嚴肅的表情表明了他絕對不是在開玩笑。

「可是她們本來就是……」酒老爹張口欲言。

但是唐大夫根本就不給他這個機會，擺手制止他繼續說下去。「不管她們本來是什麼關係，現在阿秀只是你的女兒，我的孫女，和那個女人一點關係都沒有，你忘記了，這皇家的人，是最最無情的。」

當年唐家為皇室盡心盡力了那麼多年，就因為當初先帝的一時私慾，直接毀了那麼大的一個家族，這皇家，最是不將別人的命當人命看。

「阿晚不會的。」那是自己最心愛的女子，酒老爹萬萬是不會相信她會變成那樣子，而且他今天看到了她，她和當年一樣，還是那個她。

「呵。」唐大夫輕笑一聲。「你不要告訴我，你不知道當年的皇后是怎麼死的，還有那些沒有出生的龍子鳳女，那些可都是你的阿晚的手段啊！」不然就她毫無背景地在宮中，怎麼可能坐到現在的位置。

酒老爹自然是知道這些事情的，他雖然帶著阿秀住在鄉下，但是他時不時地消失一段時間，就是在打聽這些消息。

他最初認識她，就是被她的才智所吸引，如果她真要想法子對付人，一般人還真的不是她的對手；但是他心裡還是願意相信，他的阿晚依舊是最初那個善良的女子。

「就算她不會對我們怎麼樣，但是你也不要忘記了，還有一個小皇帝呢！」唐大夫繼續說道：「小皇帝可是她和先帝生的，先帝那麼心狠手辣，不顧念舊情，你覺得流著他的血的孩子，會有什麼樣的心性？他要是知道自己心目中最為純潔高貴的母后有著這樣的過往，他會怎麼對付我們，會怎麼對付阿秀?!」

說到這裡，唐大夫的聲音一下子就銳利了起來，他不過是條老命，活也活夠了，真的要對付他，他也無所謂；但是他的寶貝阿秀，現在才不過十三歲，她應該活得多姿多采，而不是被人虎視眈眈地看著。

酒老爹原本還想說什麼，但是聽唐大夫已經將話說到了這個分上，他一下子就什麼話也說不出來了，他不敢拿阿秀去冒險。

「我知道了。」酒老爹一下子變得垂頭喪氣起來。

其實他本來就沒有那樣的奢求了，只希望阿晚能過得好好的，他就放心了。是因為今天見到了，他才有了一絲不該有的渴求。

自家老爹罵的對，把他罵醒了就好了。他現在也不年輕了，守著阿秀和老爹，安安穩穩過日子也就好了，到時候給阿秀找個好夫婿，他也算是沒有白活這輩子了。

「你也不要怪我，如今唐家只剩下我們三個人了，我也不指望能重振唐家，只希望你們都能順順利利地過下去，特別是阿秀，她這麼優秀，我不想因為當年的事情，影響她的未來。」唐大夫的語氣也緩和了不少。

酒老爹想起今天阿秀和他們說的事情，女兒是有大志向的人，反倒是他這個做爹的，一直糾結在兒女情長之中。這麼一想，酒老爹頓時就羞愧了，他連一個孩子都不如。

「我知道爹您是為我們好，我會努力將醫術撿起來，至少能給阿秀一點幫助。」

唐大夫有些欣慰地點點頭，還好，他腦袋還不算太糊塗。

「既然你能自己想明白那就再好不過了。」既然人也罵過了，唐大夫就開始進行比較溫和的話題。

「嗯。」

「阿爹，唐大夫，你們剛剛在吵架嗎？」阿秀剛剛走進西苑，就很敏感地感覺到氣氛不大對，再加上她耳朵一向特別的靈敏，隱約間聽到一些詞語，只是暫時無法組成合適的句子。

聽到阿秀的聲音，兩個人都是大吃一驚，他們都沒有發現阿秀是什麼時候進來的，兩人心中一陣後怕，希望她沒有聽到什麼。

「妳怎麼這麼快就過來了啊？」唐大夫努力讓自己的面色恢復正常，都是這個孽子，害他憤怒之下沒有注意到周圍的情況。

「和老太君說了一些話，又去見裴姊姊，就過來了。」阿秀歪著腦袋很是疑惑地問道：「你們剛剛是在討論什麼嗎？」

「就是隨便閒話幾句，和妳阿爹聊聊你們以前的生活。」唐大夫睜著眼睛說瞎話，最好阿秀什麼都沒有聽到，不然他也不知道該怎麼解釋了，他一向不大擅長做這些。

阿秀聽唐大夫這麼說，自然是不信的。她很肯定，剛剛他們之間的談話很是激烈，如果照唐大夫說的，是在談以前在鄉下的事情，那根本不可能會有這樣的情緒。

而且自己阿爹到現在都還沒有說話，神色有些萎靡的模樣，要說是他做了什麼蠢事，被唐大夫教訓了，她還更加能接受些。

「哦，那你們說的那個阿晚是誰啊？」阿秀問道。她其實隱隱有聽到這個名字，但是直覺告訴她，這個人和她的關係應該不簡單，說不定就是她那個一直沒有出現的神秘的娘……只是，她怎麼覺得阿晚這個名字有些耳熟呢，好像是在哪裡聽到過？

聽到阿秀說到「阿晚」的名字，唐大夫和酒老爹兩個人的臉色同時都變得煞白一片，她到底聽到了多少?!

兩個人面面相覷，面對阿秀的問題，他們一下子都不知道該怎麼回答了。

酒老爹見自家老爹只是將眼睛撇向一邊，明顯是將這個問題推給了自己，只好硬著頭皮說道：「阿晚只是以前的一個鄰居。」

「鄰居？」阿秀有些疑惑地看了一眼酒老爹。「是住在哪裡的啊？」

「就是西大門那邊。」酒老爹下意識地將以前唐家的位置說了出來。

「可是阿爹，您以前不是一直和我說，我們輩輩兒都住在那個小村子裡的嗎？」阿秀一下子就聽出了裡面的破綻，不過她說這話也是誆他的，他並沒有說過這樣的話。

但是酒老爹在這樣的情況下，根本就不可能發現這個問題，他只好求助於自家老爹，可惜唐大夫根本瞧都沒有瞧他一眼。

阿秀難得能抓住這樣的機會，自然是不願意放過，而且直覺告訴她，自家阿爹和唐大夫的態度都這麼的奇怪，這件事情說不定就是和自己的身世有關。

不得不說，阿秀的直覺還是很準的。

「而且就算是以前的鄰居，那阿爹您為什麼要因為她和唐大夫吵架，難道你們以前就認識嗎？」

好吧，這麼一來，唐大夫想要當作不關他的事情就不可能了，他不擅長說謊，但是真相，他更是萬萬不會說出口的，所以氣氛一下子就僵持住了。

阿秀覺得，有必要打破一下現在的這種僵局。

她清了清喉嚨說道：「其實吧，有些事情我已經猜到了……」她的目光掃過他們兩個人，見他們不以為然，便只好下重藥了。「其實我姓唐吧？」

原本酒老爹心裡只是有些好奇她猜到了什麼，沒有想到她竟然直接放了一個大絕，人直接踉蹌地往前面衝了一步。

就是一直毫無表情的唐大夫，面上也是一陣抽搐。

「妳怎麼會這麼想。」酒老爹穩了穩心神，努力讓自己顯得淡定些。

這日子還怎麼過啊？女兒比當爹的心理素質還好。

「阿爹，您承受能力也太差了，我這話才說了一半呢！」阿秀故意鄙視地瞧了酒老爹一眼，他還真以為自己和他一樣啊，沒長心眼兒似的。

「那還有一半是什麼……」酒老爹有些不安地看了唐大夫一眼，心中忐忑，她到底是知道了什麼？難道她知道阿晚是她的……他頓時有些不敢想像了，他能不聽那剩下的一半嗎？嗚嗚，他不敢聽……

見自家阿爹一臉的驚恐，阿秀不知道他腦袋裡到底是想到了什麼，不過她估計事情沒有她想像的那麼簡單。

不過她最初的目的已經達到了，便眨巴了一下眼睛，道：「剩下的一半，我可不告訴您！」既然他們不告訴自己，那她也不打算告訴他們，自己到底知道了多少；他們吊著她，她也要吊著他們，禮尚往來不是！

酒老爹原本還等著聽噩耗是什麼，沒有想到阿秀說了一半不說了，頓時就傻眼了。

這，她到底是猜到了多少啊？

饒是唐大夫，他現在也摸不準，阿秀到底知道了哪些，不過他確定，至少太后的身分，她並不清楚，他暫時就放心了。這是他最後的底線，只要不是這件事情……

帶著宮人們回到宮中，太后便撤走了身邊的人，獨獨只留下了路嬤嬤一人。

「奶娘，您瞧見了嗎？是他，是他回來了。」太后捂著嘴，哭得不能自已。

原來先帝當年在這件事情上面真的沒有騙她，他真的沒有死在那場大火裡；先帝至少有這麼一件事情，不是騙自己的。

「小姐，您算是苦盡甘來了。」路嬤嬤跪坐在太后面前，很是憐惜地撩開她額前的一縷頭髮，上面赫然是一道看著很是刺眼的傷疤，在她完美無瑕的臉上顯得很是突兀，不過因為平時被頭髮遮住了，一般人看不到。路嬤嬤的手指拂過她的傷疤，眼中滿滿的都是心疼。

大家只知這路嬤嬤的祖上出過一個御廚，但是誰都不曉得，她是太后的奶娘。

太后閨名路清晚，是欽州知府家的嫡女，而欽州的位置就在京城的隔壁。當初她出嫁，路嬤嬤因為家中兒媳要生孩子了，便回去照顧兒媳了；誰知三年後，唐家毀於一場大火，而太后的娘家路府所有的人則死於強盜手中。只是因為路家在京城稱不上有名，所以那件事情，現在基本上沒有人會再提及。

路嬤嬤因為當時不在路府，所以逃過一劫。後來她聽說了這件事情，這才特意尋了過來，借了一個遠方親戚的名號，進宮做了嬤嬤。那個時候太后才剛剛進宮，她從小性子要強，當時她還不曉得兩家被滅門的事情，只是那先帝想要親近於她，她一怒之下就打了先帝一個巴掌；偏偏先帝對她是真心喜愛，挨打了也不吭聲，反而越發對她好了。

這個時候路嬤嬤正好因為話少外加廚藝好，被挑到了當時被封為貴妃的太后身邊，太后這才知道兩家被滅門的事情，悲痛之下，當著先帝的面撞了牆。

在她不願治療的情況下，先帝這才和她說，唐家還有人逃出生天了，還故意說就是阿秀父女，太后這才有了一絲活下去的勇氣。

後來先帝為了讓她從了自己，還在她平日用的熏香中添加了某些藥物……小皇帝就是這麼來的。

如果不是因為心裡還有那些念想，她怎麼可能活到現在。

「奶娘，可是我……」太后的手忍不住撫上自己的肩膀，可是她已經不是他愛的那個純潔無瑕的阿晚了，她甚至還和仇人生了一個孩子。

她知道，孩子是無辜的，但是她也沒有辦法原諒自己。

「小姐，您不要想太多，姑爺知道您心裡的苦，而且小小姐現在也找到了，這日子正是要好起來的時候，您要多看開些。」路嬤嬤拍拍太后的背。

當年那些大家小姐都羨慕她的美貌，可惜就是因為這美貌，害得兩家人變成這樣。

若不是心中那仇恨和念想，路嬤嬤知道，自家小姐肯定是堅持不到現在的。還好，還好姑爺和小小姐都還在，不然她都怕自家小姐撐不下去。

別看小姐表現出來的是那麼的風光美好，但是只有她曉得，小姐的身子已經虛了。

十年前，小姐光是自殺，就用了不知道多少的手段：撞牆，絕食，甚至上吊，老天沒有讓她死去，想必就是預料到了，還會有今天這個時候。

路嬤嬤只要一想起唐、路兩家死去的人，就一點兒都不後悔，自己在那狗皇帝的飲食中動的手腳。她祖上的確是御廚出身，她的手藝也是一等一的好，但是她比一般的廚師，更加懂得食物的相生相剋；那狗皇帝身子本身就虛，她不過用了十年的工夫，就讓他歸天了，而且根本沒有人會懷疑到她們身上來，就連他那個親娘，都只當他是壞事做太多了。

「我知道，我知道。」太后含著淚點頭，她哭也是因為開心，至少他們都活著。她知道，唐大夫不願意原諒她，她也能理解，如果沒有自己，唐家不會有那場浩劫。

「好了好了，快點擦擦眼淚，先用個午膳，您的胃，可禁不起餓。」路嬤嬤用手絹幫太后把眼淚擦乾淨。

「聽奶娘的。」太后努力讓自己破涕為笑，在這宮裡，她一直都知道，只有奶娘是全心全意對自己好的。

路嬤嬤欣慰地點點頭。

當年她生第二胎的時候，是個女兒，偏偏她那女兒是個命苦的，在肚子裡就被臍帶纏死了，她心裡一直喜歡女孩兒，知道的時候，眼淚都要掉乾了。

後來有人找到她，說是欽州知府路家在招奶娘，想讓她去試試。

她第一眼瞧見那個粉裝玉琢的小姑娘，就覺得自己的女兒要是活下來，說不定也是這麼可愛。從此以後，她就安心留在了路家，自家男人也因此，就在路家做了一個不大不小的管事。而她唯一離開小姐的身邊，就是那一次；她也慶幸自己那次離開了，不是說她怕死，而是因為她現在還活著，才能幫小姐復仇。

路嬤嬤知道小姐心中是恨的，可是她又被人捏著要害，那對父女就是她的命根子。

但是她不一樣，她可以肆無忌憚地下手，狗皇帝，和他那些不知天高地厚的妃嬪，甚至她們肚子裡的孩子，既然他這樣對路家和唐家，那她也用同樣的手段對待他。只不過一個是一網打盡，快刀斬亂麻，一個是溫水煮青蛙，但只要效果相同就好了。要不是太皇太后那老太婆還算有點良心，她現在也未必還能享受這榮華富貴。

做這些事，她也不後悔，以後下了地獄，讓她一個人背負這些罪孽就好，不管是上刀山，還是下油鍋；而她的小姐，這輩子受的苦已經很多了，她只希望小姐下輩子能投個好胎。

第七十章　將軍幫忙

阿秀在顧家吃了午飯，又被塞了不少的糕點，這才上了馬車，打算回薛家。這老太君是一點機會都不願意浪費，根本不管什麼世人眼光，讓顧靖翎騎馬護送阿秀回去，說什麼現在京城也不大太平。

如今太平盛世，又是天子腳下，哪裡會不太平。

顧靖翎什麼時候給人做過這樣的事情，偏偏老太君說的時候，他是一句話也沒有反駁，雖說沒有點頭答應，可阿秀上馬車的時候，就看到他已經騎著踏浪等在了一邊。

阿秀心想他雖然性子有些彆扭，但是還是滿孝順的，至於別的，根本就沒有多想。

「你這樣，不會被人說閒話吧？」阿秀隨口問了一句。

「不會。」顧靖翎毫不在意地說道。

這京城多的是閒言閒語，就算他不出門，說不定也會被編排什麼。不過八卦的事情多了，像這類事基本上都是一陣風的工夫就過去了，他也不是在乎別人目光的人。

「聽說妳想找女子學醫？」顧靖翎問道。

阿秀微微一愣，這個她好像只有早上的時候，和自家阿爹以及唐大夫講過吧，怎麼這麼快就傳到了他耳朵裡？

不過她馬上就想到了另外一個人，裴胭。這裴小妞和顧一之間肯定是知無不言、言無不盡，顧一對顧靖翎又是可以拋頭顱、灑熱血的感情，難怪他也知曉了。

「你有合適的人選？」阿秀問道，其實她現在並不認為自己已經有能力去教別人醫術了，只是想著有備無患，先慢慢讓她們自己看醫書，到時候上手也快些。

「妳要是現在不急著回去的話，我可以帶妳去個地方。」顧靖翎說。

顧一和他說這件事情的時候，他心裡就有了想法。

他想起之前顧一那傻大個說起阿秀的時候，那一臉崇拜的模樣，心裡就覺得怪怪的，都是要成親的人了，還這麼記掛著別的女子作甚！

阿秀一聽，頓時撩開了布簾，饒有興趣地看著顧靖翎問道：「去哪裡？」

難道他有合適的人選不成?!可是按照之前裴胭說的，阿秀覺得應該不大可能啊！

「到了妳便知道了。」顧靖翎說著用眼神示意她拉上布簾進去。

阿秀撇了一下嘴巴，好吧，還搞神秘呢！

目的地比阿秀想像的要遠得多，她在馬車裡面吃了兩碟辣椒，喝了一大壺茶水，又頭暈目眩了好一陣，這才聽到外面顧靖翎說了一句。「到了。」

「妳這是……」顧靖翎瞧著阿秀有些頭重腳輕地下馬車，整張嘴巴又是紅紅的，心中頓時了然。「注意腳下。」

阿秀雖然聽到他說的話，但是下車的時候還是一陣腿軟，還好顧靖翎眼疾手快，一把拎住她脖頸後面的衣服，防止她摔倒。

「謝了。」阿秀扶住馬車的一側，讓自己先緩緩。

等她覺得腦袋清醒了些，才打量起這裡的環境，初一看，這不過是一個普通的荒郊野外，但是再細細一瞧，又有些不大一樣。

「這裡是？」阿秀問道，這裡就有她要找的人嗎？

「罪役所。」顧靖翎解釋道：「一般犯了大罪的官員的家屬，就會被帶到這邊來。」

「這種地方……」阿秀踮起腳仔細觀察了一下。「應該不大會讓女子來吧？」一般女子不都是放到舞樂館嗎？

如果是男子的話，那她根本就不用這麼大費周章啊，薛家多的是學醫的男子。

「一般是不會，但是有些天生面容有瑕疵的女子，舞樂館並不會接收。」顧靖翎說道，還有一些性子比較烈的女子，寧可毀容來這邊，也不願意去更加輕鬆一點的舞樂館；而他這次，就是專門帶著阿秀來找這樣的女子的。

他記得，前幾年因為那個造假的案子，這裡接收了不少的女子，只是都過去幾年了，不知道還有幾個活著；畢竟這裡的工作，就是一般的男子都扛不住，更不用說是女子了。而且並不是說到了這裡，就安全了，那些小隊長性子多殘暴，謾罵鞭打是家常便飯，因為這裡都是罪臣之後，自然不會有人關注這些。

「哦。」阿秀表示瞭解地點點頭，反正她又不是選美，臉長得怎麼樣完全沒有關係。

真的細說起來，好像也有些關係，這作為大夫，最為重要的就是有一張讓人願意相信的臉，特別是眼神，這樣治療起來會方便不少。不過這裡的女子可以戴帷帽，倒也不是太大的問題。

跟著顧靖翎往裡走去，阿秀才發現裡面還有一排的屋子，不過就外表看，就知道裡面的條件不會太好。

走近以後，馬上就有一個男子迎了上來，很是殷勤地說道：「顧將軍，您來了啊！」

「我之前叫人和你說的事情，辦得怎麼樣了？」顧靖翎並沒有在意他的態度，臉上的神色很是冷淡。

「小的已經都準備好了，您進去就能瞧見了。」這男子說完還不忘對著顧靖翎一陣擠眉弄眼的，如今貴公子的口味越來越重了，找女人都找到罪役所來了。

不過這也不是他一個小隊長可以管得著的，他還巴不得他多挑上幾個，說不定能多拿幾個賞錢。要知道在這鳥不拉屎的地方，根本沒有別的掙外快的機會，就算沒有錢拿，能和顧家的小將軍搭上一點關係，那也是很好了。

阿秀有些疑惑地瞧了那小隊長一眼，他剛剛臉上那奇怪的表情是什麼意思？

不過還沒有細想，阿秀就被屋子裡面的幾個女子給吸引住了。

只見她們身上都穿著已經看不出原色的麻布衣，臉上多少都是有些瑕疵的，頭髮盤在頭上，還濕漉漉的，這瞧著，應該都是剛剛梳洗過的。

想必是顧靖翎讓人提前來知會過，這小隊長就讓她們趕緊梳洗了一番。

平日，可能模樣比現在還要淒慘一些。

「顧將軍，您瞧著怎麼樣？」那小隊長半彎著腰，一臉的諂媚。

但是他的眼睛在掃到那些女子的時候，立馬就變得很是凶惡，要是她們敢有什麼不該有的動作，等他們走了，看他怎麼收拾她們！

「阿秀，妳有什麼想問的？」顧靖翎轉頭看向阿秀，她還在打量她們。

阿秀在心裡想了一下，便問道：「妳們，有誰識字？」

她特地跟著顧靖翎到這邊來，就是要找識字的女子，要是不識字，那大街上隨便買一個就好了，這京城裡，賣身葬父、賣身救母的事情可不少。

在場一共是十二名女子，識字的占了十個。

阿秀心裡有些小激動，看樣子是真的來對了。

「那好，妳們十人，每人讀一篇給我聽聽。」阿秀從懷裡掏出一本醫書，她正好隨手帶上的，沒有想到這個時候派上了用處。這藥材也是有不少的生僻字的，用這個考驗她們也不錯。

一遍讀下來，又剔除了兩個。不過阿秀並不覺得失望，她覺得自己這次能找到一個合適的就很好了，因為要挑的是第一個，所以要求才要更加得高。

「妳們幾個，可有暈血症？」阿秀問道，這次倒是沒有人因為這個站出來，其實也正常，在這樣的環境下，每天都有人死去，每個人都活得跟行屍走肉一般，誰還會怕血。

又問了一些細節上面的問題，回答阿秀都不算特別滿意，但是又不算特別不滿意。

阿秀自己也糾結了，一開始只想找一個能識字、願意學醫的女子就好了。

現在她又想挑一個有天賦的，瞧著聰明些的。這些女子都因為壓迫，完全沒有了自己的脾氣，而且眼睛毫無神采，這樣的人，帶回去當丫鬟是好的，但是阿秀要找的是一個能有自己獨立人格的女大夫。她也知道自己強求了，可是……

顧靖翎看到阿秀的眼中閃過一絲失望，心中便了然了。

「還有別的嗎，我記得三年前……」顧靖翎還沒有說完，那小隊長的臉上就是一白。

只見他「撲通」一聲跪倒在了顧靖翎面前，開始自己抽自己巴掌。「小的該死，小的該死。」

突然來這麼一齣，不光是阿秀，就是顧靖翎，也有些措不及防。

「你這是……」

「小的不知道那人是將軍您的人，我這就將人帶過來。」那小隊長說著，就抖著身子跑了出去。

他聽說這顧小將軍和鎮國將軍的脾氣是一個模子裡刻出來的，當年鎮國將軍可是屠過城的人，他今兒早上還抽了那人好幾鞭子，自己這條小命……

小隊長從最開始想著撈點好處，到現在，他只想保住自己的小命。

「你對他做了什麼嗎？」阿秀有些茫然地看著顧靖翎。

顧靖翎只是回了她一個不屑的眼神。

沒一會兒工夫，阿秀就看到那小隊長帶著一個人慢慢走了進來，確切地說應該算是被那個小隊長拖著過來的。

「這個是？」阿秀怎麼看都沒有看出來她是一個女子，只感覺她身上各種髒亂，看不清顏色的布料掛在身體上，零零碎碎的，還露出不少的肌膚，頭髮亂糟糟的，直接將臉都遮住了，這要是倒在路上，人家更多只可能以為是一坨爛布。

「這個就是剛剛顧將軍說的那個，三年前，送到這裡來的王家的人。」小隊長將人放到一邊，笑得有些尷尬，三年過去了，當年送來的人，也就活下來這麼一個了。

進了罪役所，本來就沒有指望出去了，他們打的時候自然也就更加的毫無顧忌；就算不挨打，每天的工作也足夠他們累成狗了，要是一生病啊，人就齊刷刷地全死了，沒一個能撐過去的。

而現在這個，過了三年還活著，而且還活蹦亂跳的，讓他們看著都驚訝。

當年她送進來的時候不過只有十歲，因為臉上長滿了小紅點，那些舞樂館的館主都不要她，她性子也倔，就到了這裡。

明明才十歲，偏偏力氣比一般的男子還要大，但是胃口也大，每天就她吃得最多。

她來了以後，廚房開始老是少東西，調查了好久，後來才知道是她偷的。當時她被狠狠地揍了一頓，但是沒有三天，廚房又少了東西，之後自然又少不得一頓打。

這偷偷打打迴圈著，日子也就這樣過去了。

等到她十二歲的時候，有一日小隊長突然發現她當年長滿紅疙瘩的臉已經變得光滑。

他在這裡待了五年，現在都二十多了，卻還沒有討上媳婦兒，瞧著她雖然吃得多了些，但是模樣也算不錯，就對她上了心；偏偏她是個不識抬舉的，每次他想稍微嚐點甜頭，她就使勁地反抗，要不是他身上有鞭子，小隊長都覺得自己還對付不了她呢！

他從來不知道，一個姑娘家的力氣能有那麼大！

昨兒他趁著她在擦澡的時候，就偷偷撲了過去，一頓廝打以後，她就被自己打成現在這個模樣了。他自己也不好過，身上都是傷痕，只不過現在被遮蓋了起來。

這原本也不是什麼事，但是偏偏今兒這顧將軍特意問到了她，他本身就是個有賊心沒賊膽的，一下子就被嚇尿了。

他哪裡曉得，顧靖翎不過隨口一問，他就是自己作賊心虛，所以才會這麼害怕。

「王家？是當初那個造假案的王家？」顧靖翎問道。

當年那個案子，顧靖翎也有所耳聞，其實這個王家也算是倒楣，這個案子當年是刑部接手的，原本一般的造假案，不會有這麼嚴重的後果，但是他們造誰的假不好，偏偏造的是現在的太后娘娘的。

當初還是貴妃的太后娘娘因為一幅佛像，被世人稱讚不已。之後王家的書畫鋪子裡就多了這麼一幅據說是太后娘娘畫的佛像，不用查證就知道是仿的；偏偏這王家不知道低調，被有心人一舉報，就惹了官司。

先帝那時最是見不得有人模仿這個，頓時整個王家就因為這麼一幅畫給抄了，男的充了軍，女的長得還過得去的進了舞樂館，長得對不起的就到了這裡。

「是是是，就是那個王家，之前送到這邊來的，不過現在就只剩下這麼一個了。」小隊長連連點頭，心裡還在思索怎麼解釋她身上的傷口，要不是專程來找她的也就罷了，不然他這條小命非得交代在這裡不可！

「這人……」阿秀微微皺了一下眉頭，他們平日裡就這麼對待他們？

「她就是之前想著逃跑，所以被打得狠了點。」小隊長連忙解釋道，就怕把責任被扔到了自己的身上。

「放！你！老！娘！的！狗！屁！」原本還軟趴趴地癱在地上的人，突然咬牙切齒地說道。

阿秀原本想要往她那邊湊過去瞧瞧，突然聽到這話，一下子愣在了原地，沒想到，這還是位有個性的主兒！

「那妳倒是說說，他怎麼放屁了？」阿秀笑著問道，剛剛見多了那些面容呆滯、毫無靈性的女子，現在冷不防瞧見這麼一位，她心裡還覺得挺特別，頓時就來了一點興趣。

王川兒原本正全身疼得心裡直罵娘，突然鼻子聞到一陣淡淡的藥香，整個人都僵了一下，聽到了阿秀的話以後，才繼續恨聲道：「這個王八蛋，想要趁人之危，怕被我打，才把我打成這樣，這輩子沒見過女人呢，連我都要下手！」

阿秀聽她這麼說，心裡頓時一陣失笑，她這是在罵人呢，還是在說自己！

那小隊長平日裡在這些人面前耀武揚威的，但是現在顧靖翎坐在這邊，他被王川兒這麼罵，連吭一聲都不敢，餘光一直瞄著顧靖翎，冷汗嘩嘩嘩地直往下掉。

他萬萬沒有想到，這個小賤人現在竟然還有力氣告狀，要是她等一下沒有被帶走的話，他非得讓她知道，誰才是大爺！

「他為什麼怕妳打他？」阿秀很是好奇地問道。就她看來，這個人和那個小隊長，她一看就是比較弱勢的那一個，怎麼這小隊長反倒怕她打人。

「我力氣大！」王川兒很是自豪地說道，她就是憑著這個，才能在這地獄一般的地方活下來。

「哦。」阿秀若有所思地點點頭。「那妳識字嗎？」

「學過幾天《三字經》。」王川兒想到這個就覺得自己倒楣。

她娘原本只是那王家三老爺在外面遇見的一個農婦，偏偏有了一段露水情緣，然後有了她。小時候她就叫川兒，後來十歲的時候，被帶回了王家，去學堂才不過幾個月，因為她臉上發了紅點，就被關在了後院的小屋子裡，連飯都不讓她吃飽。

原本她娘把她送到王家是為了不讓她挨餓，現在好了，吃得飽的日子才過了幾個月，她就被送到了這個鬼地方，一待就是三年，還好她原本就皮糙肉厚的，不然老早就跟著她那些個便宜哥哥們去見閻王了。這裡雖然日子苦了些，但是她覺得總比死了要好。

沒想到這個死不要臉的竟然想對她霸王硬上弓，王川兒憤怒的是她現在比男人還黑上幾分，他怎麼就瞧上自己了啊！

「那妳願不願意跟我一塊兒回去？」阿秀看著王川兒問道。

其實若照她自己說的，不過學過一陣子的《三字經》，可能識字量遠遠不如之前的那些人，但是相比較那些面容呆滯的人，她更加像一個「人」。

「跟著妳能吃飽飯嗎？」王川兒一下子抬起了頭，她這才發現，原來面前的這個女子比她大不了多少。

「肉管飽。」阿秀忍不住彎起了嘴角。

「那我願意跟著妳！」王川兒的眼睛頓時閃閃發亮，只要能吃飽飯，讓她做什麼都可以！

阿秀轉身看了顧靖翎一眼。

顧靖翎意會，開口道：「那就這個女孩子，給她從這裡直接銷戶吧。」

當他聽到剛剛的對話的時候，他就知道，阿秀肯定會選她，她們身上有不少的相似點，但是又有更多的不同點。

小隊長聽到這句話，覺得自己的眼淚都要掉下來了。他們怎麼好選不選的，就選了這個王川兒啊，那他以後還有活路嗎?!

「將軍啊，這個丫頭脾氣壞得很啊，還喜歡打人，這小姐選了她，說不定哪天就被咬了啊！」小隊長哭喪著一張臉說道。

顧靖翎還沒有說話，阿秀就沒有好氣地說道：「我不是男人，不會對她做禽獸不如的事情。」

那小隊長覺得冷汗流得更加厲害了些，早知道他應該咬緊牙關，不帶她出來的啊！

顧靖翎只是看著阿秀，眼裡多了不少的笑意，她倒是說得直白。

「好了，人我帶走了，事情你記得處理好，我不想讓皇上還要為一個小小的罪役所操心。」顧靖翎的聲音淡淡的，但是卻暗暗隱含了不少的威嚴。

「是是，小的知道，小的一定讓將軍大人滿意。」小隊長聽到顧靖翎這麼說，整個人都要趴在了地上，他這只是一個小地方，皇上日理萬機，真的不用在意的。

阿秀瞧了顧靖翎一眼，現在的他，讓她忍不住想起了當年第一次見到他的時候。

那個時候她就在想，這個人裝模作樣得可真厲害，明明不過是一個少年，偏偏要做出一副淡定、超凡脫俗的模樣；後來接觸了幾次，發現他也不過是一個有些傲嬌的男子，特別是他有時候還會有一閃而過的惱羞成怒的模樣。

當年她用三兩銀子的代價醫治他的時候，根本沒有想過，他們還能這麼心平氣和地相處。

阿秀琢磨著，當時顧靖翎應該是恨不得掐死自己吧，但是偏偏又不能掐，心裡肯定憋得慌。

如今他反倒幫起了自己，果真是世事難料啊！

第七十一章　比我還強

阿秀原本只打算帶上王川兒回去就好了，畢竟剩下的人她並不是很滿意。

但是她在看到了王川兒的慘樣以後，心中難得起了惻隱之心。家中犯事，女子多半是無辜的，她便索性讓那小隊長先將剩下的人都留下了，過幾天就來領。

悲慘的人很多，阿秀一直都知道自己不是聖母，但是現在既然瞧見了，那也不能當沒有看到，而且她現在有這樣的能力，就更加不能袖手旁觀了。

這些女子既然大部分都識字，就算不能做醫女，將來做陪護，或者復健師也是極好的。

顧靖翎將那些人都掃了一遍，讓她們說了一下自己是出自哪個家族，因為家中犯了什麼罪才會到這邊來。

阿秀這才知道，這些女子當年有大半都是因為不願意做出賣身子的事情才會過來的，有幾個為此還寧願自己毀了容。

只是她們想的還是太美好了，當她們見多了那些原本一起進來的女子紛紛死去，她們的內心也慢慢崩潰了。到現在，繁重的工作，和每天會面臨的死亡，使她們已經如行屍走肉一般。

「顧三。」顧靖翎喊了一聲，馬上就有人跑了進來。

阿秀一看，還是個老熟人呢！剛剛她怎麼就沒有發現，這顧家的近衛軍也在呢！

她哪裡曉得，老太君是下過命令的，侍衛能跟，但是不能緊跟，特別是不能打擾到他們的相處；所以顧靖翎是曉得他們跟在後面的，而阿秀，雖說耳聰目明，但是她在車上的時候光顧著對付暈眩感了，哪裡會知道這些。

這近衛軍都是顧家的近侍，有些事情自然是知道得多些，像老太君中意阿秀這樣的真相，他們哪個人心裡不是晶亮晶亮的，不過在自家將軍面前，還是要做出一副什麼都不知道的模樣。

所以這顧三一進來，先是對著阿秀擠眉弄眼一番，之後才一本正經地看向顧靖翎。他也是萬萬沒有想到，當初那個瘦小的女孩子，將來說不定就是他們的主母了，想想都覺得有些玄幻。

而阿秀，瞧著顧三，一臉的茫然。她和顧三並不是很熟，之前甚至還懷疑過他，現在冷不防接收到他有些戲謔的眼神，讓她完全跟不上節奏。

倒是顧靖翎，餘光掃見了顧三的表情，眉頭微微一皺，他對著阿秀做這麼輕佻的表情是作甚？之前一直覺得顧三比較穩當，現在瞧著，還得再去歷練一番。

顧三自然是不曉得自己接下來的行程已經完全被顧靖翎規劃好了。

「你將這些女子的名字、特徵記錄一番，免得到時候缺了胳膊少了腿。」顧靖翎這是在暗示小隊長為人殘暴。

小隊長原本就嚇得冷汗直冒，聽到這話，他更是全身哆嗦。「小的萬萬不敢。」既然是顧將軍訂下的人，就是再給他兩個膽子，他也不敢再打她們了啊！不光是不敢打，還得當祖宗一般供起來。

「多謝姑娘，多謝將軍。」一個女子先「撲通」跪了下來，緊跟著剩下的人也跟著跪了下來。她們以為，自己會死在這裡，沒有想到，竟然還會有這樣的出路，只要能離開這裡，就是做牛做馬她們都願意。

「那就暫時先麻煩小隊長你了。」阿秀嘆了一口氣，讓人揹上王川兒就出門了。剛剛那樣的氣氛，讓她心裡有些不大舒服，她再一次感受到了女子的弱勢，那麼的深刻……

「要不先把她送到將軍府？」顧靖翎看了一眼趴倒在馬車裡的王川兒，瞧她剛剛的模樣，在這裡待了三年，都還這麼一副模樣，顧靖翎覺得還是應該先找人調教一番，至少把最基本的禮儀給學會了，免得到時候跟在阿秀身邊得罪了人，還得阿秀收拾爛攤子。

「不用，我帶到薛家去就好了。」阿秀搖搖頭，她就是看中她的性子，要是被顧靖翎帶回去，說不定幾個月以後那性子就被磨平了，那不就和另外的人一樣了嘛！既然是她要的人，自然是要她自己來調教。

「隨妳。」既然阿秀態度這麼堅定，顧靖翎自然也不會再多說什麼。

等馬車開始動起來，顧靖翎便騎馬走到了前頭。

阿秀則慢慢掏出辣椒，打算開始應付回去時候的暈眩，至少找到了一個看著不錯的，她這些辣椒也不算白吃了。

王川兒原本還趴在地上，見那個讓她覺得威脅最大的男人到了前面以後，就慢慢抬起了腦袋，她瞧見阿秀正在慢慢吃著一個紅豔豔的東西，頓時覺得口水氾濫了。

因為揍了那小隊長，她已經一天沒有吃飯了，她一向胃口大，這一天不吃飯已經是極限了，再加上辣椒的味道比較重，她眼睛一眨不眨地盯著阿秀的嘴巴，自己的嘴巴則是無意識地蠕動著，那個看起來好像好好吃的樣子。

「薛小姐……」王川兒舔舔嘴唇，嘗試著說話。

阿秀一開始沒有反應過來，後來才意識到這王川兒是在叫自己，她頓時就樂了。

「妳怎麼知道我姓薛呢？」阿秀問道。

王川兒眼睛盯著辣椒，說道：「剛剛您不是說要帶我去薛家嗎？」

「是要去薛家，不過我可不姓薛，妳叫我阿秀就好。」阿秀笑咪咪地說道，拿出一根辣椒放到王川兒面前。「妳想吃這個？」她的眼神實在是太直白了，叫人想忽視都難。

「嗯。」王川兒使勁點頭，抬手就將辣椒塞進了嘴巴。

阿秀眼睜睜看著王川兒的臉越來越紅，眼淚嘩嘩嘩往下直掉，但是也沒有見她把那根辣椒吐出來，而是嚥了下去。

「這個味道好奇怪。」王川兒用髒兮兮的手隨便抹了一把眼睛，雖然覺得味道很刺激，但是她還是忍不住將視線又放到了那個辣椒上面，只要是可以吃的，她都想吃。

阿秀第一次遇到一個，比自己還要饑不擇食的。

「妳吃點糕點吧。」想到她以後也算是自己的人了，阿秀很是大方地將之前從顧家拿來的糕點放到王川兒面前。

有那麼一瞬間，阿秀覺得自己都要被她亮得過分的眼睛給閃瞎了。

「阿秀您真是大好人！」王川兒一邊往嘴巴裡塞糕點，一邊還不忘說話。

特別神奇的是，她吃的過程中都沒有被噎住一次，就這麼吃完了三碟子的糕點，甚至都沒有喝一口水。

在王川兒看來，喝水、噎住都是浪費時間的事情，能吃東西的時候，自然是要將所有的精力都放在吃上面。

阿秀以前一直以為自己的胃口已經算是相當好的了，但是在遇到了王川兒以後，她覺得自己在她面前絕對就是小鳥的胃口。

王川兒當著阿秀的面，足足吃了一個時辰，吃掉了兩大包的糕點，一大壺茶水，還有七七八八別的各種小零食、肉乾、果脯，甚至還有阿秀用來治暈車的辣椒。

阿秀因為過於關注她吃了多少，都沒有再暈車……

等到了薛家的大門，顧靖翎撩開簾布，就覺得整個馬車好像一下子空曠了不少，但是他又說不上，是少了什麼。

「阿秀，您快點下來吧，要我扶您嗎？」王川兒先一下子躥了出去，完全看不出她剛剛還是奄奄一息、趴在馬車裡的人。

「不用，我自己可以下來。」阿秀扯了一下裙襬也下了馬車。

顧靖翎瞧著王川兒生龍活虎的模樣，目光中多了一絲深意，她剛剛難不成是裝的？他之前倒是沒有瞧出來，她還是有這樣心機的人。

顧靖翎琢磨著，等一下就讓顧十九去查一下，要是有什麼不對的話，就先將人處理了。

他哪裡曉得，這王川兒之前奄奄一息完全是因為餓的，不然這麼被揍一頓就要死要活的，她怎麼可能在那裡活三年。

阿秀和顧靖翎告別，便帶著王川兒進了薛家。

薛家的護衛瞧著王川兒這麼骯髒邋遢的模樣，都是一副欲言又止的表情，但是偏偏這阿秀是薛家當家人的弟子，更是太后面前的紅人，不管是哪個身分，都不是他們能夠得罪的，只好將那些話都憋回了肚子裡。

倒是薛家的管事，一瞧見阿秀回來，頓時就大呼小叫起來。

「哎喲，我的阿秀小姐喲，府裡都找您好久了！」

阿秀自然是不相信這個說辭的，自己出門前至少還留了一個口信，他們怎麼可能會不知道她是去了顧家，這管事平日裡就最是喜歡這樣大呼小叫地表現存在感。

「劉管事，你去找些乾淨的衣服過來吧，我剛收了個丫鬟。」阿秀指指身後正跟著她一臉好奇地東張西望的王川兒。

「我的小祖宗啊，這個、這個您是從哪裡撿來的啊，這來歷不明的人，哎喲！」劉管事又是一頓捶胸頓腳，表情各種的誇張。

他瞧著那王川兒，根本就看不出是個姑娘家，完全就是野人模樣嘛，也不知道到底是哪裡入了她的眼，就這麼帶回家了？而且阿秀不是去顧家嗎，怎麼會帶這樣一個人回來？難不成顧家如今送丫鬟都流行送這種的?!

芍藥一開始聽說阿秀自己帶了一個丫鬟回來，眼睛都直接紅了一圈，後來看到王川兒的慘樣，埋怨的話卻是怎麼都說不出口了。

將人收拾了一番，等一出來，芍藥的眼睛更加紅了幾分。也不知道是哪個殺千刀的，對一個女孩子都下得了這樣的手，渾身上下，青紅一大片一大片的，都沒有幾塊好的皮膚了，偏偏她還跟沒事人一般，只顧著吃糕點，一瞧就是餓壞了。

芍藥原本心裡還有些不高興，她對阿秀也算是真心實意的，她卻直接帶了一個新的丫鬟過來，但是瞧見王川兒這副模樣，所有的不悅都化成了心疼。

芍藥雖然只是丫鬟，但是薛家的一等丫鬟，可是比普通人家的小姐還要過得好些呢。她自小就是長在薛家，從來沒有想過，原來外面的女子還會受到這樣的傷害。

阿秀見王川兒出來，穿著芍藥以前的舊衣服，沒想到她雖然個頭小小的，但是身材發育很是不錯呢！這讓阿秀忍不住有些挫敗，裴胭身材比她好，她可以說是自己營養不好，現在連王川兒都顯得比她前凸後翹的，那她還能說什麼！

「小姐，您這是從哪裡找來的人？」芍藥忍不住問道，這日子過得也太慘了。

「就隨便在路上撿的。」阿秀隨口說道，她並不想和旁人說，這是自己從罪役所帶出來的人，在他們眼中，從那裡出來的人身上是有罪的，既然她打算好好培養王川兒，自然不會讓她承受這樣的目光。

「真是個可憐人，對了，下午老太爺讓人來找過您，說晚上讓您記得去用膳，有事要說。」芍藥想起了正經事。

「我知道了，妳找管事去給川兒做幾身乾淨的衣服吧，以後她就留在這裡了。」

大約是王川兒實在是太慘，而且瞧這模樣也不像是一個會爭寵的，芍藥也沒有了負面情緒，乖乖出去了。

阿秀招呼她過來，給了她一本書，倒不是醫書，而是一本識字的《百家文》，讓她先看看。先不說王川兒原本只學過幾個月的字，之後又在罪役所待了那麼久，原本認識的字都不知道還剩下多少。

「妳先看這本書，有什麼不認識的字就問我，妳現在要做的就是每天看書、寫字，要是覺得餓了，就去廚房吃東西。」阿秀見她眼睛亮亮的，便繼續說道：「我們院有個單獨的小廚房，妳要是有什麼想吃的，就找裡面的廚娘做，就說是我要吃的，我給妳一個月的時間，把字都認識了，字能寫得像模像樣的就好。」

阿秀的要求並不低，但是她覺得王川兒並不是一個蠢人，這樣的要求對於她來講並不算高。

「是。」王川兒一聽能隨便吃，馬上就有了動力。

「妳等一下多看著點芍藥的動作，以後見到地位比妳高的，記得行禮。」阿秀在這方面對她的要求很低，不犯錯就好。

「怎麼看地位是不是比我高？」王川兒很是好奇地問道。她以前在王家的時候，只要看到衣服比她的看著精美的，她就知道要行禮了，饒是這樣，她還是被罰過幾次。

「這個妳多瞧著點就是，看看穿衣打扮，不過妳一般都跟著我，只管聽我的話就好。」

阿秀也不知道怎麼給她解釋，畢竟她自己到現在都沒有分清誰是誰呢！

「哦。」王川兒乖乖點頭。

交代完了王川兒的事情，阿秀就讓她到一邊看書去了，她也看起了醫書。

「阿秀您是大夫嗎？」王川兒本來就是靜不下來的性子，看書沒有一會兒，眼睛就骨碌骨碌到處亂轉。

「對啊。」

「我以前好像就聽說過這個薛家是專門出大夫的。」王川兒雖然沒有在京城待多久，但是有些常識性的八卦還是知道的。

「不過我並不是從薛家出去的，只是暫時在這裡學習。」在阿秀看來，自家阿爹和唐大夫才是自己真正的師父，而薛老太爺，更多的是像後世的授課老師，他只將知識教給你，但是並不對你負責到底，學的好壞也看你個人。

「哦。」王川兒似懂非懂地點點頭。「那您現在可以給人看病了嗎？」她總覺得阿秀並沒有比她大多少的樣子。

「當然可以。」阿秀見王川兒對她充滿了好奇，索性將醫書放了下來，打算一一回答她的問題，順便也要問一下她自己的想法。「那妳呢，覺得做大夫好嗎？」

「做大夫當然好啊，我娘從小和我說，做大夫最受人的尊敬了，不過我們那邊只有男大夫，阿秀您是我見過的第一個女大夫。」王川兒一臉的崇拜，對於有本事的人，她一向很敬佩，特別是她還會給自己吃飽飯，那就更加值得尊敬了。

「那妳自己有想過做大夫嗎？」阿秀用手撐著下巴，看著王川兒。

「我？」王川兒指指自己，有些不大相信，見阿秀點點頭，她才表情很是誇張地說道：「我只要能吃飽飯，幹啥都成！」

阿秀失笑，這倒是滿有她的風格的，不過這樣也挺好的啊，至少她也挺有目標的。

自己最開始的時候還不是為了吃飽飯，她都可以人醫兼職獸醫了，而且在現代，大部分的醫生都是把這個當作一個能飽飯的工作。

「吃飽飯肯定沒有問題，那就得看妳願不願意和我學。」對於王川兒的態度，阿秀還是很滿意的。

「只要保證能吃飽飯，學啥都成！」王川兒笑得眼睛都瞇成了一條線。

「那行，到時候可不能反悔。」阿秀臉上的笑容也深了不少，沒有想到這麼容易就讓她點頭答應了。

其實對於這些從罪役所出來的人來講，阿秀給她們安排的這條路，已經是很好了。

「那您以後就是我的師父了嗎？」王川兒有些好奇地看著阿秀，她年紀這麼小就可以收徒弟了嗎？

「不是，我只能算是妳的老師，並不是師父。」

王川兒有些茫然，這兩者有什麼區別嗎？

等差不多到了時辰，阿秀帶著芍藥去大廳。

雖然阿秀是薛老太爺的徒弟，但是並不是每天都會和他們一起吃飯的，每個月只有初一、十五兩天是全家必須都坐在一塊兒吃飯的日子。別的時候，她要是不願意，完全可以讓小廚房做菜，在自己的院子裡吃。

阿秀平日倒是願意和大家一塊兒吃，一個是飯桌上話題不多，大部分話題還是和醫術有關係；還有一個就是，這大桌上的菜可比她一個人讓小廚房做的要豐盛得多。

阿秀比較詫異的是，今天到場的人，出乎意料的多，廳裡擺了好幾張桌子，而且沒有女眷，唯一上桌的女子就是她了。

今天是什麼特殊的日子嗎？

第七十二章　各奔東西

「又到三月十七了，再過一個月，你們就該出門歷練了，今兒把你們都聚在這裡，就是讓你們抓鬮，來決定你們之後歷練的路線。」薛老太爺清清喉嚨，有些感慨地說道。

很多年以前的這天，他也是坐在下首，然後到長輩手裡抽取自己的路線圖。這些地圖都是隨機的，一共是八條路線，運氣好些的就是往東南方向去，差的就是西北那邊，不過有時候途中要是遇到什麼重大的病症，一旦治好，很能加分。

他們在這段時間的表現，完全能影響以後他們在家族中的地位，所以只要是薛家的人，沒有一個是不在乎的。

阿秀聽了一會兒，終於明白了過來。這的確是一件很重要的事情，只是她不大明白的是，為什麼要把她叫過來？

她哪裡曉得，這薛老太爺心裡也很是憋屈，阿秀怎麼著都只是一個外人，這樣的活動根本就輪不到她來參加；但是，誰叫之前太后因為某些問題深刻地教育過他。

薛老太爺是個愛面子的，他可不想再這麼經歷一次，就索性將她叫過來了。反正到時候在路線上面做些手腳，讓她和別的人往同一個方向去，這樣也就不用再特地派人考校她的成績了；表現再好，一個女子，也是難成大器！

「行衣，你先開始抽吧。」薛老太爺朝薛行衣招招手，他原本去年就該出發了，偏偏被太皇太后的病情拖延了。如今太皇太后的病情還算穩定，薛老太爺就打算讓他下個月跟著這次的人一起出發。薛行衣雖然現在名聲就挺大了，但是他還是想要給他造個勢，畢竟這是他培養的接班人。

「是，祖父。」薛行衣站起來，從薛老太爺面前的罐子裡掏出一張紙，為了表示公平，一拿到就打開。

薛行衣的手氣真不咋地，第一個抽，就抽到了路途最為艱難的西北那條路線。

西北那邊民風粗獷，而且他們那邊的人並不大相信大夫，所以去那邊很容易受挫。

因為薛行衣抽到了這個路線，剩下的人都下意識地鬆了一口氣。

這次去歷練的，加上阿秀不過二十一、二人，因為西北方向行事困難，所以一般會安排得少些，薛行衣抽掉了一張，剩下的頂多還有一張。

「第二個，就阿秀妳來吧，妳雖說年紀小，但是妳是我的弟子，輩分比他們都要大，自然沒有道理排在別人後面。」薛老太爺摸著鬍子說道。

阿秀聞言，下意識地看了一眼薛行衣，要是她沒有記錯的話，她的輩分比第一個抽的薛行衣也要大的吧……

薛老太爺直接忽略了她這個眼神。

「妳年紀小，原本不該叫上妳的，只是今年風調雨順的，出門會輕鬆不少。」薛老太爺說得好像是還特意為她著想了一番，其實他不過是怕太后來找自己的晦氣，反正不管有什麼事，都算阿秀的一份就是了。

「弟子明白。」既然他這麼說，那阿秀就當作的確是這樣就好了。

「那便抽吧。」薛老太爺說著，將手中的盒子輕輕搖了一下。

阿秀點點頭，她倒是不在意往哪個方向去，將手伸進去，她隨意地抽了一張上面的。

「打開來。」薛老太爺示意阿秀將紙條打開來，以示公正。

只見上面寫了「東南」兩個字，下面則是附帶了一張小地圖。

薛家的醫館遍天下，每條路線上面都會將薛家的醫館標識出來，他們得去那些醫館蓋章，用意就和「XX到此一遊」一個樣，表示他們的確是有過去，免得有人在遊歷中途作弊。

見阿秀抽到的是東南方向，薛老太爺心中鬆了一口氣。

要是她去的也是西北，薛家豈不是要派大批的人馬保護她？不然怎麼對得起宮中貴人對他們的厚望？如果去東南方向的話，那邊都是江南水鄉，民風淳樸，經濟又發達，幾乎是可以將這個當成是遊山玩水，反正他又不指望她有什麼突出的表現。

「這東南方向路途平坦，天氣溫和，四月出發倒是一件美事，只是阿秀……」薛老太爺話鋒微微一轉。「妳畢竟不是薛家的子孫，又是女孩子，這出遠門，肯定得徵得長輩的同意。」他說的長輩，自然是太后。

但是在阿秀聽來，這長輩就是酒老爹和唐大夫。

「是。」阿秀乖乖地點頭，她自然是要和他們商量過的。

若是他們同意的話，說不定就能三個人一起出遠門，就和一家子進行長途旅行一般，去的又是風景優美的江南，想想就覺得期待。

見阿秀一臉欣喜地回去了，薛老太爺眼中閃過一絲精光，把阿秀和薛行衣分開，這才是他的目的。

他發現阿秀比他想像的要優秀得多，所以就更加不能讓她分走了薛行衣的光芒，畢竟他是打算讓薛行衣做下任族長的；而且，他心裡也是擔心，這兩人要是相處的時間久了，產生感情了怎麼辦？

阿秀是太后面前的紅人，做弟子已經讓他很有壓力了，要是做孫媳婦兒，那豈不是意味著他到死都得面對著她。

他內心還是堅持男主外、女主內的，阿秀現在的表現，以後必然不是能操持內務的人選；要是作為一個族長夫人，她還每天拋頭露面的，這讓整個薛家的臉面放哪裡去！

將心中最大的問題解決了以後，薛老太爺就輕鬆了。

讓剩下的人將鬮都抓了一下，去西北的只有薛行衣一人，和阿秀一樣往東南方向的倒是有兩人，可惜阿秀連他們的名字都叫不出來，自然是不可能結伴同行的。

不過阿秀本來就不打算和薛家的人一起同行，她心裡還打著如意算盤，帶著那兩個老男人一塊兒遊山玩水一番呢！順便讓他們增進一下感情，免得她每次見到他們，都覺得氣氛怪怪的。

雖說那西北，除了薛行衣就沒了旁人，但是相比較東南方向，這西南和正北等好幾個方向也不是很好，結果出來後也算是幾家歡喜幾家愁。

阿秀自然是不知道這些，只管自己高高興興地吃了飯，就回去了。

芍藥跟著阿秀出了門，臉上頓時就多了一絲歡喜，剛剛因為顧及旁人在，她一直收斂著自己的情緒。

「小姐，您運氣真好，這東南方向是最最好的位置，以往每年，大家都巴不得抽到這個呢！」

「我也覺得我運氣不錯。」阿秀心情很好地點點頭。

「那我等一下就去收拾行李，川兒是留在府裡呢，還是一併帶上？要是帶上的話，我得找管事給她做幾身春裝，咱們這雖然氣候還冷得很，但聽說江南那邊桃花都開了，我們怎麼說也是從京城過去的人，可不能讓江南的那些女子小瞧了。」

阿秀聽著一陣好笑，她還是小孩子習性呢，只是，阿秀微微一皺眉問道：「妳也一塊兒去？」

那王川兒她是一定要帶的，畢竟是她要培養的人，跟著她多到處看看、學習，肯定是能成長不少。但是這芍藥，阿秀一直將她當作是薛家的人，她這次打算帶上自家阿爹和唐大夫，自然是不願意被薛家的人一直跟著、看著。

芍藥原本還笑容滿面的，聽到這話，一下子就愣住。

「小姐，您是嫌棄芍藥了嗎？」她自認為作為一個丫鬟，她還是很合格的，為什麼她要丟下自己，自己是做了什麼讓她討厭的事情嗎？

「不是嫌棄妳，妳做得都很好，可是妳畢竟是薛家的丫鬟，住在薛家的時候倒也沒事，但是我若出門了，自然不好再帶上妳。」阿秀解釋道。

「打老太爺將我調到小姐這裡，我就是小姐的人了。」芍藥含著淚看著阿秀，眼中還帶著一絲委屈。

薛家每個人都是有一個近侍的，那些男子身邊跟著的都是小童，這些小童是自小買進府，也都是懂點醫術的；但是阿秀是突然進來的，而且又是女子，自然不好讓小童去服侍她，所以就調了原本在藥庫的芍藥去伺候她，畢竟是太后和太皇太后塞進來的人，自然要慎重對待。

芍藥雖然一開始心還是向著薛家，但是日子久了，她覺得阿秀比她想像的要好很多，心也慢慢偏過去了；沒有想到，在阿秀心裡，根本沒有將她當自己人，她怎麼能不難過？

而且聽阿秀剛剛那話，就是帶上新來的王川兒也不帶上她，她就更加難過了。

阿秀被芍藥這麼淚眼汪汪地看著，心裡多少是有些不自在的。

「妳別哭了，剛剛不是說要去做春裝，不讓江南那邊的女子小瞧了京城的女子嗎？」阿秀嘆了一口氣。

仔細想想，其實帶上芍藥，也有不少的好處，她待人處世圓滑，能力又強，帶上她能省不少的心。

「小姐您是打算帶上芍藥了嗎？」芍藥眼睛睜得大大的，看著阿秀。

要是阿秀敢搖頭，她的眼淚肯定又要不斷地往下掉了。

「既然妳都說是我的人了，我自然是要帶上妳的，趁著還有一個月，妳早點和管事說好了要採辦的事物，免得到時候出行的人多，和別人撞上了。」阿秀提醒道，順便轉移了話題。

芍藥一向負責，聽到阿秀這麼說，頓時就急了，她怎麼沒有想到，這次出行有那麼多的少爺、公子的，要是去得晚了，管事騰不出手來辦她們的東西就糟糕了。

她也不想想，阿秀有那麼大的後臺，這管事忘了誰也不能忘了她啊！

薛家的弟子出去遊歷也算是一件不小的事情，沒有兩天，連唐大夫這個足不出戶的人都知曉了。

他主要沒有料到的是自家寶貝阿秀竟然也在其中，不過讓他憂傷的是，這件事情，他竟然不是從她嘴巴裡聽到的。

兩個有些傲嬌的老男人，在這件事情上面，心情難得的一致了。

阿秀最近也是忙得團團轉，她一方面要準備出行的東西，別的東西芍藥都可以代勞，但是要帶的手術器材，以及藥材、醫書，都要她自己準備。

她之前又承諾了薛行衣要教他縫合之術，也都選在了這幾天。

加上這薛行衣又是一個重信用的，阿秀教了他縫合之術，他自然要教她九針之術。

還好阿秀之前在唐大夫的教導下，對人體的穴位已經有了基礎的認識，學起來還不算太費勁，但是這九針之術的精髓就在於它的靈活多變，饒是阿秀，短時間內都有些吃不消。

而且她還要去王家複診，這女人一旦和妳說起閒話來，沒有半天是絕對回不來的。

所有的事情都擠在了一起，阿秀覺得自己整天過得跟陀螺一般，不過半個月的時間，整個人就瘦了一大圈。

真正能空閒下來，還是因為裴胭要成親了，阿秀作為好朋友，得提前一天到裴胭家裡。

裴胭從小待在顧家，又是顧瑾容的親近人，老太君就特意讓她在將軍府待嫁，也說明了對她的重視。

因為太忙，阿秀過去的時候已經差不多接近傍晚了，正好趕上了顧家的晚膳。

吃了晚飯，阿秀就直接往西苑跑去，因為之前忙得腳不著地的，她都還沒有機會把事情和他們說。

找人來講的話，阿秀也沒有找到合適的人可以代表自己，而且有些話還是要自己說比較好。

阿秀進門的時候，酒老爹和唐大夫聽到動靜，眼中先是閃過一絲喜悅，不過馬上又同時將要迎過去的動作收了回來，有些傲嬌地故意當作沒有看到她進來的樣子。

「阿爹，唐大夫。」阿秀自然沒有錯過他們的動作變化，心中忍不住微微一笑。

「前幾日，薛家抓鬮決定了去哪兒遊歷行醫，我抽到了東南方向，如今那邊的氣候正是適合遊玩，我就想著將您兩老都帶上，咱一塊玩過去。」阿秀坐到他們中間，還很殷勤地給他們每人倒了一杯茶。

這件事情也算是她理虧，她心裡其實一直都想著要來和他們說，但是偏偏第二日那薛行衣就開始拉著她交換技能，這一忙就忘記了。

今天過來的時候，阿秀其實還是有些小心虛的。

唐大夫聽到阿秀這麼說，原本有些埋怨的小心思一下子就沒有了，平淡的神色也亮堂了不少。

「怎麼會帶上我？」這話聽著好似是在責怪阿秀帶上他作甚，但是他心裡其實想的是，怎麼會想到帶上他。想到阿秀心裡還是念著自己的，唐大夫原本心裡的那些負面情緒完全沒有了，現在滿滿的都是欣喜和感動。

只是唐大夫說話的語氣一向不大好，這話說得又特別的衝，話一出口，心裡就覺得有些後悔，他的語氣應該再柔和一點的，他不是在嫌棄她，其實他真的很高興……

但是唐大夫偏偏又不是善於言辭的人，只好默默看著阿秀。

「您雖說跟著顧將軍去了不少的地方，但是那畢竟是打仗，肯定不一樣，現在有這樣的機會，自然要帶上我重視的人。」雖然有些小肉麻，不過阿秀還是厚著臉皮說出來了。對自己的親人，沒有必要想那麼多，而且唐大夫的性子，她還能不曉得?!

唐大夫一聽，頓時目光微閃，怕被他們瞧出異樣，連忙低下了頭。

唐大夫這邊，成功攻克。

至於酒老爹，他原本就沒有多少話語權，唐大夫都棄械投降了，更何況是他。

「阿秀啊，妳以後是打算就走這條路了？」酒老爹難得這麼正經地看著阿秀，一副語重心長的模樣。

「阿爹覺得不好嗎？」阿秀沒有直接回答，而是反問他。

她現在要走的這條路，雖然不好走，但是誰又能說，嫁人這條路就好走了呢，有多少人在婚姻上都失敗了。

「我不是覺得不好，只是覺得妳這樣太辛苦了。」酒老爹有些心疼，要是當年唐家還在的話，她就不會這麼累了。

「不會，能醫治好別人，我覺得很有成就感。」阿秀笑著說道，每一個病人的康復，都是對她的一種肯定。

酒老爹聞言，微微嘆了一口氣。自己當年也沒有這樣的感覺，沒有想到自己的女兒這麼小的年紀，就能想到這些了，也許她是比自己更加適合走這條路吧……

「既然妳確定了，那我們自然是支持的。」唐大夫已經收拾好了自己的心情，開口道。

他並不認為阿秀這樣有什麼不好，特別是現在唐家已經不在了，他也不用考慮一些家風、門風的問題，只要阿秀活得開心就好。

至於嫁人，他雖然希望有人能夠在他們都走了之後照顧她，但是他現在也慢慢想通了，即使不嫁人，他相信阿秀也有能力一直照顧好自己。

他現在是一點都不為阿秀的婚事擔心，她那麼優秀，還怕找不到有眼光的男人？

「那等裴姊姊成親之後，咱們就準備出發。」阿秀笑容滿面地說道。

她開始想著，他們畢竟是從小接受這種封建思想的，自己作為一個女子，出門拋頭露面的多少會有些不大好。

她以為自己會受到一些阻攔，沒有想到他們竟然會這麼支持自己，這讓阿秀心中更是感動。就是現代，作為父母也未必會這麼無條件地支持兒女，更何況是在現在這個女子受束縛頗多的時代。

「好好，我老頭子也有一段時日沒有出過遠門了。」唐大夫想到能和自己的兒子、孫女一塊兒出去，也算是在享天倫之樂了，在他這把年紀的時候，還有這樣的機會，也算是死而無憾了。

酒老爹見阿秀和唐大夫面上都帶著期待的笑容，臉上的表情也輕鬆了不少，只是他心裡還想到了一個人——

阿晚……

不知道她知不知道這件事情，可是在自家老爹在場的情況下，他是萬萬不敢提她的名字的。

他倒不是怕挨罵，而是怕自家老爹更加厭惡阿晚。

將兩個人都哄高興了，阿秀見天色也不早了，便打算回自己原本的屋子休息。

最近這段時間，她連睡眠時間都減少了不少。

她想快點學會九針之術，但是她也知道這個不簡單，便趁著晚上的時間研究人的穴道經絡，至少先將初級的給學會了。

薛行衣學這個九針之術十餘年，現在也不敢說自己完全學會了，更不用說阿秀不過學了十多天，她現在只想著能學多少算多少。

這薛行衣也算是有良心，還將自己學習的一些經驗寫在一本本子上，送給了阿秀。

作為一個不愛占小便宜的好姑娘，阿秀又很慷慨地教了薛行衣一些緊急的急救措施，包括人工呼吸、心肺復甦術。
還好薛行衣不是一個小迂腐，阿秀和他講人工呼吸的時候，他只是微微皺了皺眉頭，並沒有發表什麼長篇大論，還很好學地將這兩種方法都記在了紙上。
在這方面，阿秀一直都滿欣賞他的。
薛行衣待人處世雖然挺有問題的，但是在研究醫術上面，他比任何一個人都要上心。這樣性子的人，以後肯定會在醫學這塊取得很大的成就的，相比較別人，他更加的心無旁騖。
「阿秀。」等阿秀出了門，酒老爹借著要送送阿秀的名頭，跟了上去。
「怎麼了？」阿秀有些奇怪地看著酒老爹，有什麼事情是當著唐大夫的面不能說的嗎？
「妳這要出去遊歷行醫的事情，和太后說過沒有？」酒老爹問道。
要是她還不知道，等到時候才知道，心裡說不定會有多難過，她對阿秀是真的好，可是阿秀卻並沒有將她當成自己人。
其實酒老爹一直都知道，自己這女兒，雖然平日裡看著都是笑呵呵的，但是她比誰都分得清誰是自己人，誰是外人。
「我不知道，薛家應該會把事情和她說吧。」阿秀也不確定，最近這段時間，太后並沒有到薛家，她沒見著人，自然也沒有將事情和她說。
聽說她是跟著太皇太后到寺廟裡禮佛去了，要初十才會回來。
「妳要是見著她的話，就和她把這件事情說說，她說不定有什麼要囑咐妳的。」酒老爹說得有些艱難，還好夜色比較深，不然阿秀就能看到他眼中的苦澀。

「好。」阿秀心中有些疑惑，為什麼自家阿爹要專門來囑咐這一句，她並不認為自家阿爹是那種喜歡攀龍附鳳的人，那其中的緣由，就很值得讓人去推敲了。

見阿秀答應了，酒老爹心中鬆了一口氣，又囑咐了她幾句，便讓她早點休息。

至於唐大夫，在屋子裡聽著他們的對話，心中一陣嗤笑，他這是忘了習武之人的特性了嗎？他對她倒是上心！

不過見酒老爹進來了，唐大夫也只是掃了他一眼，又自顧自地看書了。

至於太后那邊，其實一早就知道了這件事情，只不過她要陪著太皇太后禮佛，不便出宮；有些話，她又不想借別人的口和阿秀講，所以才一直沒有動靜。

她心裡其實並不大支持阿秀進行這樣的遊歷，阿秀只是一個十三歲的小女孩，這樣的年紀應該是躲在長輩懷裡撒嬌的年紀。

但是她心裡更加清楚，阿秀也不是一般的女孩子，她有自己的目標；她攔不住阿秀，或者說，要是阻攔了，只會將阿秀推離自己。

太后便尋了幾個信得過的親信，讓他們跟著去，這樣她也就不用太擔心了。

而且還有那人跟著去，她就更加放心了。

第七十三章　產生衝突

顧家已經很久沒有喜事了，如今裴胭出嫁，那排場也是相當的隆重，不知道的人都還以為是顧家在嫁女兒。

在裴胭的屋子陪她說了一會兒話，寬解了一下她緊張的心情，吉時到了。

阿秀畢竟還沒有出嫁，年紀又已不是孩童，並不適合跟過去，便等她們走遠了以後，自己也出了屋子。

一出門，就瞧見顧瑾容兩姊弟站在一旁，也不知道是什麼時候過來的。

「顧姊姊。」阿秀已經有段時間沒有見到顧瑾容了，不過她倒是沒有什麼變化，只是瞧著裴胭出嫁，臉上的表情帶著欣慰，卻又有些不捨。

顧瑾容將目光從裴胭那邊收了回來，笑著說道：「聽說妳要去遊歷了？」

「嗯，十七就出發了。」說到這件事情，阿秀的心情就很好，家庭旅遊，自然是極美極好的。

顧靖翎看她笑得眼睛彎彎的，眼中也多了一絲笑意。

顧瑾容微微瞥了一眼顧靖翎，心中好似明白了一些什麼。

「都有哪些人一塊兒去，聽說妳是往江南方向去，是和薛家的人一起嗎？」顧家和薛家一向走得比較近，自然是知曉他們那些規矩。

一般江南那麼好的路線，不可能只有一個人抽到，平時的話都是結伴而行，但是阿秀是臨時插進去的，顧瑾容就不知道會怎麼安排了。如果是一起走的話，那薛家肯定會出不少的人力，人多去的話，也會安全不少，畢竟阿秀不過是一個十三歲的小姑娘。

「應該不是一起，還有兩個人也抽到了江南那邊，不過我連他們的名字都叫不出來。」阿秀吐吐舌頭，面上卻是一點兒都不擔心。

「阿爹和唐大夫會和我一塊兒去，另外也會再帶幾個丫鬟，不會有什麼問題。」自家阿爹的武力值，阿秀到現在都還沒有看透過，保護他們應該沒有問題，而且就他們穿著淳樸的樣子，應該也不會那麼好運遇到強盜之類的吧……

「不如讓十九跟著你們一塊兒過去吧。」顧靖翎說道：「我正好有那邊的任務交給他，要暗中去調查一些事情。」

「他性子那麼跳脫，讓他辦這樣的事情，真的沒有問題嗎？」阿秀下意識地說道。

顧靖翎微微僵了一下，面不改色地說道：「那小子雖說性子不夠沈穩，但是手腳麻利，調查一些事情不成問題。」

他是想要派顧小七去的，但是顧小七之前已經被自己派到別的地方去了，不然他也不想讓顧十九上；但是和阿秀相熟的，也不過那麼幾個人。顧三的話，自己對他已經有別的安排了……

「哦。」阿秀點點頭，既然他這個做主子的都信任他，她自然沒有什麼好說的。

「那到時候我便讓他和你們一同出發。」顧靖翎說到這兒，微微停了一下。「若是妳有什麼要讓他做的，也只管開口就好。」

阿秀繼續點頭，只是她根本想不出來能讓顧十九做什麼。

顧瑾容聽到這兒，有些似笑非笑地看了顧靖翎一眼，她倒是沒有想到，他還有這樣的心思。以往，她竟是小瞧了他。

參加完喜宴，阿秀便直接回了薛家，還有九針之術等著她回來細細研究，不過才一回去，她就聽到了一個大八卦——

薛家長孫，薛行衣突然輕薄了府裡的小廝！

若是丫鬟的話，根本不會驚起那麼大的動靜，他雖說平時為人冷清，那也是個男子不是，人都有七情六慾，動點這方面的小心思再正常不過；但是現在，他輕薄的是一個小廝啊！

小廝，性別男……

這下連薛老太爺都被驚動了。

阿秀去圍觀的時候，事情正好進行到高潮！

「行衣，你說紫雪說的是不是真的，你真的用嘴對著清疏？」薛老太爺的語氣滿滿的都是難以置信。

這個清疏就是薛行衣院子裡的小廝，而紫雪是薛行衣院子裡的一等丫鬟。

他要是對紫雪做這樣的事，薛老太爺只會覺得欣慰，畢竟他年紀也不小了，收個暖床的也不算是過分的事；但是，為什麼偏偏就是清疏呢？

那清疏長得是有些清秀，但是他畢竟是男子啊！這事情要是傳出去，那還了得！

「祖父，我之前就說了，這只是一種治病的手法。」薛行衣雖然被如此質問，但是面上並不帶一絲窘迫，他根本就不在意別人的目光。他現在比較失落的是，他還沒有測試成功，就被他們打斷了。

今兒難得瞧見有人突然暈厥，他便想試試阿秀之前說的人工呼吸，誰料到才剛剛開始，就被紫雪的尖叫聲給打斷了，順便還將家中的長輩都引了過來。他平日裡就嫌她話有些多，現在心中就更加不喜她了。

「什麼治病法子要嘴對嘴！」薛老太爺很是憤怒地說道。他活了這麼大把的年紀，可沒有聽說過這樣的治療手段，不要以為這麼說，就能忽悠他！

「祖父，天下之大，無奇不有，不能因為您沒有聽說過，就否定它的存在，就好比您之前沒有聽說過縫合之術，但是它也是確確實實存在著的，甚至還治好過人。」薛行衣語氣平穩，根本沒有因為薛老太爺的話有所影響。

就是因為他這樣的脾氣，所以發生這樣的事情，薛老太爺才更加氣急。

薛老太爺聽到他後面說的，眉頭頓時就皺了起來。「你不要說，這個玩意兒，是阿秀教你的?!」那個縫合之術，他知道阿秀會，再加上薛行衣說的，他自然是將兩件事情連繫在了一起。

阿秀一開始還看得津津有味的，沒有想到自己教給薛行衣這個人工呼吸，會讓他鬧出這樣的事情。

但是事情發展到現在，好像有種要引火上身的感覺，阿秀覺得自己還是走為上策，可惜還沒有動，就聽到薛老太爺那不屑的聲音——

「她那些，都是邪門歪道！」

雖說西醫現在還沒有出現，但是也不能說它是邪門歪道吧！阿秀頓時就有些不大爽快了，推開擠在門口的人，走了進去。

「師父，這話說的就是您的不是了，就像他說的，您沒有聽說過，您自己不會，並不代表它就不行，這醫學界，比您想像的要深遠得多。」阿秀雖然一口一個「您」，但是話語中並沒有帶多少的尊敬。

薛老太爺就和後世那些守舊迂腐的老大夫一般，永遠不願意相信科技在進步。對於這樣的人，一味地退讓尊敬是沒有用的，你得拿事實讓他來相信，讓他知道，人外有人，天外有天。

薛老太爺聽到這樣的話，面色一沈，他沒有想到，這阿秀竟然敢當著眾人的面，這樣和他說話；她真的以為，有太后做後臺，就可以這麼肆無忌憚，天不怕，地不怕了嗎？

「妳一個小丫頭，有什麼底氣和我說這樣的話？」薛老太爺氣得吹鬍子瞪眼。

薛家其他的人根本沒有想到阿秀有這樣的膽量，紛紛都往後退了些，就怕這件事情會一不小心波及到自己；不過他們也為阿秀的勇氣默默捏了一把汗，薛老太爺接管薛家好幾十年了，可從來沒有人敢和他用這樣的語氣說話。

「您不能因為我年紀小，就覺得我不行！」阿秀挺起胸脯說道，怎麼說自己也算是在這裡唯一一個能做到中西醫結合的人了，比中醫也許是比不上他們，但是西醫方面，誰能和她比！

「妳那些野路子，怎麼能和正統的杏林世家比。」大約是真的被阿秀給氣到了，薛老太爺也有些口不擇言了，將一直埋在心裡的話說了出來。

打從第一次見到她，他就沒有真的將她放在眼裡過，所以那次在顧家，他不過隨手送了一張沒有什麼的方子給她，如果不是太皇太后手段強硬，他根本不會讓她進薛家。

即使進了薛家，他也沒有將她當自己人來看，他還是瞧不起女子做大夫。因為上頭有太皇太后和太后壓著，他才順著她們的意教她婦女那領域的病症，至於別的，根本就沒有讓她涉及多少，薛家的真正技能，就更加不可能教給她了。

要不是有薛行衣，她這輩子都不可能接觸到那九針之術。

在薛老太爺的心目中，女子就該相夫教子，像阿秀這種拋頭露面的，像什麼樣子！

「喲喲，師父，您這話可就不對了，我這個野路子，可是被太皇太后、太后和皇上都稱讚過的，您這麼說，豈不是在說那三位眼光有問題嗎？」阿秀輕笑著出聲，還故意特別粗魯地「嘖嘖」兩聲。

她一直都知道這老頭兒瞧不上自己，要不是為了學醫術，她才不願意住在薛家呢，沒一個是真心的！

如果不是之前唐大夫說的，薛家在治療婦女之症那塊比較有優勢，她又何必如此憋屈，和唐大夫學醫，豈不是更加自在！

現在她雖然很想用實力說話，但是阿秀知道，如今她並沒有這樣的機會，於是索性借別人的勢，狐假虎威一把；以後，她總會有機會向他證明，自己的野路子比他的正統要更加的厲害！

「妳！」薛老太爺臉色一變，雖然不甘心，但是他就是膽子再大，也不敢點這個頭，只好重重地拍了一下桌子。「無理取鬧！」

不過他不像唐大夫他們，自小是習武的，這麼一拍下去，結果疼的還是自己的手，那梨花木做的桌子根本就毫髮無損。

「我只是說實話而已。」阿秀很是無辜地看著薛老太爺，看他手都拍紅了，心裡還稍微幸災樂禍了一下。

你說這年紀這麼大了，脾氣就不要這麼暴躁了嘛，學學她家唐大夫多好！不管發生什麼事情，那絕對都是面不改色的，看起來就更加像高人；哪像他呀，就是個小老頭兒，還是個記仇的小老頭兒。

「妳給我回去看書去。」薛老太爺也知道自己拿阿秀沒有法子，和她鬥嘴，生氣的還是自己，索性就不和她說了。

偏偏阿秀就不打算讓他如意，站在原地紋絲不動。

「剛剛那件事我可還沒有說完呢！」阿秀瞅了一眼站在一旁的薛行衣。

「雖說這薛行衣平日裡的為人我也不算多瞭解，但是如果我想的沒錯的話，他之前做的應該就是我教給他的人工呼吸法，這的確是一個急救法子。」

「什麼急救法子要人嘴巴對著嘴巴，傷風敗俗！」薛老太爺很是不屑地說道。

旁邊那些薛家的人也是紛紛點頭，這救人還得這樣，那還不亂了套了。雖說這同性之間少了不少的規矩，但是也不能嘴對嘴去啊，讓人瞧見了，得傳成什麼樣子。

特別是薛行衣一直沒有訂親，又沒有什麼暖床人，要真的傳出這樣的事情，那他這輩子的名聲就全毀了；不要說是做薛家的族長，就是做大夫，都沒人敢讓他上門醫治了，偏偏他自己還跟個沒事人一般。

「人要是暫時沒了呼吸，的確可以用這個法子，還能配合心肺復甦法一起使用。」阿秀見他們一臉的不信，真是恨不得撩起袖子來給人家示範一遍，可惜現在這邊沒有合適的實驗體。

「沒了呼吸怎麼可能吹氣就能活過來。」旁邊馬上有人不服氣了，這人要是沒了氣就能這麼隨隨便便吹氣救回來，那他們這麼多年的醫術豈不是白學了？大家只要學吹氣不就成了！

「我說的是暫時，我想各位行醫多年也是見過有些病人突然沒了呼吸，好比溺水，救上來如果及時，就可以用這個法子，等患者將腹中的水吐出，就能緩過來了。」阿秀在「暫時」上面加了重音。

自己又不是神仙，要是每個已經沒呼吸的人她都能用人工呼吸弄活，那也太逆天了。

「口說無憑，這個法子根本就沒有人用過。」旁邊有一個人喊道。

阿秀瞧了一眼，應該是傳說中自己的師姪中的一個，只不過看著眼生，在薛家應該沒有什麼存在感。

「凡事都有第一次，你不能因為你沒有見過，就否認它的存在，當年銀針之術第一次出現的時候，想必也有人和你抱持一樣的想法，那要不你為了醫學事業貢獻一下自己，讓大家也都見識一番？」阿秀似笑非笑地看著他。

這銀針之術，差不多就是後世的針灸，不過用的人並不多。

那男子微微一愣以後，才醒悟過來阿秀說這話是什麼意思，頓時臉色一紅，不再說話了。他哪裡有這個勇氣，為了驗證阿秀的話，真去跳個河。

「妳真是無理取鬧！」薛老太爺再次拍了桌子，不過他也知道這拍桌子，手會更加疼，這次拍的時候，力道小了不少。

「哪裡無理取鬧了，您不能證明它的確不行，我暫時也不能證明它的確行，師父您怎麼能這麼武斷地就說我是無理取鬧呢？」阿秀眼睛直直地看著薛老太爺。

她現在的行為其實頗有些強詞奪理，偏偏她說話的模樣又特別有底氣，這讓人一下子有些摸不準了。

不過薛老太爺這個時候也終於想起來了，他們剛剛在討論的明明是薛行衣的問題，因為這阿秀突然的一個打岔，事情的重點都偏離了，而且越偏越遠……

清了清喉嚨，薛老太爺將頭一扭，不願意再去和阿秀強辯。

「紫雪，妳過來，妳說妳剛剛進去的時候，行衣是不是在給清疏做這個什麼人工呼吸的。」

薛老太爺覺得說到這個詞都臊得慌，這阿秀果然是鄉野粗人，剛剛這種話說起來那都是面不改色的。

「奴婢、奴婢也沒有看真切。」一個長相清麗的女子低著頭往前走了幾步，說到這件事情的時候，臉上還有些不淡定。

她剛剛一進院子，就瞧見自家少爺一隻手放在清疏的鼻子上，一隻手握著他的下巴，兩個人的嘴唇碰在了一起，她微微愣住以後，就是下意識地尖叫，這樣的場景，對於她的衝擊力實在是太大了。

紫雪作為薛行衣院子裡的一等丫鬟，自小就是跟著他的，她萬萬沒有想到，自家那麼清冷的少爺，會做出這麼驚世駭俗的動作，她覺得要不是自己內心比較強大，保不齊就暈過去了。

「妳仔細想想。」薛老太爺皺著眉問道。

薛老太爺心裡知道薛行衣的性子，要說他喜歡男人，那他是不相信的，但是他不相信，並不代表那些別有用心，想覬覦族長之位的人不相信。所以，這件事情，今天必須弄個水落石出，要不是剛剛被阿秀岔開了話題，這件事情老早就弄清楚了。

但是現在情況比較尷尬的是，如果要還薛行衣清白，那他就得承認的確有那個救人的法子，不然薛行衣好男色的名頭就該坐實了，這薛家，是萬萬不會讓這樣一個人做族長的。

薛老太爺覺得自己在剛剛阿秀的胡攪蠻纏中，走進了一個死胡同。

「奴婢、奴婢真的記不清了。」紫雪眼淚都要下來了，她沒有想到，因為自己這一聲尖叫，就惹來了這麼大的麻煩。依自家少爺的性子，她想著說不定這件事情過後，自己就要被趕出府了。

她真的不是故意的，可是那叫聲在她回過神來之前就脫口而出了。

紫雪自己也是恨不得抽自己一巴掌，叫她嘴快！

「妳過來。」阿秀對紫雪揮揮手。

紫雪有些茫然，下意識地看了一眼薛老太爺，只是他臉上的表情讓她有些不懂，稍微猶豫了一下，還是乖乖走了過去。

「躺地上。」阿秀指指她，又指指地。

紫雪有些茫然，但是這次卻沒有再聽從，她一個女子，這麼隨隨便便地躺地上，成何體統。

「這可是妳闖的禍，妳難道不打算彌補？」阿秀淡笑著看了紫雪一眼，話語中並沒有帶什麼語氣，但是卻也足夠讓她心裡更加忐忑。

其實要說闖禍，這罪魁禍首還真不是紫雪，說到底還是薛行衣自己的問題，他難道不知道將人移到屋子裡再做人工呼吸嗎？之前她和他講的時候，就特地和他說過，因為這個手段比較特殊，最好是用在比較緊迫以及人少的時候。

這清疏平日裡好好的，就算突然有什麼情況，也未必一定需要這個法子，她估摸是薛行衣自己心裡想要試驗一番，這就叫自己作死啊！

至於紫雪，聽阿秀這麼一說，頓時也不管體統不體統的，連忙乖乖躺在了地上。

阿秀微微點點頭，一手捏住她的鼻子，一手抬起她的下巴，身子微微往下。「妳看到的是這樣子的嗎？」

紫雪雖然看不見自己現在的模樣，但是她能感受到阿秀的手和人的位置，果然是和她之前看到的一樣，頓時連連點頭。

「就是這樣，就是這樣。」

在場的人一開始還不懂她的用意，現在看到紫雪拚命在點頭，就明白了過來，她是為了證明，薛行衣的確是用她教的治療手段，並非是真的好男色。

阿秀是現在才回來的，所以根本不可能和薛行衣串通，她能知道當時的情況，也就只有那麼一個解釋了，薛行衣當時用的手法，的確就是她教授的。

薛老太爺雖然心裡很是糾結，想要鄙視她這個野路子，但是，相比較之下，明顯還是自家孫子的名譽更加重要，便說道：「既然阿秀都做了證明，那就是一場誤會了，只是這種法子，還是少用，免得讓人誤會了。」

阿秀和薛行衣沒有一個人回應他這句話。

薛老太爺心中一窒，從位子上站了起來，有些不耐煩地揮揮手。「好了好了，這樣事情就算真相大白了，大家都散了，以後不要因為一件小事情就都跑過來，都不小了，沒一個沈穩的。」薛老太爺又念叨了幾句，就自己走遠了。

他根本就不願意再瞧阿秀一眼。

他本來就是個心眼兒小的，這麼一鬧，算是和她撕破臉皮了。

鬧劇算是這麼結束了，既然沒有什麼熱鬧可以看了，圍觀的人也緊跟著薛老太爺散去了。

沒一會兒，人就散乾淨了。

第七十四章　開始遊歷

阿秀撇了一下嘴巴，雖然剛剛挺不爽快的，但是現在冷靜下來，也覺得沒有什麼了。

他們從小受的教育不一樣，想法自然也就不一樣了。

「我剛剛又想了一下，覺得妳那個法子還是可行的。」薛行衣走過來說道，他面上的神色很是坦然，剛剛的事情好似對他一點影響都沒有。

阿秀之前就覺得他當時好像有些神遊太虛，現在又聽他這麼一說，頓時明白了一些什麼。

為什麼她覺得心有些堵塞呢！

早知道她就該看個熱鬧就走人啊，幹麼往上面湊呢，當事人的心都能大成這樣！

「妳是不是不大高興？」薛行衣難得不算遲鈍地發現阿秀的情緒好像有些不對。

但是他也根本不會意識到，這個不大高興就是因為他。

「喲，你今兒眼睛倒是亮嘛！」阿秀故意用有些陰陽怪氣的語氣說道，她心裡的確是不大爽快。

「其實妳不用太在意祖父的話。」薛行衣說道：「他就是死腦筋，和他說也說不通的。」

阿秀沒有想到，這薛行衣竟然會用這麼平淡正常的語氣，說出這麼一番在這個時代顯得有些大逆不道的話。

就是在現代，阿秀也不敢這麼說自己的長輩，不過不得不承認，他說的是實話。

他這麼一說，阿秀的心情突然好了不少。

被自己最為看重的孫子在背後這麼吐槽，阿秀覺得這薛老太爺也不大容易。

「你挺瞭解的嘛，是以前吃過這方面的苦？」阿秀忍不住生出了一些好奇，看薛行衣的性子，難不成以前不是這樣的，只不過被打擊得太多，就自暴自棄成這樣了？

阿秀忍不住在心中想像起來。

薛行衣雖然不知道阿秀心裡在想什麼，但是看她的表情，總覺得不是什麼好的事情。

「我只是看多了罷了。」

阿秀聞言，心中有些小失望，她以為還能聽他講他吃癟的事情。

「妳的那些方法還是挺實用的。」薛行衣說道。

阿秀歪歪腦袋，她怎麼聽這話有些怪怪的，難不成，他這是在安慰自己？這還真是……受寵若驚啊！

「少爺……」紫雪之前一直戰戰兢兢地站在一旁，現在見薛行衣和阿秀聊得投機，忍不住哆嗦著出了聲。

她從來沒有見過自家少爺用這樣的語氣和別人說話，她私以為阿秀對他的意義肯定不大一樣，趁著兩個人現在聊得比較不錯的時候，她是不是能給自己求個情。

「妳怎麼還在？」薛行衣看到紫雪，忍不住皺起了眉頭。

他剛剛根本沒有注意到，她還沒有離開。

紫雪一聽這話，頓時面色蒼白，一下子跪倒在了薛行衣面前，就只差沒抓住他的褲腿了。

她很清楚薛行衣的性子，為人極度清冷，除了醫術，基本沒有任何的喜好，厭惡別人的觸碰，但是卻能接受和病患的接觸，是一個很矛盾、很奇怪的存在。

紫雪可是跟了他十來年，才將他的禁忌都瞭解透澈，其中的過程，包含了多少的心酸和淚水；雖然說薛行衣不大好伺候，但是要是被趕走的話，那她會更加淒慘。

這府裡每個少爺、小姐都有自己的丫鬟，一般不會輕易更換，她說不定只能去廚房做燒火丫鬟。她原本是一等丫鬟，這麼一來，連三等都算不上了。

再加上這府裡，捧高踩低的人最是多，自己要真的不能繼續留在薛行衣身邊，那日子，不用想就知道了。

「少爺，紫雪下次真的不敢了，您就、您就看在紫雪照顧您十來年的分上，原諒紫雪這一次吧。」紫雪漂亮白皙的臉蛋上面布滿了淚水。她只要一想到自己將來的處境，根本不用做什麼，眼淚就不用錢地直接往外面冒，止都止不住。

薛行衣看著紫雪的臉，眉頭微微皺起來，他怎麼不記得這個人有伺候自己這麼久……

在他看來，女人只有老少之分，長相……還真的沒有什麼區別，特別是當她們的身分不是自己的病患的時候，他就更加記不住了。

他記得最快的一個人，就是阿秀，那也是因為她身上，有自己感興趣的東西。

紫雪見薛行衣的眉頭皺了起來，心都抖了起來，目光開始轉向阿秀，既然她能和薛行衣說上話，那在他心目中肯定是有些分量的。

「阿秀小姐，您幫幫紫雪好不好，紫雪下次再也不敢了。」

說實話，阿秀覺得這個漂亮的小丫鬟也的確是挺倒楣的，本來就不算是她的錯，現在還要這樣哭得上氣不接下氣地求人。

薛行衣也算是一個大異類了，這紫雪模樣標致，鵝蛋臉，柳葉眉，一雙微微上挑的鳳眼，很是加分，這樣一個美人在他面前哭得如此慘烈，他竟然都沒有感覺。

阿秀心裡有些好奇，紫雪這個不敢了，是指以後見到之前那樣勁爆的場景，再也不敢喊了呢，還是怎麼著？

「其實吧，這用人都是用熟不用生的，你再幾日就要出遠門了，身邊總得跟著幾個知冷知熱的人，紫雪雖然不算太穩重，但是經過了這件事情，應該是會長進不少。」阿秀挑了幾句比較順耳的話說著。

薛行衣掃了一眼跪在地上的紫雪，想著她好像也沒有做過什麼出格的事情，也不似別的丫鬟，總想著爬上他的床。

「既然如此，便留下吧。」薛行衣說道，反正丫鬟用誰還不是用，對他來講，影響並不大。

「謝謝阿秀小姐，謝謝少爺。」紫雪道了謝，就連忙拍拍裙子上的灰塵站了起來。「紫雪現在就回去給您整理屋子。」說著也不等薛行衣說什麼，一下子就跑遠了，她就怕薛行衣又反悔了。

「妳那九針之術看得如何？」見人都走光了，薛行衣索性就坐下來了，這大晚上的，他打算在這兒和阿秀繼續詳談一番。

「不過小半，有些地方，並不是很清楚。」見薛行衣坐了下來，阿秀也順勢坐到了一邊。

那九針之術比她想像的要複雜不少，她研究了這麼些日子，但還是有不少的問題，如今他能解釋一番，那自然是極好的。

「哪裡不大清楚？」

「就是那……」

紫雪又偷偷轉了回來，瞧見薛行衣和阿秀兩個人坐在位子上，就著桌子不知在談論些什麼，兩個人的頭湊得極近，在燭光下，透著一絲別樣的氣氛。

紫雪的臉上露出一絲笑容，自己果然機智，剛剛當機立斷求了阿秀。

將心中積攢著的疑問都一一讓薛行衣解答了一番，他雖然話不多，但是只要是醫術上面的問題，只要他知道的，他必然是會知無不言、言無不盡。

不過阿秀也發現了，這薛行衣行醫救人是適合的，但是做薛家的領頭人，他還少了一些東西。他不懂人情世故，不願和無關的人多交涉，甚至少了一些當家人該有的自私。

薛行衣他更加適合被世人所尊敬和記得，卻不適合做一個大家族的族長，這會抑制了他在醫學上面的成長。

「還有別的嗎？」薛行衣問道，他之前就知道，阿秀在學醫這方面很有天賦，也很有上進心，但是阿秀的進步還是讓他詫異。

他甚至心裡多了一種他從來不曾有過的感覺，他覺得自己，可以再努力努力！

「別的暫時還沒有想到，等遊歷回來，我再將問題都整理好，到時候來問你。」雖然心裡有些惋惜，但是阿秀也知道來日方長這個詞。

「好。」薛行衣點點頭。

兩個人從椅子上站起來，阿秀這才發現自己的身子痠疼得要命，再看門外，竟然隱隱透著一絲光亮。

在不知不覺中，夜晚已經過去了……

而之前因為那場鬧劇，以及薛老太爺最後的火氣，都沒有人發現他們就在這裡，坐著討論了一個晚上的醫術。

不過真要有人看到，說不定又是一個大風波了，只不過這次薛行衣的對象，換成了女子而已。

「沒想到都這個時候了。」阿秀伸了個懶腰，舒展了一下身子，雖然身體很疲憊，但是心裡卻還是很清醒。

甚至談得上有些隱隱的激動，有些知識，是她這個西醫出身的人，從來沒有接觸過的，她再次感受到了，醫學的博大精深！

「那江南雖是好地方，但是卻容易鬧水災。」薛行衣突然說道。

這水災要是嚴重，不光是會對百姓的生命和財產造成威脅，更加可怕的是，水災結束以後，可能會發生的疫病。

「烏鴉嘴！」阿秀沒好氣地說道，他就不能說些好的，讓她在那邊舒坦地和自家阿爹和唐大夫過完一年，多好啊！

薛行衣不置可否，率先走出了屋子。一打開門，就瞧見門口放了一壺茶和兩碟子糕點，只不過早就涼掉了，他並沒有多看一眼，直接邁步離開了。

倒是阿秀，摸摸肚子，揀起一塊糕點就丟進嘴巴。

這紫雪，手藝倒是不錯！

離最後出發的日子不過兩、三日，阿秀特意去王家又給王夫人做了一番比較精細的檢查，因為有按時在服藥，病情好轉了不少。

因為效果顯著，王夫人瞧著阿秀就跟親閨女一般，而且她的病還沒有完全好，自然是捨不得阿秀就這麼離開。

阿秀特意又留了保養的方子，王夫人這才算是放過了她。

不過也是千叮嚀萬囑咐地讓她好好照顧自己，早日回來，這全京城的女子都等著她呢！

羅黎兒自然也捨不得阿秀，不過她只是默默地幫她準備了不少精緻的行頭，都說那江南女子擅長在細節上面下功夫，她自然不能讓阿秀在她們面前勢弱了。

倒是盧思妙，一邊羨慕，一邊不捨，拉著阿秀的手說了好久的話，等阿秀回來，自己說不定都嫁人了，現在家裡已經在給她物色人選了，她真的很羨慕阿秀，能有這樣的自由。

拉拉扯扯之下，好不容易事情都弄好了，這四月十七也到了。

因為唐大夫和酒老爹都不願意來薛家，阿秀便和他們約好了，在送友亭會面。

「出了薛家的門，你們也要記得自己的身分，懸壺濟世，造福百姓。」薛老太爺摸著鬍子說道，目光在接觸到阿秀的時候，微微頓了一下，便略了過去。

「是！」下面的人都異口同聲地應道。

這是他們第一次有機會大展拳腳，而且因為大家都分散開來了，也不怕被別人壓一頭，每個人的臉上都充滿了信誓旦旦，和某些抱負。

「別的話，我也不再多說，就此出發吧。」薛老太爺說完，揮揮手，示意他們可以就此散開了。

「拜別族長！」

眾人說完，又和自己的親友一一道別，便去找自己的馬車。

阿秀的馬車和別人一樣，都是薛家統一訂製的，裡面的空間很大，放了阿秀隨身攜帶的藥箱，還有醫書。

她這次一共就帶了兩個人，便是王川兒和芍藥，至於之前那些罪役所的女子，她已經拜託給了顧靖翎，她要離開那麼久，總不能讓她們一直在罪役所等著自己。

阿秀自己也說不上來，怎麼就願意信任顧靖翎，她只當是自己對顧家人都滿有好感的緣故。

和阿爹約好的地方是離薛家不過七、八里遠的一處小亭子，但是才走了不過一炷香的工夫，就發現馬車停了下來。

因為阿秀體質的特殊性，這馬車走得都是比較慢的，這麼一會兒工夫，絕對不可能就走了七、八里路。

「阿秀，前頭有人。」說話的是顧十九，原本薛家是給阿秀準備了車伕的，但是顧十九提前找上了門來。

因為他當時一臉的信誓旦旦，阿秀就讓他負責趕車了，至於薛家的車伕，則是去趕後面那輛裝滿了東西的馬車。

這裡不比現代，什麼都不方便，吃穿住行都得自己先準備好。阿秀當時看著芍藥連那解手用的夜壺都準備了兩個，就默默敗退了。

「誰？認識嗎？」阿秀問道，她總覺得顧十九的聲音和語氣很是奇怪。

「妳下來看吧。」顧十九說道，他是萬萬沒有想到，出現在面前的竟然是她！

聽顧十九這麼吞吞吐吐的，阿秀心裡也多了一些好奇，這來者到底是何人！

等她下了車，看到竟然是她也嚇了一跳。

「阿秀小姐。」路嬤嬤衝著阿秀微微行了一個禮。

作為太后身邊的大紅人和心腹，一般人哪裡能承得起她這麼一個禮，阿秀連忙將人扶住。

「嬤嬤您怎麼來了？」阿秀問道。要說和太后一塊兒過來也就算了，偏偏這一條路上，獨獨就她一個人，難怪剛剛顧十九的語氣那麼怪異了。

「太后娘娘放心不下妳，就派老奴過來近身伺候著。」路嬤嬤笑著看著阿秀。

她平日裡不苟言笑，如今笑起來，顯得很是和藹可親。

要是旁人，自然得不到她這樣的特殊對待，但是阿秀不是別人，她是路嬤嬤最為疼愛的小姐的女兒，當年她只有在她滿月的時候來瞧過一眼，白白嫩嫩的，雖然長得比較像姑爺，但是也是天真可愛。

沒有想到，再次見面，都時隔十幾年了，要不是小姐和她說，她根本就認不出來，小小姐，也越發好看了。

路嬤嬤現在看阿秀，那是越看越順眼，怎麼看都是好看的。

之前在宮裡的時候，還不知道阿秀的真實身分，就覺得阿秀比那個容安好得多了；沒有想到阿秀竟然還有這層身分在裡頭，那自然是瞧她做什麼事情都是對的。

路嬤嬤時常和太后兩個人在寢宮，笑呵呵地討論阿秀最近又治好了什麼人，京城又有了關於她的什麼傳言。要是好的，她們必然是要多說幾遍，比誇自己還要開心；但凡是不好的，準保第二天就沒有這個傳言了。

當年她沒有保護好自己可憐的小姐，如今，她是萬萬不會再犯這樣的錯了，這次也是她自己主動提出來的，要跟著阿秀出門。

宮裡如今已經沒有人可以威脅到太后了，即使是太皇太后；但是阿秀不一樣，她一個小姑娘，出這樣的遠門，雖說有長輩跟著，但是還需要有人來給她撐腰，而自己就是這個人。

她雖然只是一個嬤嬤，但是跟在太后身邊十餘年，一般的大臣家眷都是識得她的，再加上身上又帶著皇上的信物，誰敢得罪他們。

她知道太后心中苦，雖然想要來送阿秀，但是礙於身分，不敢出面，怕到時候反倒是害了阿秀，只敢躲在馬車裡遠遠地望上一眼。

「這可怎麼是好，太后娘娘這不是存心折煞阿秀嗎？」阿秀哪裡敢讓路嬤嬤伺候自己。雖說她平日裡都是挺好相處的樣子，但是畢竟是老人，而且身分也比較特殊，不管從哪個角度來說，阿秀都不能讓她來伺候自己，也不敢。

「傻孩子，娘娘那是真心歡喜您，這才叫老奴跟來，而且老奴的祖籍就在江南，也正好回去瞧瞧。」路嬤嬤看著阿秀一臉的慈愛。

不管是看阿秀多少回，路嬤嬤每次都覺得心裡滿滿的都是歡喜。這一去，是為自己，為阿秀，也為她的小姐。

「這……」阿秀也不知道該怎麼說了，她在這方面本來就缺少天賦，見路嬤嬤態度堅決，默默嘆了一口氣。

「好吧，那嬤嬤萬萬不可自稱老奴，您年紀都能做我奶奶了，阿秀孝敬您還差不多，哪裡能讓您來伺候我這個小輩。」阿秀說道，有些話還是要事先說清楚的，不然到時候真的要路嬤嬤伺候自己，她這小心臟可承受不住啊！

「我自然是聽小姐您的。」路嬤嬤笑得有些溺愛，這小小姐，真是一個懂事孝順的孩子。

如果是旁人家的小姐，路嬤嬤想的必然是，這家小姐也真真是上下不分，不知家中是如何教導的。

「您叫我阿秀就好，不要叫我小姐不小姐的。」

她之前覺得太后一直沒有出現，心裡還有一絲淡淡的彆扭，如今她派了最為信任的路嬤嬤，阿秀又覺得受寵若驚了，她現在都有些弄不清楚太后的態度。

「好好，聽您的。」路嬤嬤很是順從地說道。她想著這阿秀的名字雖然聽著沒有什麼特色，但是配上她的姓，就顯得別致多了。

唐秀，唐秀……

當年想好的名字是唐袖，比現在的名字雖然要文氣不少，但是這個「袖」卻不夠大氣，撐不起大場面，而這個「秀」卻是極好的。

「那嬤嬤您快上馬車。」阿秀親自將人扶了上去。

路嬤嬤雖說年紀不小了，但是身子骨兒卻好得很，不過阿秀有這分心，她自然也是極高興的。

要是別人做這個動作，她只當是巴結，但是阿秀做，路嬤嬤自然只會覺得她貼心。也難怪說，這人心，都是偏著長的。

馬車大小有限，坐三個人原本是正好的，如今多了一個路嬤嬤，自然要再下去一個。這次芍藥主動要求下去，路嬤嬤氣勢過於強大，芍藥都有些坐不住，還不如坐到後面那輛馬車上去。

路嬤嬤見那個薛家出來的丫鬟下去了，眼中閃過一絲滿意。雖說這薛家不敢對阿秀怎麼著，但是既然自己在了，自然用不上她。

讓路嬤嬤比較意外的倒是坐在一旁的那個小丫頭，目光乾淨單純，卻又透著一股蠻勁，是個可以培養的好苗子。

路嬤嬤琢磨著阿秀身邊也的確少了幾個用著順手的人，這以後嫁了人，要是被人欺負了，可是連個通風報信的人都沒有。

這麼一想，路嬤嬤頓時就興致勃勃地拉起王川兒的手，問道：「我瞧著這小姑娘長得很是討喜，不知叫什麼名字？」

阿秀見王川兒嘴巴裡還嚼著糕點，雙眼茫然地看著路嬤嬤，便解釋道：「川兒，這是路嬤嬤。路嬤嬤是宮中的老人，妳以後多聽聽她的話。」她不需要王川兒變得多麼的知書達禮，但是也不能太魯莽了，免得闖了禍。

「是。」王川兒很是乖巧地點點頭。在她看來，阿秀是救她出地獄的人，還每天給她吃飽穿暖，絕對是她的大恩人，阿秀的話，她是一定要聽的。

「原來是叫川兒，倒是個不錯的名字。」路嬤嬤衝著王川兒很是和藹地點點頭。

看阿秀的模樣，相比較對那芍藥的態度，她明顯更加看重這個小丫頭。

她一向最是擅長觀察人的心思，既然是阿秀喜歡的人，她自然要更加用心地對待了。

王川兒雖然不懂路嬤嬤為什麼對她是這麼一個態度，但是她瞧著她模樣和藹，便也衝著她露出一個大大的笑容。

第七十五章　保大保小

馬車又行駛了一陣，便慢慢停了下來。

阿秀知道，這次應該就是遇到自家阿爹和唐大夫了。

「阿爹。」馬車一停好，阿秀就迫不及待地跳下了馬車，一眼就瞧見酒老爹和唐大夫帶了幾個包袱等在了一旁。

相比較她帶的行李，他們帶的著實簡單。

「阿秀。」酒老爹往前一步，但是瞧見自家老爹還沒有動，連忙又退了一步。

「阿秀。」唐大夫揹著包袱大步往阿秀那邊走去，臉上帶著以往很少見的笑容，這種自由自在的感覺，他已經十餘年沒有體會到了。

「唐大夫。」阿秀看著唐大夫，臉上的笑意也加深了不少。

相比較之前在顧家，唐大夫面上的神色輕鬆了不少，她這樣的安排果然是沒有錯。雖然有些遺憾，不能叫他爺爺，但是阿秀相信，以後總會有這樣的機會的。

「好孩子。」唐大夫摸摸阿秀的頭，神色有些激動。

顧十九很是神經大條，根本沒有察覺到氣氛有什麼不對，很是率直地說道：「唐大夫，您快點上車吧，不然今兒晚上就沒地方住了。」

「好好。」唐大夫想著來日方長，自己也是失態了。

在顧十九的催促下，酒老爹和唐大夫上了後面那輛馬車。

這次出行一共帶了三輛馬車，兩輛都坐了人，剩下的一輛裝的都是日用品。

唐大夫和酒老爹上了馬車，就發現了坐在裡面的芍藥，頓時心中詫異。

他們只知道阿秀要帶上芍藥和王川兒兩個丫鬟，這一輛馬車坐三個人是完全沒有問題的，怎麼這芍藥卻坐到了這裡？

芍藥雖然一開始有些尷尬，但是酒老爹是阿秀的親爹，也就算是她的主子了；又想起之前阿秀和她說過，路上要多照顧好她的阿爹，這男子的自理能力畢竟是要差上不少，她便釋懷了。

芍藥衝著酒老爹微微行了一個禮，道：「老爺。」

雖說他現在鬍子拉碴的模樣，完全沒有一個「老爺」該有的模樣。讓芍藥心中比較詫異的是唐大夫的身分，她知道這是顧家的一個大夫，但是阿秀出行，為什麼要帶上顧家的大夫呢？

「妳怎麼坐在這兒？」酒老爹率先問道，難不成是阿秀特意安排給他們的丫鬟？酒老爹頓時心中感動，阿秀果然是事事想著他們。

「宮裡的路嬤嬤過來了……」芍藥說道：「奴婢便坐到了這輛馬車上。」

酒老爹聞言，首先注意的，並不是原來這丫鬟不是阿秀特地給他們準備的，而是聽到了「路嬤嬤」三個字。

這路嬤嬤他自然知道是誰。

當年阿秀出生滿月的時候，她也來過，因為她是阿晚的奶娘，他還特地叫人護送她回老家。雖說隔了十幾年，但是他的記性一向好，又是關係到阿晚的，自然記得清清楚楚的。她跟過來，肯定是阿晚的意思。

只是這點他能想到，自家老爹必然也能想到。

酒老爹下意識地看了一眼唐大夫，發現他面色只是微微下沈，輕輕鬆了一口氣，他並不是很生氣。

唐大夫聽到這事的時候，心裡說沒有不高興，那是不可能的。他心裡惱火那女人將手伸得那麼遠，這個時候還不忘派人過來，但是不得不說，這路嬤嬤是值得信任的人。

阿秀是女孩子，他們多少有些照顧不到的地方，而這兩個小丫頭，一個是薛家的人，一個是什麼都不懂的，有路嬤嬤在的話，的確方便很多。

所以唐大夫即使心中有什麼情緒，卻還是選擇了將阿秀放在第一位。

不得不說顧十九就是一張烏鴉嘴，剛剛在中途用了午膳，還沒有走多久，天就開始下起了雨。

怕雨下大了，他便加快了速度，偏偏這路因為下雨，變得泥濘，又有不少的石子在裡頭，馬車一下子變得顛簸起來，阿秀這下子就是吃再多的辣椒也沒有用了，就著一個盆子吐得昏天暗地的。

路嬤嬤拿著那盆子，瞧她面色變得蒼白，心中很是心疼，更是將在外面趕車的顧十九罵了幾十遍，還說是顧家的近衛軍出來的人，怎麼連馬車都趕不好！

顧十九在外頭接連打了三、四個噴嚏，使勁甩甩頭，將頭髮上的雨滴甩開去。

自己該不會是著涼了吧！

這雨下得越來越大，路嬤嬤有些擔憂地看了一眼外頭，連路都有些看不清了。

早上的時候還是好好的天氣，怎麼一下子就下了這麼大的雨？而且看這個架勢，一時半刻還停不了。

「阿秀，咱們要不找個地方先停下？這雨太大了，我記得前面有個驛站的。」顧十九的聲音透過雨聲傳進來，他習過武都看不清前面的路了，更不用說後面兩個普通的車伕。

「好，嘔！」阿秀有些艱難地應了一聲又繼續吐了，她現在吐出來的都是剛剛吃下去的辣椒，再等一下，可能連辣椒水都吐不出來了。

終於在一刻鐘內，顧十九找到了那個驛站。

不過因為這雨下得很是突然，顧十九他們進去的時候，已經有好幾撥人在了。

這驛站並不大，哪裡有這麼多的房間給人休息，還好之前在的那些人也都是比較懂禮的，紛紛都說把房間讓給女眷。

驛站裡面粗粗估摸，最起碼有四、五十人，但是女眷不過十來人，這驛站裡頭的空房間有五間，正好兩人一間，也算是合理。

女眷到房間去休息，而男人們都留在了大廳，打算隨便休息一下，等雨停了就繼續出發。

路嬤嬤實在是不放心阿秀的身子，就跟阿秀一個屋子，而芍藥則和王川兒一間。

其實下了地，阿秀整個人都緩了過來，雖然面色難看，但是她知道，自己其實已經沒什麼大的問題了。

「嬤嬤，我餓了。」阿秀摸摸已經完全沒有存貨的胃，一臉的可憐。

「嬤嬤這就給妳去做好吃的，妳先稍微躺一下，馬上就能吃了。」路嬤嬤剛剛下馬車的時候，為了護著阿秀，身上被雨淋濕了不少，但是現在聽到阿秀說餓，連衣服都來不及換，就急急忙忙地拿著傘出去了。

阿秀摸著肚子躺在床上，心中有種淡淡的憂傷，這暈馬車的日子，何時是個盡頭啊！

趁著路嬤嬤還沒有回來，阿秀便想著，可以乘機睡一會兒，只是這眼睛還沒有閉上，就聽見一陣的「救命」聲，因為這聲音過於淒厲，阿秀一下子就被驚得跳了起來。

「阿秀小姐！」王川兒從隔壁跑過來，臉上帶著一絲淡淡的恐懼。「大廳那邊有個女人，流了好多的血。」

她並不是沒有見過死人，事實上她見的並不少，但是她從來沒有見過，一個人可以流這麼多的血。那血不光將她還有抱著她的男子的衣服都染紅了，被染紅的還有大廳的地磚，她剛剛只是想著去廚房找點吃的，就看到了這麼慘烈的一幕。

「是發生什麼事了嗎？」阿秀一邊拿傘一邊問道，雖然自家阿爹和唐大夫都在大廳，但是她還是忍不住要去看看。

王川兒想到那個女子高高隆起的腹部，猜測道：「不知道，好像是要生了。」

「好，那我現在就過去。」雖然自己的身子還有些發虛，但是阿秀還是快速撐著傘大步走了過去。

王川兒看著阿秀義無反顧衝進雨裡的身影，不知怎地，心中一熱，抓起一把雨傘也追了上去。

等阿秀進去的時候，整個大廳正被一圈的人圍著，阿秀擠進去，就看到唐大夫正在給那個女子把脈。

「大夫，您快點幫我想想法子，我的夫人要生了。」一藍衣男子正一邊握著懷中女子的手，一邊緊張地看著唐大夫。

他這次是帶著快要臨盆的夫人去臨州上任，只是萬萬沒有想到，半路下起了大雨，馬被倒在路邊的老樹絆了一下，原本坐在裡頭的人一下子就摔了出來。

她原本再過一月就該臨盆了，沒有想到現在竟然出了這樣的事情。早知道，他就不該答應她，帶她一起上任，等她生了孩子，過了滿月，再過來也不遲。

這是他們第一個孩子，他不想她有事情。

「這孕婦受到大驚嚇，如今脈象紊亂，孩子是保不住了。」唐大夫將手從孕婦的手上拿開。「如今只能開個方子，讓孩子直接滑下，免得你夫人還要再受罪。」

唐大夫在說診斷結果的時候，面色很是嚴肅，讓圍觀的人，也下意識地把態度放嚴肅了。

「你說什麼？」那男子手微微一緊，他的孩子都已經九個月了，怎麼會保不住！

「我已經說得很清楚了。」唐大夫見多了病人，自然不會因為他的情緒而改變什麼，就是眼皮子都沒有多翻一下。

「大夫，您救救我的孩子，我們成親三年了，這才懷上了第一個孩子啊！」那男子見唐大夫的態度如此堅決，一下子就有些崩潰了。

他和夫人自小青梅竹馬，兩人成親後也是鶼鰈情深，偏偏成親三年，都沒有孩子，他娘都要鬧著給他討房小妾了；但是他不想讓他的夫人受了委屈，現在好不容易懷上了，都快生了，怎麼就發生了這樣的事情？

他娘一直盼著這胎是個大胖小子，這樣就有人傳宗接代了，可是為什麼老天要這樣對他！

「你要是再拖，連夫人都救不了了。」唐大夫沒有好氣地說道，他最是厭煩這種優柔寡斷的病患親屬。他都清清楚楚地說了，孩子肯定是保不住了的，這人怎麼就跟聽不懂人話似的。

「不，不……」那男子有些驚恐地瞪大了眼睛。「肯定還有法子的，大夫，這裡還有大夫嗎？」

他這舉動，明顯就是不相信唐大夫了。

唐大夫瞧著他這模樣，心中一陣冷笑，連信任都沒有，那還有什麼好說的，打算直接將手一甩，由著他們去了。

「大夫。」原本一直沒有動靜的孕婦，突然發出了微弱的聲音。「求求你，救救我的孩子。」她明明很久以前就能感受到他的動靜了，為什麼在這個時候，他要離自己而去，這是她期待了那麼久的孩子啊！

這孕婦的模樣著實可憐，唐大夫也不忍心對她發脾氣，柔聲道：「剛剛耽誤太久了，孩子肯定是保不住。」而且孕婦現在的情況，也不可能有力氣將孩子生下來。

「不，不行。」那孕婦捂著自己的肚子，一陣哀鳴。「我的孩子！」

「這位夫人，妳情緒越是激動，這孩子越是保不住。」唐大夫很是嚴肅地說道，哭泣並不能解決什麼實質性的問題，而那個男子還一直在找別的大夫，他就不信邪了。

「孩子、大人，若是只能保一個，你想要保哪一個？」阿秀從人群中走出來。

如果保大人，孩子必死無疑；如果保孩子，大人必死無疑。阿秀想到的是剖腹產，將孩子取出，只是現在的醫療設備，她必定做不到讓她完全不感染。

她心裡是偏向於保大人，只不過她見他們一直糾結在這個問題上，索性就直接給了他一個選擇題，反正只能保一個，想貪心也沒用。

那男子聽見阿秀的聲音，一下子就撲了過去，也不管對方不過是一個小姑娘，就哭喊道：「大夫，妳有法子救我的孩子是不是！」

阿秀的眉頭微微皺起，這個男人……

雖說阿秀一直都知道，在這裡，孩子的意義比妻子的意義要重要得多，但是遇到這樣的情況，阿秀心裡還是覺得很不舒服。孩子沒有了，可以繼續要，但是妻子不在了……不過在他們這些男人看來，妻子沒有了，會有更美麗的下一任出現吧。

「我說了，大人、孩子只能保住一個。」阿秀面色很是冷峻，這樣的男人……

「孩子，保孩子！」那個孕婦一聽孩子有機會保住，頓時就衝著阿秀喊道，只是聲音很是虛弱。

阿秀心中嘆了一口氣，雖說她這樣作為一個母親，想法是沒有錯，但是阿秀還是覺得有些惋惜，做人自私一點，其實也挺好的不是嗎？

「保……」那男子猶豫了一下，然後彷彿下了一個很大的決心。「保大人，大夫，妳救救我的夫人吧。」

那男子的眼淚一下子就下來了，不知道是為了他那一直在流血的夫人，還是那將要離去的孩子。

那女子聽到他這麼說，蒼白的臉上有那麼一絲怔愣，回過神來以後，哭得卻更加傷心了。

阿秀衝著唐大夫點點頭道：「麻煩唐大夫了。」

這原本就是他的病人，既然結果還是那一個，這方子自然還是由他來開。

這男子會選擇他的夫人，這樣的結果，唐大夫也很是詫異，不過因此，對他的印象好了不少。

「阿秀，那就把妳的屋子先給她住吧，妳跟我去抓藥。」

阿秀點點頭，連忙跟上。

「妳剛剛說保大還是保小，妳是真的有法子保小嗎？」唐大夫一邊揀著藥材，一邊問道。

「嗯。」阿秀輕輕應了一聲，繼續說道：「剖肚取子。」這個對於現在的人來講有些過分的血腥了，但是阿秀並不打算隱瞞。如果有夠好的消毒措施，這剖腹產絕對是一項醫學上面的巨大進步，至少對於現在來講。

唐大夫的面色微微一僵，良久才嘆了一口氣。「這法子，終究是過於殘忍了。」

相比較中醫，西醫的很多手術的確是顯得殘忍，阿秀默默嘆了一口氣，自己的目標還很遙遠啊！

「妳這些奇怪的治療手法是從哪裡看來的？」唐大夫問道，不管是唐家還是薛家，都沒有這樣的治療手段，還有她之前的縫合術、止血術等等，都不是他們教的，他從前就很好奇，現在終於忍不住問了出來。

阿秀心跳一下子快了兩拍，深吸了一口氣，讓自己情緒穩定下來，才說道：「不過是奇思妙想罷了。」

據說西醫的祖宗是一個理髮師，那他會想到那樣的治療手段，想必也是因為自己的奇思妙想。

「這……」唐大夫不知道該怎麼評斷。

直覺告訴他，應該要及時制止她這些奇怪的奇思妙想，但是偏偏，他心裡又覺得，不能抑制了她現在的奇思妙想，說不定這醫界會有一番新的突破。

「唉。」唐大夫重重地嘆了一口氣。「若是妳相信自己，那就堅持吧。」

阿秀心中一驚，緊接著就是鼻子一酸，她沒有想到，唐大夫會說這樣的話，她從來沒有想到，他會是支持自己的。被自己在乎的人信任和鼓勵，阿秀只覺得心裡滿滿的都是感動，他總是給自己意外的驚喜。

「唐大夫……」阿秀眼睛有些濕潤地看著他，他怎麼能這麼的可愛！

「好了，快把藥送過去，不要拖太久了。」

「是！」阿秀應得乾脆。

雨慢慢停了，原本等在驛站的人也紛紛收拾好行李離開了，還留在驛站的也就只剩下了阿秀一行人，和那對夫婦。

那個夫人的孩子是徹底掉了，留了不少的血，子宮也有不小的創傷，最近一年，最好都不要懷孩子了。雖說他們兩個在聽到這話的時候，面上都閃過一絲遺憾，但是他們握在一起的手卻更加緊了些。

這讓阿秀臉上的笑容更加深了些。

煎藥的時候見到這個男人，阿秀最終還是將心中的疑惑說了出來。「我以為你會保小孩。」畢竟他從一開始就表現得很在乎孩子。

那男子聞言，面色微微有些尷尬。「我和我夫人自小便認識，只是她家道中落了，我母親是個有些現實的人，我為了和夫人成親就花了不少的力氣。我們成親三年才有了孩子，這個孩子不光光有我們的期待，更多的是老一輩的期待，我希望我夫人之後能活得更加輕鬆些；而且，孩子沒有了我們還能再生，但是她不在了，我不知道去哪裡再找一個這麼瞭解我的人。」那男子笑得很是溫柔。

阿秀心中一暖，她竟然從一開始就誤解了他……

「我這裡有個方子，是護宮的，到時候我寫給你，你讓你夫人按時服用，半年以後應該就能要孩子了。」

「多謝阿秀大夫了。」那男子很是慎重地衝著阿秀行了一個禮，是因為她當時的一句話，讓他意識到了問題的嚴重性，不然，他可能連妻子都會保不住。

「你客氣了。」她這不為別的，只為他之前做的那個決定！

第七十六章 寫方開藥

第二日，天氣算是徹底放晴了，阿秀他們也該繼續往前走了。

阿秀他們的第一站，是津州，這個地方離京城不算遠，不過也要一天的路程。

大約是占了地理位置的優勢，這裡的經濟比較繁華，不過和京城自然是不能比的。

阿秀現在有兩個選擇，一個是做一名民間大夫，懸壺濟世，自有在這裡的薛家藥鋪的人暗中觀察；還有一個選擇，就是去薛家的藥鋪直接做一位坐堂大夫。

相較而言，後者在考核中更加有優勢，不過阿秀的話，自然是選擇第一種。

她其實並不在乎薛家那些所謂的考核，她對薛家的任何東西都沒有興趣。

薛家最為神秘的九針之術，她都已經拿到手，其他也沒有什麼能讓她特別期待和憧憬的東西了。

她這次會參加這個活動，一方面是因為她知道，身為大夫最為主要的就是臨床經驗；另一方面，她心裡也明白，要是沒有薛家這個堂而皇之的緣由，她想這麼名正言順地出遠門，還真的有些難。

總而言之，在這件事情上面，她還得謝謝自己那便宜師父。

阿秀之前就已經想好了，想要在最短的時間內，醫治最多的病症，絕對不能守株待兔。

她現在的劣勢，是身分是女子，以及年紀太稚嫩，這兩個因素放在一塊，那簡直就是致命的，一般根本就不會有人敢來找她看病。

所以她到了津州的第二天，就帶著王川兒和顧十九去了津州最為貧窮的「銀錢胡同」。

雖說這個胡同的名字和錢有關，但是它卻是整個津州最為貧困的地方，住在裡面的人多是做苦力的，更多的卻是做那些見不得光的行當的，裡面也匯聚了津州最大的乞丐窩。

一般人到了這裡，都要屏著呼吸快速走過，他們怕多呼吸一口這裡的空氣，都會中毒似的。

原本芍藥還哀怨阿秀怎麼不帶她，在聽說了是到最為貧窮的銀錢胡同，她馬上乖乖閉了嘴，去廚房幫路嬤嬤。

這次他們只租了一個不大的屋子，裡面只有五個房間，正好給他們一行人來住，因為沒有招別的下人，這家裡的活計都要自己來動手。

而路嬤嬤則是主動攬下了廚房的事務。

王川兒之前吃了一次路嬤嬤做的飯菜，就直接拜倒在她的廚藝下。

現在路嬤嬤在她心目中的形象，僅次於阿秀了。

路嬤嬤對王川兒也沒有別的要求，只希望她一心一意地對阿秀就好。

再說這三人，一大早就出門到了銀錢胡同，還沒有進胡同，就差點被一盆髒水潑到身上，還好他們閃得比較快，偏偏直到門關上，阿秀他們也沒有瞧見倒水的人是誰。

三個人對視了一眼，想著還有正經事情要做，就沒有多計較，繼續往前走。

這銀錢胡同一般沒有外人進來，就是有，那也是急急忙忙地走遠了，就怕在這邊待久一點，自己就會倒楣。

「你們是誰？」雖然很多人都發現了阿秀他們三人，但是第一個跳出來的，卻是一個七、八歲的小男孩兒。

「我們是誰並不重要，我只想問，你們這裡有一個臉上長著一顆大肉痣的小子嗎？」阿秀笑咪咪地看著那個男孩子問道，手中慢慢把玩著一個小小的碎銀子，這銀子最多不過一兩，但是對於長期生活在這裡的孩子來講，絕對是一筆鉅款。

那孩子下意識地嚥了一下口水，但是眼中還是帶著不少的警惕。「這裡沒有這樣長相的，要不妳再說得具體些，說不定我就認識。」

「他家裡該是有人臉上長了很可怕的膿包。」阿秀說道。

「妳說的是夏花家的吧，聽說她爹生了病，整天不見人的，不過我上次有偷偷看見過，你們找她有什麼事情嗎？」

「他昨兒偷了我的錢袋子，我聽說他是住這裡的，就來討回。」阿秀說話的聲音並不帶多少的不悅。

她也沒有想到，昨天一進津州，就遇到了扒手。聽人說，這小孩子做扒手，多半都是出自這銀錢胡同。她想好了要來這裡，所以就沒有讓顧十九將人追回來，不然一個小孩子，怎麼可能這麼容易就掙脫了。

那孩子聽到阿秀說這話，眼中快速閃過一絲不屑。這被偷走的銀錢，怎麼可能還要得回來？不過為了阿秀現在手裡的那錠碎銀，他自然知道不能說這樣的話。

他「骨碌骨碌」轉了兩下眼珠子，笑得有些誇張地道：「要不，我帶你們去夏花家？」

「也好。」阿秀笑著點點頭，然後在他的注視下，將碎銀塞了回去。

「妳不是應該把錢賞給我嗎？」那孩子看著也有些傻眼。

「我可從來沒有那麼說過。」阿秀笑得有些深意。「而且這事情都還沒有做完，怎麼可能拿到獎勵。」她的言外之意是說，要等找到了人，才會給他。

「那你們跟我來吧。」那孩子咬咬牙，率先往前面走去。

阿秀在身後輕笑一聲，慢慢跟在了後頭。

王川兒有些不明白，這阿秀葫蘆裡賣的是什麼藥。

「這裡就是了，妳把銀子給我吧！」那孩子將手往阿秀面前一伸，要知道這夏花的爹脾氣可是壞得很，他可不敢在這裡逗留。

「你騙我，我為什麼要把銀子給你。」阿秀笑看著他。

「妳說什麼！」那孩子微微一愣，臉色變得很難看。

「你個小毛賊，昨天就是你偷了我的錢袋子吧，現在裝蒜倒是裝得不錯嘛！」阿秀想要去碰他的肩膀，偏偏這孩子身子靈活得很，一下子就躲過了。

他之前會跳出來就是因為看到了阿秀，畢竟是自己昨天才偷過的人，他自然是記得的。他昨天特意在臉上做了偽裝，今天故意跳出來，就是想看看她還記不記得自己，要是沒有記得的話，就可以再偷一次。

「妳亂講什麼，不要以為這麼說就可以賴帳！」那孩子躲過了阿秀的手，卻沒有躲過顧十九的手，被他一下子抓在了手裡。

顧十九最是不喜這種性子的小孩子，下手自然就不會手下留情。

「你看你臉上的泡，想必是被你家裡得病的人傳染過來的吧，真是可惜，原本挺標致的一張臉，以後就要爛掉了。」

阿秀一邊搖頭，一邊用手指指他臉和脖子交接的位置。

「妳說什麼……」他有些難以置信，她怎麼會知道這點？明明大家都不可能會知道的啊！

「不要再狡辯了，你爹現在臉上應該已經面目全非了吧，我是大夫，你不要想在大夫面前隱藏什麼。」阿秀笑得有些得意。

「妳是大夫……」

那孩子有些難以置信，不過他現在終於能夠理解，為什麼昨天那個錢袋子裡面錢沒有幾個，但是藥香味卻很濃。

「自然。」阿秀點點頭，有些滿意地看著他的面色越來越蒼白。他終究不過是一個小孩子，哪裡禁得起這樣的說辭，而且阿秀這也不算是完全在嚇他，不管什麼病都禁不起拖延。

那孩子扭動了一下身子，不過顧十九雖說武力值是近衛軍裡最弱的，但是對付一個小孩子，那絕對是綽綽有餘。

「妳怎麼知道我是昨天那個偷兒？」他明明做了那麼多的偽裝，甚至穿的還是從別人家偷來的女孩子的衣服，和現在的自己一點兒都不像，怎麼可能這麼簡單就被看出來，他自己看的時候，都覺得不是一個人。

「如果我沒有聞錯，你爹現在的藥裡面應該有龍膽草吧。」阿秀用鼻子聞了一下，現在這個孩子的身上也有，這個草藥氣味比較獨特，所以她一聞，就聞出來了；再根據這孩子身上的膿包，就是那病症，她都猜得七七八八了。

那孩子先是全身一震，然後直接要往阿秀面前撲，被顧十九一把拎開了。瞧這病好似會傳染，他自然是不准這孩子靠近阿秀；將軍都說了，要他好好保護好阿秀，要是有什麼意外，拿他是問。現在阿秀可是他身上最大的任務，他自然要恪盡職守。

「大夫，妳救救我阿爹！」那孩子見阿秀連人都沒有見到，就將症狀和藥都猜中了，怎麼還會懷疑她的身分。

「可是我為什麼要幫一個偷了我錢袋子的人？」阿秀只是冷冷地看著他，並不見任何的同情。

「我還給妳，我馬上就還給妳。」那孩子說著從懷裡掏出一個淺綠色的小荷包，只不過看荷包乾癟的模樣，不用打開就知道裡面的碎銀子都沒有了。

阿秀出門並不會帶太多的錢，所以昨天被偷也不大慌張。

「那裡面的錢呢？」阿秀用兩根手指夾起那個錢袋子，輕輕抖了兩下，裡面空空如也。

那孩子臉色微微紅了起來。「我賺了錢就還妳。」他昨天一偷到錢，先是給他阿爹買了藥，之後就是買了一些食物。這阿秀錢袋子裡面不過幾兩碎銀，根本就不禁花。

「你說的賺了，是指又偷到了錢就還我嗎？」阿秀笑得很有深意，不然一個小屁孩，能有什麼法子賺錢。

那孩子的臉脹得更加紅了些，因為阿秀說的沒有錯。

「你阿爹的病我可以幫忙治，不過那些錢你得還我，而且不能用偷的。」阿秀看著他，很是認真地說道，她倒不是稀罕那點錢，而是有自己的計劃。

他咬咬牙，點頭應下了。頂多他去人家店裡求著當小二，總能賺夠錢還她的，現在最要緊的，還是他阿爹的身子。

自從十幾日前，爹臉上出了膿包，現在都已經潰爛了，整張臉慘不忍睹；而且就像她說的，自己現在臉上慢慢也有了一點……

「那就這樣說定了。」阿秀眼中閃過一絲光，第一步完成得很輕鬆。

「好，那妳現在和我去看我阿爹吧。」

這孩子倒也是個有主意的，阿秀心裡就更加滿意了些。

在路上的時候，阿秀問到了他的名字，叫大溪。

跟著大溪到了他家，阿秀才發現，其實自己當年住的那個屋子還是不錯的。

這裡完全就是她想像中的貧民窟，而且這大溪家裡可能是沒有女人的緣故，屋子裡透著一股怪味，阿秀忍不住微微皺了一下眉頭。

王川兒倒是直白，直接問道：「這是什麼味道，這麼臭！」

大溪被人這麼說，表情倒是還算坦然，在進來之前他就能夠預想到了。

自從他娘三年前因為沒錢治病死了以後，這家就變成這樣了。

他爹在米店給人家搬東西，搬一天也就五個銅板，還不包飯。賺的錢只夠他們兩個人勉強吃飽，要是生病的話，那就只能聽天由命了。

之前他爹不知道因為什麼原因，染了這毛病，那米店的人就將他辭退了，這下子他們是連最便宜的饅頭都吃不起了。

他年紀小，一般的店根本就不要他，就是做個點菜的小童，他們也嫌棄他太窮酸，他沒有辦法，只能學那些銀錢胡同裡的人，去偷錢袋子。

大溪足足觀察了兩天，才選定了阿秀，覺得她看起來像是比較好欺負的。但是他萬萬沒有想到，他心目中認為好欺負的人，竟然直接找到了這裡，還認出了他！

「這個是之前大夫開的藥。」大溪說道。

其中最刺鼻的的確是大夫開的藥，還有一些是之前擦過他阿爹身上膿水的布，他還沒來得及洗掉，以及剩菜剩飯的味道，夾雜在一起，就形成了一種獨特的臭味。

「阿爹，我給您找了大夫。」大溪衝著屋子裡面喊道。

半晌，才聽到有一個微弱的聲音傳出來——

「哦……」

聽聲音就能感覺到主人的身體狀況和精神狀況都不是很好。

「妳進來吧。」大溪打開房門讓阿秀進去。

這個屋子一共就只有兩個房間，一個是大門一進去，能看到一張缺個角的桌子，應該算是吃飯的地方，裡面則是他們睡覺的地方。

一進去，阿秀覺得，那股味道就更加重了。她從袖子裡掏出一塊手絹，她第一次覺得，其實路嬤嬤給她手絹還細心地熏上香料還是很有先見之明的。

「把窗戶打開了，不然這黑漆漆的，能看得清什麼。」阿秀說道。

大溪猶豫了一下，還沒有說話，就聽到原本躺在床上的男子，有些激動地揮著手喊道：「不要開窗、不要開窗。」

「不要管他，開窗！」阿秀聲音很是堅定，要是大溪不去的話，王川兒也會聽她的把窗戶打開。

等窗戶一打開，雖然外面的味道也不是很好聞，但是流通了一下空氣，屋子裡的味道終於淡了一些。

阿秀見那人一下子躲進了棉被裡，頓時沒有好氣地說道：「把你阿爹從被子裡面拉出來，這是打算爛在裡面呢！」現在這個時候，他還在擔心外人的目光？先擔心自己的病情更加實在些吧！

大溪原本還有些躊躇，但是見阿秀都這麼講了，深吸了一口氣，一把將上面的棉被扯開了，陽光下，那男子臉上的症狀一覽無遺。

顧十九和王川兒都不自覺地深吸了一口氣。

他現在的樣子，著實可怖。一眼看過去，他臉上布滿了黃豆大小的膿包，邊緣潮紅，皮膚損傷的地方又糜爛滲出，有一小部分已經結黃色痂皮。上額那個部位，因為糜爛最嚴重，看著最為可怕。

阿秀往前走了幾步，站立到他床前問道：「這個膿包是什麼時候長的？」

「已經有半月多了。」見自家阿爹哆嗦地躲在床角，大溪便回答道。

原本只當是小事情，根本就沒有太在意，但是他們沒有想到，原本小小的一個膿包，現在會發展成這樣。

「你把手伸出來。」阿秀說。

那男子身子又抖了一下，卻沒有伸手。

他剛剛已經瞧見了阿秀，看她的打扮就知道她不是他們這樣的窮苦人家出來的，而且再加上她的年紀，他第一個想法就是，富家小姐喜好醫術，但是沒有病人，所以才會找上他來。這樣的人，讓他怎麼能相信，他現在已經變成這樣了，他不想在這以後，連苟延殘喘的機會都沒有了。

「阿爹，您快點讓她瞧瞧吧。」大溪有些急了，難得有一位大夫願意幫他看病，他爹怎麼就不知道珍惜呢！

他之前拿著家裡所有的錢去藥鋪找大夫，人家一聽是要到銀錢胡同來，給再多的銀子都不來。後來他說了症狀，才有一個大夫勉為其難地開了方子，可是這用了也不見效。

剛剛阿秀能一下子憑空猜出他阿爹的症狀，他就知道，她應該是有能力的。

「我……」那男子原本想要拒絕，但是看到大溪殷切的眼神，最後還是慢慢轉過了身，將手遞了過來。

阿秀垂下眼，細細感受了一番脈搏。

「將舌頭伸出來。」

他又乖乖將舌頭伸出來，只見舌苔薄白，舌質紅。

這個病，西醫叫做「傳染性膿包病」，中醫的話，則叫做「黃水瘡」，是因肺胃蘊熱，外受濕毒所致。

「這個叫黃水瘡，我給你開個藥方，你去藥鋪抓藥即可。」

王川兒在一旁，很是積極地將紙筆都準備好，讓阿秀寫。

阿秀只是掃了一眼。

「這次我來說，妳來寫，順便測試一下妳最近有沒有偷懶。」

王川兒一聽，頓時整張臉都苦了下來。她最近迷上了路嬤嬤的手藝，整天圍著她在轉，哪裡有時間寫字、識字。

不過阿秀卻沒有給她推託的機會，直接說了起來。「龍膽草三錢，黃芩三錢，梔子三錢，金銀花五錢，連翹四錢，澤瀉三錢，木通三錢，牡丹皮三錢，六一散五錢，大青葉三錢。」

阿秀的語速並不快，但是王川兒之前那些日子學習都是三天打魚，兩天曬網的，遇到難寫的字，急得搔頭摸耳。

阿秀掃了她一眼，將她沒有寫的字補上，又檢查了一遍，才將藥方遞給了大溪。

王川兒則是低著頭，默默用腳尖畫圈圈。

「這樣就可以了嗎？」大溪拿著藥方，還是有些難以置信，這麼快就看好了？

之前他和那些大夫說的時候，他們有些都直接說讓他準備後事好了。

他聽了差點就哭出來，雖說兩個人過得不富裕，但是阿爹已經是他唯一的親人了。

「嗯，你用這個方子先去抓三副藥。」阿秀說道。這個毛病雖然看起來嚇人，但是醫治起來的話啊，卻不怎麼麻煩。

「嗯。」大溪連連點頭。

不過他馬上就意識到了一個重要的問題，他根本沒有錢。雖說這偷竊錢來得比較快，但是也得看運氣，要下手只能找那種面生，一看就是外來的。

不是每一次都能遇到阿秀這樣的人的，而且她也不是真的好糊弄。

大溪不敢想像，好不容易有了方子，要是自己偷竊被抓住了，那自家阿爹怎麼辦？

「你臉上的膿包，就用些外用的藥好了。」阿秀說著，拿出紙，又快速開了一個方子，他現在只有輕微的症狀，不用喝藥。

她的字相比較之前王川兒那比狗爬好不了多少的字，顯得更加的娟秀。

「這個藥貴嗎？」大溪將另外一張方子也拿在手裡，又小心地看了一眼阿秀，就怕她說出什麼可怕的價格來。

「貴倒是不貴。」阿秀見大溪暗暗鬆了一口氣，便緊跟著說道：「不過也不便宜。」

大溪因為這話，一下子又緊張了起來。本來他就還欠著阿秀的銀子，如今還要買藥，他一時之間也沒有了主意。

「如果你沒有錢的話，我倒是可以告訴你一個賺錢的捷徑。」阿秀笑得很有深意，這才是她進來的最終目的。

大溪雖然心裡覺得有些不安，但是還是忍不住問道：「怎麼賺錢？」

阿秀聞言，眼中閃過一絲狡黠。

第七十七章 口傳身教

等從大溪的家中出來，顧十九才忍不住開口。「這樣做真的好嗎？真的會有用嗎？」接連拋出兩個問題來，足見他內心的不平靜。

「有沒有用，再過幾天，就可以知道了。」阿秀面色輕鬆，倒是一點兒都不擔心。

顧十九心裡卻沒有那麼淡定。

他現在特別想念近衛軍裡面的哥哥們，隨便來一個也好啊，那他至少可以和他們商量商量；如今這裡只有他一個人，他每天有好多話，卻找不到人來傾訴，他覺得自己都快憋出病來了。

不過他突然想到臨走前，將軍和他說了，要是有什麼事情，可以寫信給他，和他說。

顧十九想到這兒，頓時眼睛一亮。

將軍真是太貼心了！

等到了家裡，阿秀就瞧見顧十九急急忙忙地跑回了自己的屋子，直到吃飯的時候才出現，臉上的表情也從鬱結變成了暢快。

若不是知道他新陳代謝沒有問題，阿秀都懷疑他之前是在屋子裡解決便秘問題呢！

第二天一早的時候，阿秀就發現，後院養鴿子的地方，鴿子一下子少了十隻。

不出兩日的工夫，顧靖翎那邊就收到了信。

他看著屋子裡那十隻白鴿，心裡忍不住一陣無語，不過還是一一將上面的紙條拿了下來。

他一直都知道顧十九話比較多，所以這次會派他去也是有這個原因在其中，但是他沒有想到，顧十九的話能有這麼多！

將二十幾張紙都翻了一遍，顧靖翎在最後才看到了自己想看的內容。

上面比較簡略地寫了一下阿秀之前所用的計策，顧靖翎看著，忍不住露出了一絲笑意，她現在倒是變聰明了不少。

看完了信，將前面那些無關緊要的紙都丟到一旁，獨獨留下了最後一張，又看了一遍以後，他才隨手回了幾個字，便將十隻信鴿都放了回去。

再說阿秀那邊，第四日的時候，門口就突然一下子多了不少的人，都說是來看病的，但是一看那裝扮，就知道都是窮苦人家。

阿秀倒也不介意，讓人先帶進來一位，剩下的依次等著。

「你是有什麼問題？」王川兒坐在一旁，先是裝模作樣地詢問一番，她本來是想到處去玩耍的，但是被阿秀留下了。

王川兒並沒有忘記自己最初會被帶出來的緣由，雖然屁股有些坐不住，但好在，她很識相，而且也是個知恩圖報的。

相比較阿秀為她做的，王川兒覺得自己要做的很是簡單。

來人是一個五十多歲的婦人，她這次來是因為她左下肢的反覆性潰瘍。這毛病跟了她也有兩、三年了，每次遇到陰雨天就發癢疼痛，並流稀膿水，常年要用布包著。

阿秀讓她把褲管撩起來，這市井婦人就少了不少的顧忌，也不在意顧十九還在一旁，很是索利地將褲腿往上面一拉。

解開她綁在腿上的布條，阿秀看到她左小腿內踝上方潰瘍的部位差不多有半個巴掌大，表面有稀膿水，還有白色的分泌物，旁邊的皮膚更是呈晦暗色。

又看了她的舌頭，把了脈，舌質淡紅，苔薄白微膩，脈細緩。

「此症屬於陽氣失于宣通，氣血失常，濕邪痺阻於下，用加味黃芪桂枝五物湯即可。」

因為是今天上門的第一個病人，阿秀還心情很好地故意文謅謅了一番，可惜對方完全聽不懂。

阿秀也無所謂，笑咪咪地又用比較通俗的話解釋了一遍。

不過這婦人連字都不認識，阿秀即使已經說得很直白了，她還是有些茫然，還好她至少聽懂了一點，那就是她這毛病，有得治。

「大夫，我這病治起來麻煩不？」那婦人有些緊張地看著阿秀，要是麻煩的話，那她就不治了。

「不麻煩，這藥先吃上幾副，還有這三黃粉直接抹在妳潰瘍的地方就好。」阿秀將紙上面的字吹乾，才遞給她。

「那這藥貴嗎？」要是貴的話，那她還是由著這病在吧，不能為了看她這毛病，讓全家都餓死了。

「不貴，妳拿著這個藥方子去那薛家開的藥鋪抓藥。」阿秀在自己的名字下面又加上了一個章。

這個章，這次出來遊歷的人身上都有，寫的是自己在薛家的排行。要是名字的話，這裡的藥鋪老闆未必都知曉，但是排行的話就簡單明瞭得多。阿秀的話，排行是長字輩十八。薛老太爺是屬於子字輩，而他後面的那輩就是長字輩，薛行衣是屬於行字輩。

「薛家的藥鋪……」那婦人拿著單子頓時猶豫了，那可是津州最大的藥鋪了，她這輩子連進都沒有進去過，聽說那個地方都是達官貴人去的地方，她怕自己進去了不要說買不起藥，人家根本就不會搭理她。

「妳拿著這個方子進去，肯定有人會招呼妳的。」阿秀寬慰道。

之前他們出門前，薛家就已經給他們安排好了很多的事情，只要是方子上面按著薛家人的印章的方子，那藥多半是半賣半送的，絕對不會多賺一分盈利。

在他們想來，這是薛家的藥鋪，薛家的人要用裡面的藥材，自然不用多花錢；他們哪裡曉得，這次還多了一個非薛家人，而且，她這次，注定要讓他們大失血一番……

「真的嗎？」那婦人還有些難以置信，但是看阿秀面色沈靜，雖容貌稚嫩，卻意外的讓人信任。

「那就多謝小姐了，等病好了，我一定去廟裡給小姐燒香拜佛。」那婦人很是感激地拿著方子走了。

等那婦人走了以後，阿秀才轉頭看向王川兒。「剛剛的方子看到了嗎？」

王川兒點點頭。

「知道為什麼要用這些藥嗎？」阿秀繼續問道。

王川兒默默搖頭。

「這個病症叫臁瘡，是下肢慢性潰瘍性疾病，一般都先是皮膚變色腫硬、發癢，一旦破脂流水則常纏綿難癒。」

阿秀見王川兒聽得認真，微微點頭，說道：「這種病一般病程比較長，很是耗傷精血，所以這藥方中的黃芪、桂枝、生薑是用來益氣通陽，而且這黃芪又有消腫排膿，生肌止痛的功效，白芍、當歸、大棗養血和血……」阿秀將藥方裡面的藥一一指出來，將它的藥效，以及為何要用在這裡都說了一遍。

王川兒雖然聽得似懂非懂的，但是心裡還是覺得好厲害。阿秀和她的年紀差不多，雖然她在罪役所裡面待了三年，但是再給她六年，她覺得自己也達不到阿秀這樣的程度。

「聽明白了沒？」阿秀見王川兒的眼神從一開始的聚精會神，到現在的雙目無神，頓時有些沒好氣地戳了一下她的額頭。雖說這醫學聽著有些枯燥，但是細細品味之下，還是滿有韻味的。

王川兒被這麼一戳，頓時回過神來，下意識地問道：「要叫下一位病人了嗎？」

她這副傻乎乎的模樣，惹來站在一旁的顧十九一陣嘲笑。

王川兒聽到那嘲笑聲，頓時將眼睛一瞪，衝著顧十九揮揮拳頭。「你笑什麼！」阿秀說她也就算了，他有什麼資格！

顧十九看到她那拳頭，頓時哆嗦了一下，她那股蠻力，就是他瞧了，都覺得怪嚇人的！

接下來阿秀又看了四、五位病人，都開了方子，之後就讓王川兒關了門，直接謝絕會客了。

雖說她現在很想接觸更多的病症，更多的病人，讓自己的醫術更加鞏固些，但是自己的日常生活也是很重要的。她本來的計劃裡，帶著家人遊山玩水就是占了一半的。

吃過了午飯，阿秀就被面色比較沈重的酒老爹叫到了後院馬廄那邊。

只見他指著自家蠢驢，一臉的糾結。「阿秀，妳說這灰灰是不是懷孕了啊？」

阿秀原本還在好奇，自家阿爹面色那麼奇怪，是有什麼比較私密的話要和自己說，所以才帶她來這邊的，沒有想到他最後只憋出這麼一句。

之前因為事情比較繁多，她又一直待在薛家，她的確有很長一段時間沒有見過灰灰了，她知道這次將牠也帶上了，但是卻沒有多留意。

如今仔細一瞧，阿秀這才發現，這灰灰，相比較之前在軍營那一次見面，身子足足圓了兩大圈，這將軍府的伙食是真真好啊！不光養人，還養驢呢！

「牠應該只是胖了吧，在顧家的時候沒有好好鍛鍊，餓幾頓肯定就瘦了。」阿秀拍拍灰灰身上的肥肉說道。之前她還覺得自家蠢驢多少還帶著一絲蠢萌蠢萌的，但是現在發福成這樣，只能說肥蠢肥蠢的了。

「妳摸摸牠的肚子。」酒老爹說道。他之前就發現灰灰食量大增，比旁邊那幾匹馬的胃口都還要大，他只當是灰灰在顧家被這麼嬌養慣了。

但是後來他發現，這胖也不能肚子胖得這麼突出吧！

他雖然沒有當過獸醫，但是他至少是瞧見過阿秀在她娘的肚子裡慢慢大起來的啊！勉強說起來，也算是個過來人了。

他現在比較好奇的是，牠肚子裡面的孩子是誰的？

這灰灰自小還沒有睜開眼睛的時候，就被酒老爹抱回了家，養到現在差不多也有好幾年了，灰灰又喜歡親近他，感情肯定是有的。

雖說沒有誇張到當孩子一樣疼，但是相比較一般家裡的牲畜，灰灰的地位肯定要顯得更加超凡脫俗些。

就好比顧靖翎和踏浪，還有一種戰友的情誼在其中，而酒老爹和灰灰，則是多了一種親人的情誼。

想到了踏浪，酒老爹頓時就明白了一些什麼。

這灰灰一向是被放養在踏浪旁邊的那個馬廄，踏浪因為是顧靖翎的愛馬，平時根本就不拴著牠，而灰灰，牠連套繩都沒有套，自然也是散養的。

沒有想到，就因為這樣，牠們兩個就對上了眼嗎？仔細想想那踏浪也算是英俊瀟灑，灰灰配牠也不算吃虧，不過心裡多少還是有些惆悵。

「阿爹，這灰灰又不是您的閨女，您有必要露出這樣的表情嘛！」阿秀有些好笑地看著酒老爹說道，這動物之間ＸＸ〇〇不是很正常的事情嗎？

灰灰和踏浪在一起她就更加不奇怪了，畢竟踏浪也算是追求灰灰很長一段時間，而且動物都是有發情期的，怎麼想她都不算太意外。

酒老爹一聽阿秀說這話，頓時就炸毛了。「要是我閨女的話，我就直接把人給宰了！」要是誰敢讓阿秀這樣沒名沒分就懷了孕，自己非和他拚命不可！

不對，應該是要讓他生不如死！

「阿爹，您淡定！」阿秀踮起腳拍拍他的肩給他順毛。「我像是這麼不靠譜的人嗎？」

酒老爹想了想，好像也是，她這性子更加像他的母親，不像他，也不像阿晚。

他母親雖然看著柔弱，但是卻很有自己的主意；以前他母親在世的時候，家裡沒有一個人敢小瞧了她說的話。阿秀自小就是這樣。

也幸虧她性子不像他，酒老爹心中慶幸，不然他都不知道這十幾年的日子，他會不會把女兒給帶壞了。

「瞧著灰灰的肚子，月分肯定不少了吧？」酒老爹並不是很確定，蹲下去，用手摸摸灰灰的肚子。

灰灰對酒老爹一向脾氣好，被摸了肚子，反而有些開心地哼了兩聲。

牠也許是在向酒老爹分享牠要做母親的喜悅，當然也有可能，只是在單純地撒嬌。

「差不多，這麼一算日子，應該是在軍營的時候就勾搭上了。」阿秀瞧著灰灰，搖搖頭。「女生外向啊！」

酒老爹聽著阿秀面不改色地說著「勾搭」之類的詞語，頓時心中慚愧，自己這個做爹的，果然沒有盡好責任。

他在她年幼的時候，就光顧著自己的事情了，根本就沒有多餘的心思放在她身上。
他以為讓她平安，讓她健康成長就可以了，現在想來，他果然是太不稱職了。
還好她沒有因為自己的不負責任長成歪瓜裂棗，也沒有被那些毛頭小子的甜言蜜語騙走，酒老爹頓時覺得，老天對他也算是不薄了。
「既然確定是懷上了，那就讓人多給牠放點食料。」酒老爹說道。因為想到自己之前那些不負責任的行為，他現在的心情頓時就有些蔫蔫的。
阿秀自然是不懂酒老爹情緒上面的起伏，默默點點頭。
這事算是就這麼過去了，只是不過三日工夫，顧靖翎那邊又收到了一堆信紙，在無數亂七八糟的碎碎唸當中，他就看到了這一件事情。
雖說驢子懷孕並不是什麼大事，不過他還是為此特地去馬廄看了一下踏浪，踏浪好似也知道自己要當爹了，心情很是愉悅。
又過了三日，阿秀打開門的時候，就瞧見一匹熟悉的白馬，出現在了門前。
讓她覺得特別疑惑的是，踏浪竟然是自己一匹馬過來的……難道馬的嗅覺已經發達到這種地步了嗎？
而顧十九，看見踏浪出現在了門口，那嘴巴一直張到踏浪進了馬廄。
他想的是，難道這馬都會識字了，或者說馬都能聽懂人話了？
這自己剛收到回信，踏浪怎麼也緊跟著就到了？
踏浪的到來，並沒有帶來多大的影響，阿秀還是照樣早上開診，下午休息。

有時候帶著自家阿爹和唐大夫到處去走走，找找美食，領略一番當地的風土人情。

在津州待了快半個月，第一次有人在晚上，敲響了阿秀家的門。

「阿秀大夫在嗎？」等門開了，一個管家模樣的人從馬車上下來，他先是將整間屋子打量了一番，之後才態度有些倨傲地說道：「我們家夫人想要請妳走一趟。」

阿秀自然不會忽略他的態度，她最瞧不上那些明明是有求於人家，偏偏還弄得高人一等的人。

她呵呵一笑，神色卻是不卑不亢。「川兒，妳來將咱們門上的話給這位大人讀讀。」

這大晚上登門，已經是極其不禮貌的行為，他的態度還如此的傲慢，阿秀不給他一個下馬威，怎麼說得過去。

「看病請早，過午不候。」王川兒自然也不爽這個男人的態度，很是得瑟地將貼在門上的話讀了一遍，而且聲音還很是響亮。

那管事的臉色頓時就有些不大好看了，要不是因為現在有人專門舉薦她，他堂堂一個知州的大管家，何必自降身分來請一個小丫頭，偏偏她還不識相。

「不知府上是哪位，登門如此不知禮數。」路嬤嬤從阿秀身後走了出來。

不過是一個小小的管事，在外竟然就敢用這樣的姿態對人，都說一家的僕人體現了這戶人家的整體素質，現在瞧著這人，路嬤嬤估摸他的主人家也不是什麼好相處的。

這段時間，她看著阿秀給不少的窮人看了病，他們雖然窮，但是態度卻比這人要好得太多，有幾個病情有了起色，就送雞送鴨過來；相比之下，這人實在太失禮了。

那管事一看路嬤嬤出來，臉色頓時就有些變了。瞧這婦人的氣度，一看就知道不是一般人家出來的。

他出門以前，只聽說是要請一位大夫回去，據說是和京城的薛家有些關係，但是他下馬車的時候看到他們住的屋子，頓時就起了一些輕視之心。

在他看來，住在這麼簡陋的地方，那和薛家的關係，多半也不過是稍微一點的沾親帶故，他見多了這樣的人，自然是瞧不上的；甚至對於那個舉薦了人的大夫，都有些怨懟，叫一個這樣上不得檯面的大夫，竟然還要他出面！

「這位是……」管事的臉色多了一絲慎重，言語間也多了一絲尊敬。

路嬤嬤微微一笑。「我不過只是個廚娘罷了，你要請我們家小姐，明兒趕早吧。」

對於這種人，路嬤嬤隨隨便便就能打發了。

那管事雖說不大情願，但是面對有這樣氣勢的路嬤嬤，一下子就失去了反駁的力氣。

等人走了以後，路嬤嬤才對著王川兒和芍藥說道：「以後這種時辰來敲門的，要是沒什麼大事，不要讓小姐起身了。」

路嬤嬤在兩個小丫頭心目中比阿秀還要來得有權威些，聽她這麼說，兩個小丫頭連連點頭應下了。

倒是阿秀自己，完全不覺得有什麼。

不過就今晚的事情，她琢磨著，該是自己之前用的計策生效了……

第七十八章 上門看診

第二日一大早，王川兒才剛剛把大門打開，就看到昨天那個男子已經等候在了門口。相比較昨日，他今兒的態度謙卑了不少，瞧見王川兒開門，還衝她微微作了一個揖。

「請問阿秀大夫起了嗎？」那管事微微彎著腰問道。

他昨兒一回到府中，主人看他沒有將人帶過來，他就被罵了一通。

這個時候他才知道，這個貌不驚人的小姑娘，竟然是京城薛家族長最小的弟子。

之前他們也不曉得是她，還是因為有不少的人去薛家的藥鋪抓藥，他們才有所耳聞。

別看她年紀小，她之前開了方子的病人，基本上病情都有所好轉了；如果不是之前就打聽過一番，他們也不敢請一位年紀這麼輕的大夫上門。

「阿秀在洗漱呢，你等等啊，不過昨兒已經有三位病人提前預約了，你得排隊。」王川兒將手往一邊一指，的確已經有人在等了。

她看他態度變好了，說話就更加得瑟了些。路嬤嬤說的真對，有的是他求他們的時候，只是有些沒想到，這個時候來得這麼快！

「是是，我排隊。」雖說心裡有些憋屈，但是也沒有別的法子，那薛家，可不是他們能夠隨便招惹的。

阿秀先將那三個病人看了一下，開了方子，讓他們走了以後，那管事才敢彎著身子進來。

「昨兒是小人有眼不識泰山，冒犯了阿秀大夫。」那管事笑得有些諂媚。

「昨天的事情倒不是什麼大的問題。」阿秀微微擺擺手。瞧著管事的模樣，一看就不是什麼大度的人，阿秀覺得自己完全沒有必要為了一些口舌之爭，得罪一個小人。

「多謝阿秀大夫的寬宏大量，不知您現在是否有空閒，我們夫人身子有恙，希望您能抽空過去瞧瞧。」那管事見阿秀沒有就昨天的事情乘機發難，微微鬆了一口氣。

「現在倒是沒有別的事情，只是不知你家夫人是什麼病症？」阿秀並沒有聽他一說，就順勢站起來準備出門的打算。

「之前被一舊簪子劃破了手，原本止了血，就沒有太往心裡去，但是這幾日，連飯都吃不了了。」那管事說到這兒，語氣一下子沈了下去。

府裡那些嘴巴碎的人都在背地裡傳，夫人想必是得罪了哪路神仙，所以才有這一遭。要知道這夫人是續弦，她將之前夫人留下來的女兒下嫁給了一個武夫，結果那武夫是個喝酒就要打人的，那大小姐懷著孩子活生生就叫人給打死了。

那些下人都說，那是大小姐的魂魄回來了，她不甘心，才會這樣纏著夫人；要不然的話，只是一個小小的傷口，別的都沒有發生過，怎麼就會變得這樣嚴重？

「你怎麼確定，現在的病症是因為這個小傷口引起的？」阿秀有些好奇地問道，聽他的話，阿秀總覺得裡面還有別的隱情。

「夫人這段時間並未出門，飲食也和往常一般，唯一的問題就只有這點了；聽說這個簪子，是去世了的夫人留下來的嫁妝裡的。」那管事說到這裡，微微輕咳了一聲。

阿秀聽這話，心裡有了計較。「我知道了，等我收拾一下醫藥箱，就和你過去。」

那管事連連點頭，他一開始還以為自己會被為難，如今只是在開始時受了一些冷落，事情順利得都有些超乎了他的想像。

一般自己比較難纏的人，也會將別人想得難纏；事實上，阿秀根本就不願意多花工夫在他身上，有這個時間，她還不如多看幾個病人。

因為路嬤嬤不大放心，畢竟這是阿秀到了這裡以後第一次出診，所以特意帶上了顧十九還有王川兒，倒是芍藥，則被留在家裡負責午飯了。

雖說這請個大夫一下子去了四個人，但是管事瞧見路嬤嬤那個架勢，也根本不敢有什麼意見。

等到了目的地，阿秀這才注意到，來的竟然是津州知州的府邸。

「阿秀大夫請來了嗎？」一個嬌俏的女子立在一旁，一看管事下了馬車，就連忙迎了上來。

「請來了，請來了。」那管事明顯很顧忌這個女子的身分。

這個女子是夫人的長女，在家裡排行第三，不過她嫁的人卻是京城的一個權貴，雖說只是填房，卻也讓人不敢怠慢；特別是她在婆家很是受寵，就是家裡的老夫人，也不敢隨便給她臉色看。她這次也是因為夫人病情一下子加重，才特意趕回來的。

「還不將人請過來！」那女子脾氣有些急，見管事沒有動作，就自己往馬車走去。

阿秀原本就打算下車，剛掀開簾布，就直接和一個女子對上了眼，微微一愣，才開口道：「妳是？」

周敏嫻在看到阿秀的時候，微微愣了一下。她之前在京城的時候就聽說薛家新收了一個女徒弟，而且很受貴人的歡喜，只是她嫁的人雖說條件不錯，但是在那天子腳下，還真算不得什麼，所以一直無緣見面。

如今第一次見面，她才發現，這阿秀比她想像的還要年輕上幾分，她心裡開始忐忑，這個年紀，真的沒有問題嗎？

阿秀自然是沒有錯過她神色間的變化，卻沒有放心上，她的年紀是硬傷，這點她一直都很清楚；不光是年紀，性別也是，所以她才會想到之前那一招，現在看來，還是很有效果的。

那大溪，也算是沒有辜負她的期望了，幫她宣傳得不錯！

「周小姐？」阿秀有些不確定地喊了一聲。剛剛在馬車上的時候，阿秀就聽那管事說了，如今那夫人出嫁的女兒也在府中，之前她那急切的神色明顯是發自內心的，便猜想是她了。

「叫我敏嫻就好，妳就是阿秀大夫吧，我娘的病……」周敏嫻有些迫不及待地看著阿秀。

「我先去看看再說。」阿秀制止她，有些情況，那管事已經說過一遍了，她完全沒有必要再花時間聽第二遍，至於別的，她自己去看會更加直觀。

「好。」周敏嫻先是微微一愣，緊接著就是連連地點頭。正打算帶著阿秀往裡面走之際，餘光就看到馬車上又下來兩個人，當她的目光觸及到後面那人的時候，臉上的表情一下子就僵住了。

這人……是太后身邊的……路嬤嬤嗎？

她有幸參加過一次宴席，當時見到了太后娘娘，她還感慨，這世上怎麼會有如此美貌之人，而當時跟在太后身後的，就是路嬤嬤。

聽說這路嬤嬤是太后最為信任的人，但是她怎麼會出現在這裡？

周敏嫻想著可能是人長得比較相似，可是她的心裡卻有些不安，忍不住轉頭問道：「您是路嬤嬤？」

路嬤嬤聽到有人這麼叫她，微微愣了下，便笑著說道：「不知您是哪家的夫人？」周敏嫻雖說年紀不大，但是裝扮已經是婦人模樣了。

周敏嫻一聽路嬤嬤這麼說，就知道自己沒有認錯人，面色一白，這路嬤嬤出現在這裡，難不成太后娘娘也來了？

路嬤嬤一看這周敏嫻的模樣，就知道她在想什麼，直接說道：「我這次不過是單獨出來遊玩一番。」這話就是在告訴周敏嫻，太后娘娘並沒有來，以及不要將她的身分隨便說出去。

周敏嫻雖然性子有些直，但是並不真的是傻姑娘，連連點頭道：「敏嫻知道，敏嫻知道。」

路嬤嬤頓時滿意地點點頭。「不知周小姐嫁入了哪家？」

能被路嬤嬤這樣問一句，已經是很大的榮幸了，周敏嫻連忙說道：「夫家是京城方家。」

「是兵部侍郎方寺遷？」路嬤嬤隨口說道。

「那是奴家的公公。」周敏嫻很是謙和地說道。

「方大人是個好官。」路嬤嬤說得隨意，但是這話聽在周敏嫻耳朵裡，可是一點兒都不隨意。

這路嬤嬤是太后身邊最為親近的人，太后又是皇上的生母，她這麼隨便的一句話，就已經顯露出了不少的內容。周敏嫻連連點頭，卻不敢向路嬤嬤求證。

那管事見自家出嫁了的三小姐，對這個阿秀大夫家的廚娘態度都如此的謙卑，心中雖然有些疑惑，卻是暗暗鬆了一口氣，看樣子，這個阿秀大夫的靠山，比他想像的還要大上不少。

「那便進去吧，不要讓病人久等了。」路嬤嬤見阿秀等在一邊，便下了馬車，接過阿秀手中的醫藥箱，交給王川兒。

這麼自然的動作，讓周敏嫻看著更是大為吃驚，之前只聽說過阿秀大夫醫術不錯，深得貴人喜愛，但是萬萬沒有料到，這喜愛根本不足以形容阿秀受到的待遇。

要真找一個合適的詞來形容的話，那絕對是「溺愛」！

如果她沒有料想錯的話，這路嬤嬤多半是太后娘娘特意留在阿秀身邊的。

容安的事情她也曾聽說過，但是容安卻從來沒有這樣的待遇。面前這個看起來十分年幼的女子，身上到底是有什麼樣的魅力，能讓人這樣看重！

因為路嬤嬤在其中，周敏嫻很是殷勤地走在一旁，親自將人引了進去，只不過還沒有進房門，就被一個穿著精細的女子攔住了。

「三妹妹，我聽說那大夫過來了？」那個女子雖然嘴上說著好似有些關切，眼中卻帶著一絲不以為然。

「大嫂。」周敏嫻看到來人，臉色微微一變。

這是她大哥的夫人，她這個大哥，還有當年去世的大姊，以及已經出嫁了的二姊，都是前面那位夫人留下的孩子。當年她娘嫁進來的時候，大哥他已經五、六歲了，所以和她娘並不親近；而且再加上之前大姊的事情，他對娘的態度就更加冷淡了，甚至可以說是敵對。

若是府中有什麼事情，他必定是站在她娘的對立面，而他的妻子，自然和他是一條心的；她甚至懷疑，這次她娘的病，是不是就是他們弄出來的。

當年的事情，她雖然覺得大姊死得冤枉，也為她難過，但是誰又能說，這就是她娘的罪過呢！在嫁過去以前，大家根本都沒有料想到，那個男人會有這樣的劣習。

因為這件事情，她娘從那時就開始吃齋唸佛到現在，人更是清減了許多，她每次瞧見都心疼得很。

甚至是爹爹，他心裡也是怪罪她的，他們只記得大姊的死，卻沒人看到她娘的心酸。

而她這個大嫂，最是擅長落井下石，因為舅父在京城的職位不比她公公的低，每次見到她，說話也是不陰不陽的。她就是知道這府裡，有人恨不得她娘好不起來，這才急急忙忙地從京城趕了回來。

「其實吧，這外頭隨便尋來的大夫，哪能比得上府裡的大夫，三妹這樣，不過是浪費時間罷了。」那女子用手輕輕撥了一下自己的白玉手鐲，語氣很是輕描淡寫。在她看來，婆婆都病成這樣了，根本不用看，直接準備後事就行了。她就是虧心事做太多了，不然怎麼一下子就變成這樣了！而且她要是死了，這周家，作主的可就是她了！

「若是府裡的大夫有用，我何必去外頭找，我聽說大嫂的舅父和不少御醫交好，怎麼也不見大嫂妳在這塊多動動心思呢！」周敏嫻心中憤怒，卻不能表現得太過，眼中帶著明顯的悲憤，卻不能發洩出來。

她幾天前才回來，她娘的病症已經很嚴重了，她都懷疑，之前是不是他們故意瞞著自己，不然怎麼會惡化成這樣。

這家裡，大哥、二姊都是恨不得娘過得不好的，自己的二哥又在外頭當官，剩下的幾個弟弟、妹妹年幼，性子又軟，根本就沒有什麼用；不然她一個出嫁了的姑娘，又何必這樣急急忙忙地跑回來，要不是婆家比較開明，說不定就因此要遭了厭。

「三妹妳這話說的就不對了，這京中的御醫可不是我想要請就能請的，那都是給宮中貴人看病的。」她輕哼一聲，也不看看自己是什麼身分，輪得到讓御醫給她看病嗎！

周敏嫻自然知道她還沒有說完的話是什麼，左手默默捏緊，將頭偏向一邊，不願意再去應付她了；要是她娘的病好了，她肯定要勸她娘，好好收拾這些小人！

這路嬤嬤瞧著這兩人的對話，就和小孩子過家家一般。

周家三小姐看著雷厲風行，但是手段不夠強硬；而這周家大少夫人，她就更加瞧不上了，目光短淺，急於求成，什麼心思都放在了臉上。這樣的人也就在這樣的小宅院裡面能稍微鬥一鬥，要放到大宅子裡面去，不用幾個月，就連渣渣都不剩了；反倒是周三小姐這種，性子比較坦率些，只要不做什麼出格的事情，也不會特別惹了人的眼。

「而且三妹啊，這外頭的大夫咱們畢竟還不知道能力，再說了，聽說這個大夫年紀還小得很……」那周家大少夫人說著眼睛自然而然地就掃到了阿秀身上。「喲，我只當是年紀小，怎麼還是個姑娘家啊！」說完還不忘故作誇張地用手捂住嘴巴，誰知道手下面的嘴巴，是不是笑得比誰都幸災樂禍。

這阿秀的年紀和性別，她怎麼可能真的不知道，就是因為之前就知曉，所以她才故意等在這裡，專門來瞧瞧這周家三小姐的笑話！不要以為外頭傳了什麼，那就是可以相信的，這個年紀的大夫，又是女子，能有什麼真本事！

「周家大少夫人，若是我沒有看錯的話，您自己也是女子吧，您是站在什麼樣的立場上面說出這樣的話來。」還不等周敏嫻說話，路嬤嬤就先站了出來，她剛剛可以只當作看戲，但是這火燒到了阿秀這邊，那她就不能忍了。

而且女子怎麼了?自己本身就是女子，偏偏還瞧不起女子?!就是因為她們這樣的人多了，女子才一直處於弱勢！

路嬤嬤心中很是不忿，自家小小姐的優秀，豈是年紀和性別就能局限的。

「喲，這又是誰家的……」周家大少夫人原本想說的是「這又是誰家的下人，這麼沒有規矩」，但是在看到路嬤嬤的穿著和氣度後，這話一下子就說不出來了，這位夫人身上的氣場，就是自己娘家的祖母都比不上。

這個人又是誰？她接到消息，明明就是一個小姑娘帶著幾個下人過來，這人又是怎麼會出現在這裡的？難不成是正巧上門來拜訪的官家老太太？

周家大少夫人想著這人應該不簡單，又仔細回想了一番自己剛剛的行為，心中微微發顫。

只是這有人拜訪，她怎麼沒有提前收到消息？

想到這兒，她就惡狠狠地瞪了跟在一旁的管事一眼，要他有何用。

「這位夫人，不知您是？」周家大少夫人的語氣一下子好了不知道多少倍，原本有些刁鑽的形象，一下子變得溫婉可親。

只是她剛剛才嘲諷過阿秀，路嬤嬤自然不會瞧她順眼，冷哼一聲。「我不過是跟著我家小姐的一個廚娘，可擔不起夫人這個名號。」

周家大少夫人的面色微微一僵，下意識地將阿秀細細打量了一番，在她看來，這個小姑娘除了眼睛比較好看，身上根本就沒有什麼特殊的地方。

小姑娘的真實身分到底是什麼，怎麼身邊會跟著這樣一個人？

周家大少夫人之前只聽說這個人和京城的薛家有些關係，但是她光是在這些日子裡，就不知道聽過多少個大夫都說過和薛家有淵源呢！

只要是到過京城的大夫，為了給自己鍍層金，都會說和薛家有淵源。雖然有傳言說她是那薛家老太爺的徒弟，但是她也聽說薛家是不收女弟子的，所以根本就沒有把這件事情當真，只當是謠傳了。

薛家以往的確是不收女弟子，但是誰叫這是太皇太后送過去的人，薛家就是規矩再大，也不敢隨便駁太皇太后的臉面。

「周三小姐，時辰也不早了，這病是瞧還是不瞧？」路嬤嬤淡淡地說道，再拖延下去，就該用午膳了。在她眼中，那周夫人的病可遠遠沒有阿秀的午膳來得重要，早知道這家子有這些亂七八糟的事情，應該等用過了飯、睡好了午覺再過來的。

「看，看，阿秀大夫妳跟我往這邊走。」周敏嫻一看路嬤嬤這模樣，心中一驚，難道她生氣了？雖說她瞧不上自家大嫂這副刻薄的模樣，但是周家畢竟是自己的娘家，她還是希望家裡好好的，畢竟自己的娘家好，她在婆家的地位才會有保障。

「大嫂，今日的事情我就不多說什麼了，但是我娘是妳的婆母，妳最好也盼著她早點好！」周敏嫻一改之前的和善，語氣鋒利地說道，畢竟現在路嬤嬤算是站在她這邊的，她也算多了一些底氣。

果然她這話一說，路嬤嬤看她的眼神中微微多了一絲滿意。

既然她的後臺不比那大少夫人弱，為什麼不表現得強勢一點呢！

有時候你越是表現得強勢，人家越是不敢小瞧了你！

要是往日，這周家大少夫人自然不會這麼乖乖地不還嘴，但是她現在摸不清這一行人的真實身分，一下子，就安分了。

等見不到那周家大少夫人了，路嬤嬤才說道：「這男子雖然不干涉內宅，但是也不能讓不懂事的人給拖累了。」

周敏嫻先是一愣，隨之就是一陣欣喜，連連點頭道：「您說的是。」

路嬤嬤微微頷首。「妳能這麼護著妳的母親，也不錯，雖說女子出嫁從夫，但是也萬萬不能忘了生養了自己的人。」

路嬤嬤說到這裡，微微看了一眼阿秀，若是她知曉了真相……心裡還是默默地將這個可能否決掉了，真相太讓人難以接受，阿秀還小，還是以後再說吧……

第七十九章　退而求次

到了那周夫人的屋子，阿秀還沒進門，就聞到一股嗆鼻的藥味。她忍不住捂住鼻子說道：「這是煎了多久的藥啊！」

周敏嫻一直沒有怎麼聽到阿秀說話，覺得她比年紀要穩重得多，現在再聽她有些輕軟的聲音，頓時就有些意外。

「我去看看，以往藥味沒有那麼濃的啊。」周敏嫻率先進了屋子，就瞧見地上一灘棕黑色的湯水。「知雨，發生什麼事情了？」周敏嫻大步走了進去。

「三小姐。」知雨看到周敏嫻進來，連忙將碎片撥到一邊，免得傷了人。

「這藥怎麼撒了？」周敏嫻皺著眉問道。雖然說這藥吃下去沒有大的用處，但是總比不用藥好吧。

「三小姐，夫人今兒已經完全喝不下藥了。」知雨眼淚汪汪地看著周敏嫻。她是周夫人身邊的大丫鬟，跟著周夫人有三、四年了，現在眼睜睜地看著一個人變成這副模樣，她光是看著，都覺得心疼。

夫人以前最是注意儀表，如今面色蠟黃，表情僵硬，老爺之前還會來瞧瞧，最近幾日索性都不過來了。

府裡的人都傳老爺和前夫人是青梅竹馬，感情深厚，只是前夫人福氣薄，年紀輕輕就得了重病去了。

現在的夫人，是家中的長輩作主，娶回來的。一開始就是相敬如賓，後來又出了大小姐的事情，兩個人的感情就更加冷淡了；有時候一個月，老爺也未必會來一次，也虧得夫人想得開。

「昨兒不是還能喝下去一點嗎？」周敏嫻一聽，面色也是大變。她聽過一種說法，這病人要是一旦不能喝藥，那便是神仙都救不回來了，畢竟沒有什麼病，是不用喝藥就能好的。

周敏嫻想到這，頓時眼淚都下來了。她自小和娘親感情好，小時候她還會親自給她梳頭髮，幾年前因為嫁到了京城，回家的機會就少了，她沒有想到，不過幾年的工夫，娘就變成這樣了。

「周三小姐，這人還沒有看，妳哭什麼呢？」路嬤嬤說。

「嬤嬤，我……」周敏嫻捂著嘴巴，努力讓自己平復下來。

「好了，先不要哭。」路嬤嬤心裡也多了一絲憐惜，用手拍拍她的肩膀，表示安撫。

「周三小姐，令堂並非沒有救，妳哭得太早了些。」阿秀透過屏風瞧見了躺在裡頭的人，面色蠟黃、表情僵硬，再加上之前他們說的症狀，她差不多有了結論。

周敏嫻聞言一愣，隨之趕緊轉頭很是殷切地看著阿秀。「妳有法子？」

「暫時還不能保證，等我看過診後再說。」阿秀說道。

「那妳快進去瞧瞧。」周敏嫻說著，急急地拉著阿秀跑進了內室。

進去以後，阿秀才將裡頭的情況看得分明，周夫人躺在床上，背部後彎，用手摸了一下，腹部肌肉緊張，又頻頻抽風，四肢肌張力強，這明顯就是破傷風的症狀。

「之前是傷了這隻手？」阿秀指指周夫人的右手，食指尖上面有一個已經癒合的小傷口。

知雨一邊抹著眼淚，一邊敘述道：「是是，就是這隻手，夫人半月前去整理之前去世的那個夫人的東西，誰料二小姐突然回來了，以為夫人是覬覦那些東西，兩人起了爭執，夫人正好被一根舊簪子劃破了手。」

「之前妳不是和我說是娘自己不小心才會劃傷的嗎？」周敏嫻的臉色變得有些怪異，氣憤但是又透著一股哀傷。

「這是夫人不讓說的，就怕家裡不安寧。」知雨也為周夫人抱不平。

在她看來，夫人已經做得很多了。

聽府裡的老人講，以前三小姐剛出生的時候，夫人娘家送來了一個很是通透的玉桃子，保平安、祝長壽。就因為當時大小姐喜歡，夫人就轉手送給了大小姐，但是沒幾天，那個玉桃子就被大小姐摔碎了，夫人還心疼了好久。

還有那大少爺，當年讀書好的明明是二少爺，可是被派到外面去的卻是二少爺。

大小姐嫁的人，說起來也是她自己挑的，當時夫人還勸過她，武夫可能比較粗心，不會心疼妻子；但是大小姐一向最是喜歡和夫人反著來，結果被害死了，這罪名還得夫人來揹。

這些都是那些老人在私下裡偷偷說的，夫人雖然是周家的當家主母，但是過得並不好。她只有兩個親生的子女，就是二少爺和三小姐，偏偏一個外派，一個遠嫁；別的孩子，不過是寄養在她身下，妾生的孩子。

老爺因為大小姐的事情，是寧可留宿在那些姨娘的屋子裡，也不願意過來。而自從三小姐出嫁，夫人身邊連個知冷知熱的人都沒了。

周敏嫻深深吸了一口氣，將悲憤先壓了下去，勉強笑著對阿秀說道：「阿秀大夫，我娘這情況，妳有辦法嗎？」

「辦法是有，但是有些麻煩。」阿秀沈吟道。這方子倒是簡單，但是怎麼餵下去，就是一件比較麻煩的事情了。

「怎麼麻煩，您只管說，我肯定能想法子解決的。」周敏嫻聽阿秀說有法子，眼睛一下子就亮了，對阿秀的稱呼都從「妳」變成了「您」。

阿秀心中思索了一下，才繼續說道：「我需要一些器具，只是現在還沒有，我得用幾天時間去準備一下。」

她心裡是有一個方案，就是用鼻飼法，只是這裡並沒有塑膠管子，這現代最為常見的東西，在這裡卻是癡心妄想。

阿秀現在能想到的，也只是找一個替代品。

她第一個想到的是羊腸，可是過於柔軟……

退而求其次的話，那就是用針筒注射，但是將中藥直接注射到體內，副作用方面無法掌控。

「還要幾天？可是我娘的身子……」周敏嫻看著周夫人僵硬的模樣，人微微顫抖了起來，不能想像現在就失去她。

「那我先開個方子，妳們先煎上，我讓人回去拿一樣東西。」阿秀看了一眼已經昏迷的周夫人，她現在的情況的確很不好，再耽擱下去的話，她也不能保證病情不會急遽惡化。

「是是。」周敏嫻一聽阿秀這話，就知道事情還有轉圜的餘地，連忙收起了眼淚。

等阿秀一寫完，她就讓人拿著方子急急忙忙地去抓藥了。

阿秀則讓顧十九回去，將她放在屋子裡的一個大箱子裡面的一個小錦盒拿過來，裡面放的是她走之前從薛行衣那邊蹭來的器具，除了那些止血鉗，縫合針之外，還有一個注射器。

這個時候已經有琉璃燒製了，很多大戶人家都有琉璃杯，只不過價格比較昂貴。

阿秀手中這個在後世只值幾塊錢的注射器，在這裡，燒製它最起碼花了十兩銀子。因為它價格比較貴，一般人又不會燒製，而且又容易碎，所以阿秀出診的時候，基本不會帶上它。

「這個是？」周敏嫻看著那個針筒很是疑惑，這個東西她怎麼從來沒有見過。

「這個叫注射器。」阿秀拔掉上面的那根針，這針筒很是符合薛行衣的品味，外面還鍍了一層銀。

「這個是用來？」周敏嫻繼續問道。

路嬤嬤見周敏嫻問題一個接著一個的，頓時輕咳一聲。這可是她家小小姐的獨創手法，怎麼能隨隨便便就讓人知曉。

周敏嫻聽到路嬤嬤的咳嗽聲，一下子就明白了過來，頓時有些不好意思地衝路嬤嬤笑笑，她剛剛越界了。

反倒是阿秀，完全沒有意識到這些，專心地給針筒消毒，然後將那碗剛剛煎煮好的藥慢慢倒到針筒裡面。

她打算先用針筒輔助周夫人喝藥，看看她能不能喝下去，若是不行，再考慮注射。

至於鼻飼法，差不多已經被她直接放棄了。原本做鼻飼，手法就有很多要注意的地方，現在連替代的事物都找不到，阿秀不願意冒這個險。

現在她只希望，這周夫人還沒有病到那麼嚴重。

「川兒，妳過來。」阿秀讓王川兒將周夫人扶起來。「妳幫我把周夫人的嘴巴掰開來點。」

王川兒一聽，先是瞧了那周敏嫻一眼，見她沒反對，就一手固定住周夫人的下巴，另一隻手用力掰。

周夫人現在已經幾乎不能張嘴了，也虧得王川兒力氣大。

趁著她嘴巴張開之際，阿秀乘機將去了針頭的注射器塞進她嘴巴裡。

還好她當時要的是一個大小中等的，要是貪心點挑個最粗的，現在可能都塞不進。

大約是王川兒的用勁有些大，原本昏迷著的周夫人，眉頭微微皺了起來，眼皮子下面，眼珠子也在轉動著，相較之前，倒是多了一些生氣。

阿秀餵進去的藥，有一半從嘴角漏了出來，但是至少有一半是餵下去了。

心中暗暗鬆了一口氣，阿秀又繼續灌了三個針筒的藥水，正好將一碗都餵完。

知雨見狀，頓時欣喜地喊道：「夫人真的喝下去了。」早上她給夫人餵藥的時候，她根本連嘴巴都張不開了。

「現在情況還不算最嚴重，這個藥每天餵兩次，一次一碗，兩日後我還要複診。」阿秀將針筒小心地放到一邊，現在這個玩意兒可就只有這麼一個。

「謝謝，謝謝。」周敏嫻聽到阿秀這麼說，吊著的心終於下來了些。

周敏嫻千恩萬謝了好一番，又留阿秀下來用飯，可惜阿秀對他們一家的那些感情糾葛完全沒有興趣，有些冷淡地拒絕了。

吃飯這麼重要的事情，自然要回自己的地盤去，不然吃飯的時候還要被別的事情影響心情，那就太不爽快了。

周敏嫻雖然有些失望，還是熱情地將人送到了門口。

一天要餵兩次藥，如今也就只有阿秀有手段將藥餵進去了，只是這來回跑，真是麻煩了人。

「這個周家三小姐，也算是個有心的。」路嬤嬤坐在馬車上，有些感慨地說道。

出嫁了心裡惦記著娘家的女子自然是不少，但是能這麼護著自己的親娘的，其實也不多。一般大戶人家，母女之間的感情並沒有那麼的深，而且自小被教育，都是以家族為重，而不是以親娘為重。

「我瞧著人也不錯，就是這周家麻煩事情不少，我懶得參與。」阿秀有些懶懶地倚靠在軟墊上。她最煩的就是這種勾心鬥角的事情，有這麼高的智商，做些什麼事情做不成啊，偏偏要這樣折騰！

「對啊對啊，回家的話，芍藥姊姊肯定將飯菜都準備好了。」王川兒在一旁說道。

「妳就知道吃！」路嬤嬤沒好氣地戳了一下王川兒的腦袋，也不知道這小小姐收這麼一個沒心沒肺的丫鬟是用來幹什麼，吃的倒是比幹的活還要多呢！

「嬤嬤。」王川兒往路嬤嬤那邊使勁地湊過去，沒皮沒臉地笑著說道：「我還知道怎麼用力氣！」

路嬤嬤被她的厚臉皮直接逗笑了，這姑娘家的，誰會以自己力氣大為榮。

「妳呀，以後多看著點，至少做個合格的小丫鬟。」路嬤嬤說道。

「嬤嬤。」阿秀突然開口。「川兒以後是要做女大夫的。」如果她是想將川兒培養成一個貼身的丫鬟，她又何必花工夫特地去罪役所找；而且芍藥已經算很合格了，作為一個貼身丫鬟。

路嬤嬤微微一怔，隨即溺愛地看了阿秀一眼，順著她的話說道：「好好，要做女大夫，那嬤嬤以後就幫妳監督著她看書，省得她老是把心思放在吃上面。」

阿秀在她心目中的地位就和自己的孫女一般，自然是願意處處順著她。

王川兒一聽，頓時就哀號一聲，一個阿秀已經很可怕了，再來一個路嬤嬤……

看到她這麼誇張的表情，阿秀和路嬤嬤頓時就樂了。

笑了好一會兒，路嬤嬤才接著說道：「剛剛見妳用在那周夫人身上的玩意兒很是精緻，可是琉璃做的？」

「是，嬤嬤果然好眼力。」阿秀點點頭。

「這琉璃可是不便宜，妳那個叫『注射器』的玩意兒，想必也不好製作吧。」路嬤嬤眼光毒辣，一眼就看透了，也難怪剛剛一用完，阿秀就迫不及待地給它清洗，再放回到錦盒裡。

阿秀「嘿嘿」一笑。「這個東西製作倒不是很難，就是這琉璃貴得很，這麼小小的一件事物，就得花上十兩銀子。」

「十兩！」王川兒好不容易從剛剛的打擊中緩過來，就聽到這句話，又是一陣驚叫道：「就剛剛那個玩意兒！」

在她心目中，十兩銀子可以買好多好吃的，那個什麼注射器，竟然有那麼貴！而且看起來好像很脆弱的樣子，王川兒想著她剛剛還很隨意地將那個錦盒放到了一邊，現在想想，還有些忐忑呢，等一下馬車震動一下，不會就碎了吧……

「十兩也不算貴，而且模樣很是特別，倒也不錯。」路嬤嬤想的可比她們多多了。這注射器以前都沒有瞧見過，而且模樣比較秀氣，琉璃又受女子的歡迎，說不定，以後這注射器可以成為阿秀的象徵性標識。

如果阿秀知道路嬤嬤心中所想，肯定會止不住的冷汗。

等到了家中，唐大夫細細詢問了一番病況，他得出的結論也和阿秀一樣。不過在聽到阿秀用到了注射器這個玩意兒的時候，也忍不住生出了一絲好奇心，他在醫學方面，一向是追根究柢的。

這邊和唐大夫討論了一個下午的醫術，那邊周家也發生了一件不小的事情。

周敏嫻一向不是任人捏弄的人，見到自己的娘受了這麼大的委屈，自然是忍不了。

等阿秀一走，直接讓人將周家二小姐叫了回來。

雖然周家二小姐比周敏嫻年紀要大，但是因為周敏嫻嫁得最好，她倒也不敢隨便得罪她。

只是還沒有等周敏嫻發難，就被她爹給訓斥了一頓。

她自小就被教育要讓著姊姊，但是如今，她卻恨不得撓花二姊那張笑得得意的臉。

等到阿秀他們進門的時候，就瞧見周老爺正拍著桌子衝著周敏嫻發火。

阿秀頓時有些尷尬，原本以為這個時間段，離晚飯還有不少的時辰，給周夫人用了藥正好可以回去吃晚飯，怎麼料得到，這周家正在開批鬥大會。

這管事也真是的，這麼尷尬的時候，怎麼就帶著他們過去了？

其實管事心裡那也是有苦說不出，之前看周敏嫻對他們的態度，就知道他們的身分絕對不一般，他自然不敢怠慢了他們，只是他也沒有想到，這三小姐和老爺會吵起來。以往三小姐雖然性子比較急，但是遇上老爺，都會先服軟，也不知今兒是怎麼了？

「沒有看到我們在談事情嗎，還不將客人請到一旁去！」周老爺沒好氣地說道。

第一眼他只看到了阿秀，只當她是周敏嫻的小姊妹，上門來拜訪的；而且看穿衣打扮，也不像是什麼大戶人家出來的，自然是沒有放在心上。

「爹，這是娘的大夫，正好您也問問娘的病情，到時候您再說說，二姊到底有沒有錯！」周敏嫻上前兩步，拉住阿秀的手，不讓她走；只是她回頭看向阿秀的眼中，又多了一絲歉意，她原本不想將阿秀牽扯進來的。

可是她實在是氣急了，在爹的心目中，只有那死去夫人留下來的孩子是他的骨血，他們就是撿來的嗎？從小到大，什麼事情只要和他們有關係，都必須是他們兄妹退讓；以前的事情她可以不計較，但是如今，事關她娘的生命，她是絕對不會再退讓了的。

「這明明就是母親自己不小心，關我什麼事。」周敏嫻的二姊周敏慧眼睛微微上挑，看起來不像是好相處的人。不過她的長相和周敏嫻並不像，和坐在正位上的周老爺也不是很像，想必是像了已經故去的先周夫人。

「妳摸著妳的良心，敢說不是因為妳和我娘吵架，我娘才會被簪子扎到手嗎？」周敏嫻最是瞧不上周敏慧這副沒有擔當的模樣，要說自己闖了禍，怎麼也該有些彌補，偏偏她跟沒事人一般，她娘怎麼說也算是教養了他們十餘年了，也不知道他們的心是不是石頭做的。

「敏嫻，妳就是這麼和妳二姊說話的？」周老爺說道，語氣很是嚴肅，自己這個女兒自從出嫁以後，越來越放肆了。

周敏嫻看周老爺一臉不滿地看著自己，心裡一下子就委屈起來，明明就是二姊的錯，為什麼爹老是不分青紅皂白，認定就是他們的不是。

她咬咬牙，雖說心裡覺得抱歉，但還是開口道：「爹，趁著路嬤嬤也在，您何不讓她給評評理！」她知道自己這樣做不對，但是她實在受夠了這樣的對待，她要為自己的娘，討回公道，至少這一次！

路嬤嬤聽到周敏嫻這麼說，臉上閃過一絲不悅，卻還是慢慢踱步走到了人前；如果她不出來，到時候會被為難的可能是阿秀，她自然是見不得這樣。

第八十章　偏心太過

「周大人。」路嬤嬤緩聲說道。

「這是……」既然被稱作嬤嬤，那就該是宮裡的人，可是這宮裡的人怎麼會出現在這裡？

「這是太后娘娘身邊的路嬤嬤。」周敏嫻在一旁說道，看向路嬤嬤的眼神中透著一絲哀求。

周大人雖說只是從五品的知州，但是這津州和京城極近，有些消息自然是曉得的，聽周敏嫻這麼一介紹，連忙行禮道：「原來是路嬤嬤，下官有眼不識泰山。」只是心中卻有些埋怨，這周敏嫻之前怎麼沒有提前和他說，這樣也不會讓路嬤嬤看見剛剛那一幕。雖說後宮不從政，但是如今皇帝年幼，太后的印象肯定是很重要的。

「我不過是出來隨便走走，正好隨了阿秀的車。」路嬤嬤說得輕描淡寫，就算別人能夠看出來她就是為了阿秀才出來的，但是她嘴上也不能說出來，免得落人口實。

「雖說你們這家務事我也不該參與，只不過那周夫人正是阿秀的病人，所以我才隨便說幾句，這周三小姐，自是極好的。」

「嬤嬤說的是。」雖說心裡不以為然，但周老爺嘴上還是應著。

路嬤嬤見過那麼多的人，自然是將他的心思看得一清二楚。

這周大人，就這樣的眼界，做官做到現在的位置，也算是極限了；而他那二女兒，看著就更不招人喜歡了，長相透著一絲刻薄，言語過於浮躁，也難怪嫁得不如周三小姐了。

阿秀在一旁緩緩地說道：「如若不是醫治及時，那周夫人怕是熬不過去了，周老爺，這樣您還覺得是周夫人的錯嗎？」

其實她不該插嘴的，只是這周老爺未免也太偏心了，若不是剛剛自己用了注射器，周夫人喝不下藥的話，那就是白搭，而且現在人也沒有完全脫離危險，她只是替周夫人有些悲哀，也難得為此正義了一把。

男人念舊是好事，但是一直念著已經離開的人，不珍惜現在陪在身邊的人，那實在是愚蠢至極。

阿秀並不樂意看到路嬤嬤被這樣利用，但是看周敏嫻微微泛紅的眼，心中忍不住多了一絲憐惜。她是重視周老爺對她的態度，所以才會這麼受傷，如果看開了，反倒沒有什麼了。就是在意，才會被傷害。

周老爺聽到阿秀說這話，眉頭頓時皺了起來。「妳是？」她看著年紀小小，竟然就敢和他這樣說話了！也不知道是誰家的人，這麼沒有教養！

「我便是阿秀。」阿秀笑得一臉無害，眼中卻沒有一絲對他的好感。

「妳就是薛大人的弟子？」周老爺有些難以置信，他之前聽說是個女子，但是沒有想到年紀這麼小，讓她看病，未免太兒戲了些；雖然是薛子清的弟子，但是也不能就這麼忽略了她的年紀！

「是。」阿秀自然是瞧出了周老爺眼底的那絲不贊同，又是一個以貌取人的。

「不知妳對賤內的病況有何見解。」因為有路嬤嬤在，周老爺的態度倒是好了不少，但是也沒有多少尊重在裡面。

「周夫人的病，起因就是半月前的那次意外，手指劃傷，風邪乘虛進入經絡致痙，之後用藥不當，導致病情延誤。」阿秀說道，眼睛細細地打量著周老爺。

阿秀說的情況並不輕，可是他眼中沒有一絲情緒波動，那周夫人的身體，根本不在他的關注範圍內。

「那妳可是有正確的治療方法？」周老爺問道，完全不追問那個意外是什麼。

在他看來，周夫人不過是父母安排在他身邊的一個占了妻子位置的人，在他心目中，妻子永遠只有那一個。

「老身聽聞，周夫人這次會受傷，是因為和周二小姐起了爭執，這深宅大院的，有些規矩還是要有的，周二小姐雖說已經出嫁，但是尊敬長輩還是不能忘的。」路嬤嬤見周老爺對阿秀這麼不重視，頓時就不高興了。

她原本只是覺得被周敏嫻利用了，想著那孩子也不容易，就隨便說兩句；但是現在，他這麼不重視阿秀說的話，那事情就不能這麼簡單地過去了。

「這事情想必只是下人口中以訛傳訛，敏慧平日最是懂事，萬萬不可能做這樣的事情。」說到的是自己喜愛的二女兒，周老爺一下子就變得護短起來了。

「周大人的意思，是說老身我沒有辨別是非的能力？」路嬤嬤反問道。

周老爺一聽這話，連忙解釋道：「下官沒有這個意思，只是敏慧自小就懂事，這中間肯定是有什麼誤會。」

路嬤嬤輕哼一聲，有些人就是這麼不識相，一定要她動真格。

「周夫人畢竟是您的妻子，作為丈夫，卻也不見您有絲毫的關切，我倒是不知道，這津州知州竟是如此冷情之人。」路嬤嬤這話說的是極重的，話語間隱隱已經開始指責他的人品了。

周老爺臉上一下子有了冷汗，他果然是逍遙日子過得太久了，一下子就有些忘形了。

「下官妄言了。」周老爺連忙認錯。

「這人心是偏著長的，周大人偏愛誰，老身自然是沒話說，只是看周大人如此厚此薄彼，這判案的時候，可也是如此？」路嬤嬤繼續問道，只是這語氣無形中帶著一絲咄咄逼人。

周老爺覺得自己的汗流得更加快了，明明只是一個太后身邊的嬤嬤，怎麼氣勢比他見過的很多高官都還要強。

「爹爹子女眾多，自然是有所偏好，嬤嬤您不能強求爹爹一定要偏愛三妹。」周敏慧在一旁，瞧著周大人的頭越垂越低，忍不住站了出來。

他們兄妹三人自小和周老爺感情深厚，有什麼好的也都是歸他們，可憐的也就是周夫人他們。都說沒娘的孩子像根草，但是周敏慧他們，在周家的日子，可比周敏嫻這個有娘的要過得好。

「我倒是不知道，長輩說話的時候，做小輩的可以這樣插嘴進來。」路嬤嬤冷冷地掃了她一眼。

周敏慧微微一怔，頓時失卻了言語的能力。

周家大少夫人以往這個時候必然是站在周敏慧這邊的，畢竟她和這個小姑子的感情也是不錯的，但是當她知道路嬤嬤的身分的時候，整個人都躲在了後面。

別人可能不知道路嬤嬤是誰，但是她卻很瞭解，當年她因為舅父的原因，去京城住過一段時間，也有參加一些聚會，只要提到太后娘娘，那這個路嬤嬤必然是會出現的。

路嬤嬤是太后娘娘最為信任的人！

周家大少夫人現在最為關心的是，這阿秀，到底是什麼來頭，竟能讓這路嬤嬤給她保駕護航；而且她心中也頗為擔心，今天早上的時候，她對周敏嫻的態度，會不會讓路嬤嬤對她的印象變得極差？

要知道她現在正在找舅父疏通關係，指望著將自家夫君調到京城去，這津州再好，那也比不上京城啊！而且京城機會多，在津州，再努力也就一個五品官。周家大少夫人不甘心自己以後就只是一個小官的妻子，而且在她看來，自己的丈夫是有大能耐的。

「不管這件事情和妳有沒有關係，周夫人是妳的母親，妳作為女兒，即使出嫁了，母親重病，妳卻一次也沒有回來看過，如此涼薄的性子……」路嬤嬤微微搖搖頭。

這津州畢竟也不算太大的地方，就算是宅鬥，段數也太低了。路嬤嬤回想起當年自己跟著太后的歲月，真真是寂寞如雪啊！這樣一邊倒的局面，讓她都沒有多花心思的慾望了。

周敏慧見路嬤嬤這麼說，頓時就急了，她算什麼東西，憑什麼說自己，不就是宮裡的一個下人嗎?!

還好，她還沒有說話，就被周家大少夫人拉了過去。

周敏慧性子魯莽，她一向是知道的，剛剛要是由著她說下去，這周家，說不定就被她給毀了。

路嬤嬤好似沒有看到剛剛周敏慧的動作，淡淡地說道：「這周家的私事我也不想多說，現在先給周夫人用了藥，我們就該回去了。」

「我這就帶你們過去。」周敏嫻連忙往前走了幾步，路嬤嬤能幫她說這麼多話，她已經很感激了。她哪裡知道，路嬤嬤純粹是見不得有人小瞧阿秀。

「我和你們一起過去吧。」周老爺剛剛被路嬤嬤這麼說過，自然不好再旁觀。

周家大少夫人立刻拉上周敏慧，說道：「我們也去看看母親。」

在以往，他們哪裡有這麼殷勤。

路嬤嬤似笑非笑地掃了他們一眼。

周夫人的屋子裡，還是知雨在伺候著。她看到這麼多人一起過來，眼中充滿了詫異，但是當她看到周敏慧的時候，詫異就變成了厭惡；要不是因為她，周夫人根本就不會變成現在這副模樣。

「阿秀大夫。」知雨看到阿秀便迎了上去，撇過腦袋，當作沒有看到周敏慧這個人。

「夫人可還好？」阿秀掃了一眼周夫人，她的眼睛緊閉，並沒有清醒過來的跡象。

「夫人中間有醒過一次，不過只有半炷香的工夫。」知雨很是緊張地看著阿秀。「阿秀大夫，夫人的病，有好些嗎？」

「不過才餵過一次藥，哪有這麼快！」阿秀笑著說道，她對知雨的印象倒是很好，挺忠心的小丫頭。

「哦。」知雨聞言，頓時有些失望。

「不過夫人的呼吸平穩了不少，等幾日想必就會好轉。」阿秀寬慰道。

周敏嫻和知雨聽到這話，都大大地鬆了一口氣。

至於其他幾人，都是表情比較僵硬地做出關心的模樣，眼中卻沒有多少真心實意。

阿秀都懶得回頭看他們，這些虛偽的人。

在王川兒的幫助下，給周夫人餵了第二次藥，阿秀將東西收拾好，就打算告辭。

這次周家的人都殷勤地留她吃飯，可惜對著他們那些虛偽的臉孔，阿秀就沒有了胃口。

周敏嫻送他們出去，臨出門，路嬤嬤突然轉頭，輕輕拍拍她的手。「傻孩子。」

她的眼睛一下子就濕潤了。

周敏嫻一直都知道，自己剛剛的一時逞強，用的代價是什麼。

原本路嬤嬤對她的印象很好，她完全可以借此讓自己的夫君有更加好的前途，但是因為她剛剛的行為，她已經消耗掉了路嬤嬤對她所有的憐愛。

只是那一句「傻孩子」，還是讓她聽得鼻子發酸，她只是想要父親公平一點……

這樣每日兩次的餵藥持續了兩天，周夫人的症狀開始有所緩解。四肢抽搐，角弓反張減輕，但仍然有口噤，脈象弦。

阿秀將以前那個藥方中的生地黃、金銀花去掉，又加上羌活兩錢，讓她繼續服用。

這個方子吃了三天，周夫人抽風口噤的症狀大為減輕，四肢及腹部緊張也有所好轉，但夜間卻開始煩躁不安。

周敏嫻原本有些放下去的心又提了起來，怎麼原本的症狀好轉了，又新增了別的症狀？

而周老爺，不知道是為了做給路嬷嬷看還是怎麼著，最近幾日，但凡阿秀他們過來的時候，他都會在。不過阿秀根本就不願意搭理他，有什麼話都是直接和周敏嫻說。

周老爺雖然心中有些惱火，卻也不敢真的得罪阿秀。

至於那周敏慧，周夫人的身子還沒有大好，她自然是不敢就這麼回去的，但是要讓她每天來看自己討厭的人又做不到，所以最近幾日，她幾乎整天都躲在自己的屋子裡。

「只是出現熱象，我再稍微改一下方子就好。」阿秀並沒有太緊張，只是又在之前的方子中加了紫草兩錢、龍膽草一錢，用來涼血清肝熄火。

「我娘這個病，還得多久才好啊？」周敏嫻有些心疼地摸摸周夫人的手，她原本就清瘦，這麼一折騰，就顯得更加憔悴了。

「再五日左右。」阿秀將筆放下，把方子交給周敏嫻。

「真的?!」周敏嫻一陣驚喜，她以為按現在的進展，最起碼還得有半月，沒有想到這麼快就能好了。

周夫人最近的精神狀態好了不少，但是因為口噤的緣故，還不能說話，她知道阿秀是她的救命恩人，看向阿秀的眼神充滿了感激。

她以為這次，自己真的會死掉，她當時心中唯二遺憾的兩件事，一個是對某些人還抱有幻想，還有一件，就是坤哥兒，都是因為她的軟弱和退讓，讓他去了那麼遠的地方。如果她之前能像現在這樣看清了某人的真面目，至少坤哥兒就不用背井離鄉了。

「夫人這個病症只要熬過了前面那些日子，後面好起來就快了，周三小姐自是放寬心。」阿秀說道。

自從之前那件事情後，她們之間就生分了不少，阿秀不喜別人利用她身邊的人，但是心裡又有些同情她的遭遇，兩個人雖然不能再交心，但是一般的相處還是可以的。

「阿秀，謝謝您。」周敏嫻聽到這，眼淚又要止不住地下來了。

沒有人知道，她這段時間是多麼的無助，她根本沒有人可以傾訴，所有的情緒都堆積在心裡，還好，還好最後的結果是好的。

「等夫人徹底好了妳再掉眼淚吧。」阿秀故意調侃道。這周夫人心志還是挺堅韌的，病況也比她想像的要好一些，都說為母則強，自己的女兒沒日沒夜地守著她，就是為了孩子，她也該努力地好起來。

「嗯嗯。」周敏嫻一把擦掉眼淚，點點頭。

「那我現在送你們出府。」

「好。」

從始至終，周敏嫻都沒有多看周老爺一眼，這段時間，她已經慢慢地對自己這個父親死心了，她也老早不再是當年那個，一心想要被父親寵愛的小女孩了。

因為周夫人口噤的症狀好轉，阿秀便不用一天兩次地往周家跑，整個人悠閒了不少。

中途的時候，薛家藥鋪的掌櫃的特地來拜訪過阿秀。

主要是拿著她印章來抓藥的人實在是太多了，掌櫃的每次都用成本價賣給他們，這次數多了，也受不住！

再加上那些來抓藥的，大部分是連件完整的衣服都沒有的，這出入多了，他都被隔壁的藥鋪的人嘲笑了，說他是不是不賣藥，改做大善人了。

他也是有苦說不出啊！

偏偏他原本是想讓阿秀少用那個印章，但是被路嬤嬤幾句話忽悠，就變成了——「妳使勁按，我這邊買單就好。」

要是真的沒錢的，賒帳也可以。

這掌櫃的出了門，回過了神，真是恨不得直接給自己幾巴掌。

但是自己說過的話也不能不算數，只能苦著臉回去了，心裡只盼著阿秀能早日離開津州。

一般薛家人的遊歷在每個地方停留都不會超過一個月，阿秀在這裡也有大半個月了，想想這點，掌櫃的覺得自己又有了些盼頭。

又過兩日，阿秀去周家給周夫人複診。

中途的時候，餘光瞧見了周敏慧，她好似正在打罵身邊的丫鬟，不過這也不關她的事情，阿秀腳步毫不停留地往前走去。

這次來檢查，周夫人抽風已經停止，口噤緩解，大便調順，小便微黃；又看了舌頭和把了脈，舌質紅，少苔，脈象弦少數，相比較兩日前，恢復得很是迅速。

周敏嫻的臉上也多了一絲笑容，說話間也顯得輕快多了。

周夫人現在已經能說話了，只要慢慢說，咬字也還算清楚。

阿秀將方子又換了一個，讓周夫人再喝三天。

被周夫人拉著說了一些話，阿秀就聽到外面一陣吵鬧。

沒一會兒，就聽到有人跑到了這裡。「阿秀大夫，咱們二小姐叫我請您過去。」

來人說話還算懂禮，她知道阿秀的身分不一般，雖然剛剛周敏慧說話的語氣完全沒有那麼客氣，她說的時候還是特意注意了一下。

周敏嫻一下子站了起來，責問道：「她又在折騰什麼了？」

自從她知道周夫人這個病的罪魁禍首是周敏慧之後，她對周敏慧就完全沒有了什麼姊妹情誼。雖然從小到大，她也沒有覺得周敏慧有把自己當妹妹看過。

「阿秀大夫還是先去看看吧。」那來請人的丫鬟，看看周敏嫻，又看看阿秀，面上很是糾結。

「如果妳不說的話，就可以直接回去了。」周敏嫻沒有好氣地說道。這來請人，連個緣由都說不上來，她怎麼可能放人走。

路嬤嬤也覺得是這樣的道理，先不說那周敏慧看著就心術不正，就算是相熟的，也沒有道理連個原因都不說就來請人，阿秀又不是你召之即來，揮之即去的。

「若是沒有什麼大事的話，那我們就告辭了。」路嬤嬤說道。

本來這麼頻繁地來周家，就已經很累了，阿秀又是個暈馬車的，偏偏還有些不識相的要這麼湊上來。

「阿秀大夫！」那丫鬟見阿秀是真的要走了，連忙一把跪在她面前，抱著她的小腿，喊道：「您就去看看我們家小姐吧！」

阿秀微微皺眉，腿微微掙扎了下，但是那丫鬟抱得很緊。

「妳如果不說原因的話，我是不會過去的。」她又不是聖母，人家叫她她就得過去。

「鳶草小產了。」那丫鬟咬咬牙，最終還是將事情說了出來。

之前她來的時候，周敏慧是吩咐了的，不能將事情和別人說了，畢竟這件事情不是什麼好事；但是要是她不說的話，鳶草說不定就沒命了。

雖然她覺得這件事情鳶草也做得不大厚道，但是她和鳶草是一起進府的，兩個人一起有十餘年了，她怎麼忍心眼睜睜地看著鳶草就這麼死去！

「鳶草？」阿秀有些茫然地看了一眼周敏嫻。「這個鳶草又是誰？」

「鳶草是我二姊身邊的大丫鬟。」周敏嫻臉色也不大好看，她這麼失態，就是為了讓阿秀去救一個丫鬟？怎麼說阿秀也是她娘的救命恩人，周家又不是沒有別的大夫，何必要煩勞到她？「二姊這是糊塗了，府裡的大夫不都在，怎麼請到我這邊來了？」二姊難道以為自己現在還會順著她？不隨便給她使絆子，她就該燒高香了。

「幾位大夫今兒都不在。」那丫鬟都要哭出聲來了。原本府裡的大夫都是每十日休息一天，誰知兩位大夫這次竟然在同一天休息去了。

主要也是最近阿秀頻繁上門，他們覺得待在府裡臉上有些無光，畢竟他們當時面對這樣的病症，並沒有法子，今兒是特意約了一塊兒去喝悶酒的。

誰料到，就這麼巧，周敏慧那邊竟然出了事情。

「我要是沒有記錯的話，鳶草可是還沒有嫁人的，這孩子是誰的？」周敏嫻問道，不過她心裡多少已經有了答案。

「是、是姑爺的。」那丫鬟含著淚，帶著哭腔說道。她也不知道，鳶草是什麼時候爬上了姑爺的床。

二小姐眼中最是容不得一粒沙子，以前陪嫁的時候就有說過的，以後要放她們出府嫁人的，誰知道，鳶草在這個時候竟然懷孕了。

早上二小姐知道這件事情的時候，先是將屋子裡的東西都砸了，又讓鳶草在院子裡跪著。

原本以為事情暫時就這樣，但是二小姐的性子在周家的時候就被慣壞了，一怒之下，衝出屋子，對著鳶草的肚子就是一腳。這孩子現在頂多不過兩、三個月，這麼一腳踢下去，自然是保不住了。剛剛她看的時候，鳶草的身下全都是血，她都被嚇壞了。

周敏嫻一聽這話，忍不住笑起來。「喲，我這二姊也真是的，自己身邊的人怎麼都不知道管好，就這麼由著她爬上了自己夫君的床。」說完又好似不大好意思地故意捂了捂嘴。

別的丫鬟也就算了，自己近身的丫鬟，在她還沒有生下長子前就有了身孕，這絕對是一個大恥辱，稍微處理得不好，就會被人落下話柄。

周敏嫻心想，要是她的話，直接將那丫鬟送到莊子裡去，就算生了孩子，也是寄養在自己名下，至於那個丫鬟，這輩子就別想出來了。

這樣雖然心裡還有些不大舒坦，但是至少博得了一個不錯的名聲，哪戶人家願意要一個善妒、手段狠辣的人做當家主母。

自家二姊這樣，真真是愚蠢至極！

「三小姐。」那丫鬟的臉色很是難看，她一向都知道二小姐和三小姐不和，這次會求到她這邊來，也是逼不得已。

「阿秀大夫，求求您，救救鳶草！」她知道求周敏嫻很大可能是沒有用的，轉而求起了阿秀。

阿秀雖然是大夫，但是也不是遇到一個病人，就願意救治的。

這個不叫大夫，叫聖母了。

她本身就很厭惡攪和進這樣的宅院齷齪事情中，而且她剛剛聽了一些，覺得那叫鳶草的丫鬟也沒有什麼好同情的。

雖說古代一妻多妾是合法的，但是在阿秀看來，這妾就和小三差不多，特別是她是背著周家二小姐和那姑爺搞上的，那就更加沒節操可言了。她這麼做，不光是小三，還辜負了周家二小姐對她的信任。

阿秀雖然不喜歡周家二小姐，但更瞧不上這個鳶草。

「阿秀，若是妳想去就去吧。」周敏嫻想到阿秀是大夫，可能見不得這樣的流血事件，便如此說道。其實她心裡，看到自家二姊發生這樣的事情，多少是有些幸災樂禍的。

「我便不過去了。」阿秀緩緩搖頭道。

路嬤嬤見阿秀幾乎沒有猶豫，就直接拒絕了，雖然有些詫異，但是眼中卻多了一絲滿意。

——未完，待續，請看文創風281《飯桶小醫女》4

2015年2月出版

兩世冤家

文創風 266～269

她的性子太過愛恨分明了，她開心了，便會讓人也開心，
相對地，她不開心了，反擊也極為強烈，沒給自己留太多情面，
因此，最終把自己弄得傷痕累累，跟他鬧得恩斷義絕，無一絲情分……

溫暖的文字　烙印人心的魅力／溫柔刀

難不成，那一跤竟把自己給摔死了？不是這麼衰吧？
更倒楣的是，不僅她重生了，連她那個和離了幾十年的夫君也重生了？!
不，這一切肯定是惡夢……若不是夢，就是孽緣啊！
前世和離後，她幫著摯愛的哥哥算計他這個政敵，毫不手軟，
可她千算萬算都沒算到，互鬥了幾十年的他們竟要重來一回！
兩個外表年輕的人卻擁有老人靈魂，這老天爺也太愛捉弄人了吧？
罷了罷了！賴雲煙決定，暫且先看著辦吧！
只要他不先攻擊，他們之間要禮貌以待地相處至分開是不成問題的，
雖然，他們更擅長的是在背地裡捅對方的刀子。
因此即便他對她噓寒問暖、關懷備至、嫉妒橫生，她也不為所動，
畢竟他太能裝了，前世一裝就是一世，沒幾人不道他君子，
相比之下，被休出門的她，不知被多少人戳著脊梁骨說風涼話呢！
唉唉，這樣殘忍虛偽的冤家，怎地就叫她一再地遇上了？

2015年2月出版

被休的代嫁

文創風 270～272

突來一場車禍，不良於行的她穿到陌生朝代，而且還能站了？
但偏偏穿成怯弱又不受寵的庶女，立馬被逼著代姊妹出嫁！
如今兩眼一抹黑，只好先乖乖出嫁，再想法子被休吧……

嘻笑中寫出真心，吵鬧中鋪陳真情／安濘

不良於行的蕭雲遇上車禍，沒想到穿越來了陌生朝代，還能走能站！
但開心不久她立刻發現身陷險境，姊妹逼她代嫁王爺，
她人單勢孤，只好先嫁再說，
再找個法子激怒王爺，騙到休書逍遙去～～
被休之後做個下堂妻又如何？既來之，正好讓她大展身手，
不如以前世的「專業技能」，開創這朝代的娛樂事業！
只是她已下堂，為何前夫還要追著她跑？
恐怕不是「念念不忘」而已吧；
蕭雲當機立斷閃人去，可是又能閃去哪呢……
最危險的地方就是最安全的地方，前夫的「好兄弟」趙王如今在家養傷，
瞧他是個寡言謹慎的，乾脆去他府上做個復健師，
包吃包住兼躲人，那就平安無事啦……

為流浪貓狗加油 和貓寶貝 狗寶貝 廝守終生(一定要終生喔！)的幸福機會

對人來說，貓寶貝狗寶貝只是生活的一部分，但妳（你）對牠們來說，卻是生活的全部，領養前請一定要考慮清楚——

▲ 芒果兄弟找真愛

性　　別：芒果boys
品　　種：白底虎斑貓
年　　紀：1歲大
個　　性：親人愛玩，喜歡撒嬌
健康狀況：已結紮、已施打狂犬病及三合一疫苗，貓愛滋陽性
目前住所：台南市

本期資料來源：http://careforstrayanimals.blogspot.tw/2014/02/20140110-24.html

『芒果兄弟』的故事：

哥哥

弟弟

芒果兄弟倆的故事開始於牠們的媽媽在台南歸仁的芒果樹下被愛心媽媽撿到的那一天。那時候芒果媽媽大腹便便，經過醫生檢查之後，發現牠即將臨盆，然而同時也驗出貓愛滋！愛心媽媽再三考慮，知道愛滋貓送養不易，卻又不忍心即將出生的小生命，最後仍然決定讓芒果媽媽產下小貓。

幸好，出生之後，芒果兄弟不負眾望，長得頭好壯壯且討人喜愛～～抱著一線希望，讓牠們做了二合一快篩，結果不出所料地是陽性，但即使如此，每次看著安心玩耍、歡快撒嬌的兄弟倆，還是讓人認為當初的決定是正確的。

芒果哥哥彷彿戴著均勻的虎斑面具，雖然個性較為謹慎，搶食卻不落貓後，甚至逗貓棒一拿出來就立刻被吸引，欲罷不能。芒果弟弟的臉就比較滑稽好玩，白淨的臉硬是在嘴巴右邊長了一小撮褐黃色的毛，讓人懷疑牠是不是偷吃忘了擦嘴巴～～不過，弟弟其實是個會主動撒嬌邀玩的小貼心來著，朋友啊，養過貓咪的都知道這種個性的貓咪根本可遇不可求～～～

有著不同臉部特徵卻仍十足兄弟臉的俊俏兄弟檔，免疫力或許稍弱一些，然而只要適當照顧，健康狀況幾乎無虞，是新手也ＯＫ的貓咪。希望有貓咪陪伴且願意愛護牠們一輩子的你，非常歡迎來信saaliu@yahoo.com.tw，或填寫認養評估表http://goo.gl/RdHTm8，給牠們一個擁有愛的機會。

認養資格：

1. 認養者須年滿20歲，男須役畢。
2. 有適合養貓的環境，並徵得全部家人同意，在外租屋者也需室友和房東同意，確認家中無對貓過敏者。
3. 具備照顧貓咪的基本常識與獨立經濟能力，且能提出絕不棄養的保證。
4. 注意居家安全，出門使用提籠，不讓貓咪走失，流落街頭。
5. 能同意送養人日後之追蹤探訪。
6. 認養者需有自信即使自己生活上有變動或貓咪年老、生病也不離不棄，愛護牠一輩子。

來信請說明：

a. 個人基本資料：姓名、性別、年齡、家庭狀況、職業與經濟來源等。
b. 想認養「芒果兄弟」的理由。
c. 過去養寵物的經驗，及簡介一下您的飼養環境。
d. 若未來有當兵、結婚、懷孕、畢業、出國或搬家等計劃，將如何安置「芒果兄弟」？

文創風 280

飯桶小醫女 3

國家圖書館出版品預行編目資料

飯桶小醫女 / 蘇芫著. --
初版. -- 臺北市 : 狗屋, 2015.03
冊 ; 公分. --（文創風）
ISBN 978-986-328-433-8（第3冊 : 平裝）. --

857.7　　104001128

著作者	蘇芫
編輯	王佳薇
校對	沈毓萍　馮佳美
發行所	狗屋出版社有限公司
地址	台北市104中山區龍江路71巷15號1樓
電話	02-2776-5889～0
發行字號	局版台業字845號
法律顧問	蕭雄淋律師
總經銷	知遠文化事業有限公司
電話	02-2664-8800
初版	2015年3月
國際書碼	ISBN-13　978-986-328-433-8
原著書名	《医秀》，由起點女生網（http://www.qdmm.com/）授權出版

定價250元

狗屋劃撥帳號：19001626

網址：love.doghouse.com.tw　E-mail：love@doghouse.com.tw